U0064749

Pani Jeziora

Vol.5 湖之主【上】

安傑．薩普科夫斯基——著 葉祉君——譯

獵魔士 Vol.5

目次

科維爾
卡爾默罕
溫萊赫河
布拉河
布宜那河
大
瀚
海
亞得克拉格
青
雷達尼亞
喀艾德
拿威格拉德
特雷托格
奧克森福特
麗克賽拉河
彭達爾河
亞丁
特馬利亞
奇達里士
艾蘭德
布蘭薩納谷
紫
維吉馬
奇達里士
布
洛
奇
隆
馬
哈
喀
姆
維爾登
卡本山
利里亞
絲帶河
厚特拉河
布魯格
下索登
山
亞魯加河
上索登
伊那河
安
格
崙
琴特拉
亞梅兒山
納澤爾

斯格利加群島
亞梅兒山
葉雷納河
納澤爾
梅提那
渴拉什沙漠
提透哈山
邁阿赫特
西勒特河
艾冰格
洌特河
蓋索
培雷普特沼澤
阿瑞特河
埃托利亞
蓋梅拉
尼夫加爾德
維可瓦洛
NW
NE
SW
SE

尼夫加爾德帝國地圖

我們就像
構成夢境的東西，而我們的渺小人生
以一場睡夢圓成了一個圓。

——威廉·莎士比亞

他們繼續前進，一直來到了一座寬廣美麗的湖邊。就在那座湖的正中央，亞瑟看見了一隻罩著白緞的手臂，而那隻手拿了把巧奪天工的寶劍。然後，他注意到在這水鏡之上，有位大膽舞動的少女。

「這名如此有魅力的女子是誰？」亞瑟問。

「人們都叫她湖之主。」梅林說。

《亞瑟之死》

——湯瑪士・馬洛禮

第一章

這座湖被施了魔法。這一點，相信絕對不會有人懷疑。

首先，這座湖就挨在庫姆普卡谷的咽喉旁。那是座受到詛咒的谷，十分神祕，終年隱於霧中，以魔法和神奇現象聞名。

再者，只要往那湖水瞧上一眼，一切便清清楚楚。

湖水很深，清澈蔚藍，宛如一塊拋磨過的藍寶石，光滑如鏡，就連映在上頭的厄爲得法山，峰巒看起來都要比實際漂亮。寒涼的冷風自湖面吹來，令人精神一振。這份寧靜是如此莊嚴，沒有任何事物打擾，就連魚隻都不曾濺出一朵水花，水鳥也未曾出聲啼啾。

騎士從驚嘆中回神，卻沒有繼續策馬沿山脊前進，而是掉頭往下，朝湖水走，就好像是受到了底下那沉睡於深淵之中的魔力吸引。馬兒怯怯踏著步伐走在破碎的岩石間，發出斷啞但輕微的氣息，讓人知道就連牠都能感受到這股魔力。

來到最底下的沙灘後，騎士下馬，拉著牠的轡頭往水岸靠近。涓細的水波在色彩繽紛的鵝卵石間嬉遊迴繞。

他跪了下來，身上的鎖子甲跟著發出聲響。他合攏雙掌，掬起一抔水，驚動了細如尖針的活潑魚苗。他小心而緩慢地啜飲，冰冷的寒水讓他唇舌發麻、齒間生刺。

就在他二度掬水時，湖面上傳來一道聲響，於是他抬起頭。馬兒噴了口氣，好似在附和自己也聽見了。

他豎起耳朵。不，那不是錯覺。他聽到的，是一陣歌聲。那是一個女人在唱歌，或者該說，是一個女孩。

就像所有騎士一樣，這名騎士從小聽著吟遊詩人的詩歌，和以騎士爲主題的故事長大。在這些歌謠裡的女孩，有九成都是誘餌，跟著她們聲音走的騎士通常會落入陷阱，而這種陷阱讓人喪命的例子可不少。

不過，好奇心戰勝了一切。說到底，這名騎士也不過十九歲。他很勇敢，也很不理智。他以前者聞名，但大家都知道，後者才是他的本性。

他檢查劍鞘裡的劍是否收拔自如，然後拉過馬，往傳出歌聲的灘頭走去，而他無須走得太遠。岸邊有一整片拋得十分光亮的黑色巨大漂礫，就像是被巨人隨意丟下，或遊戲之後落下的玩具。有些巨石躺在湖中，透明水色下巨石所在處轉成黝黑。有些巨石突出水面，在水波盪漾時，看來就像一隻隻露出背脊的利維坦【註二】。不過，巨石最多的地方要數岸邊，從沙灘一路綿延至森林，有些埋於沙中，僅露出部分，卻也足以讓人想像它們的巨大。

騎士聽到的歌聲，正是從岸邊這一片巨石後頭傳來，但視線可及之處，卻不見那唱歌的少女。他拉過馬匹，揪住牠的嘴銜和鼻唇，免得牠出聲或噴氣。

女孩的衣服擱在水中一塊平坦如桌的巨石上，自己則是裸著身軀，腰部以下都浸在水中，一邊潑著水花沐洗身子，一邊斷斷續續哼著歌。那歌詞，騎士聽不明白。

這也不奇怪。

他敢打賭，那女孩不是有血有肉的人類，這從她纖細的身軀及古怪的髮色、聲音就可以看出來。他很確定，要是她轉過身來，他會見到一雙杏圓大眼；要是她撥開灰色秀髮，他會瞧見一對尖長耳朵。

她是住在妖精之國的子民，是個妖精，特爾維什泰格【註二】的一分子。皮克特人與愛爾蘭人稱她作「都伊內西」，亦即山丘之民的一分子。薩克遜人稱她作精靈的一分子。

女孩的歌聲中斷了一會兒。她把頸部以下的身子都沉入水中，濺出銀花，接著竟如常人一樣，出聲咒罵。然而，騎士並沒有被矇騙。大家都知道，妖精會用人類的語言咒罵，有時那字眼比馬夫用的還難聽。妖精是出了名的愛惡作劇，很多時候，這種咒罵都是惡意捉弄的前奏，比如把人的鼻子變得像留種用的小黃瓜那麼大，或是把人的男性象徵縮得像蠶豆種子一樣小。

不管是第一種還是第二種可能性，騎士都沒興趣。他已經準備好悄悄回頭，但馬兒卻突然出賣了他。不，出賣他的，不是被他拉住嘴銜、像老鼠般靜靜待著的坐騎，而是妖精的馬——那匹躲在巨石之間的黑色母馬——騎士一開始並沒有注意到牠。現在黑如焦油的雌馬用腳蹄掘了下石礫，並

【註一】：利維坦（Liwiatan／英：Leviathan），出自《聖經》〈約伯章〉的海怪，形體有鯨魚及鱷魚兩種說法。

【註二】：特爾維什泰格（Tylwyth Teg），威爾斯語，指金髮一族的妖精，通常居於地底或水中。

歡迎似地嘶鳴了聲。騎士的公馬甩了下頭，也有禮地回應，回音甚至沿水面漫了開來。

妖精倏然起身，濺落水花，有那麼片刻，將一身美好全展露在騎士眼前。她往衣物所在的岩石衝去，卻不是隨手抓件內衫遮住身子，而是抄起劍，「唰」一聲拔出鞘，萬分靈活地舞動，而這一切都只發生在短短的片刻間。之後，妖精不知是蹲或跪，躲入水中，只露出鼻子以上，並直直伸出單手，將劍高舉水面之上。

騎士回過神，甩了甩頭，放開轡繩，單膝跪在潮濕的沙地上，因爲他當下便意識到，自己面前是何方神聖。

「請接受我的問候。」他從嘴裡擠出這麼一句，並伸出雙手。「這對我來說是天大的榮耀……天大的榮幸，哦，湖之主。我接受這把劍……」

「你可以就這麼起來、轉過身去嗎？」妖精將嘴露出水面。「可以別再這麼盯著我看嗎？可以讓我穿衣服嗎？」

他依言照做。

他聽見她離開湖水的濺水聲、拾起衣物的窸窣聲、把衣物穿在濕淋身體時的小小咒罵聲。他仔細瞧了瞧毛色亮如鼴鼠皮的黑母馬。那絕對是一匹血統高貴的馬，絕對會像風一樣地奔馳，絕對是匹被施了魔法的馬。牠肯定也是妖精國度裡的居民，就像牠的主人一樣。

「你可以轉過來了。」

「湖之主……」

「然後介紹你自己。」

「我是加拉哈德，來自卡爾貝尼克，是亞瑟王的騎士。亞瑟王是卡美洛城堡的主人、夏之國的當權者，也是杜姆諾尼亞、狄弗內因特、德維達……」

「那特馬利亞呢？」她打斷他。「雷達尼亞、利維亞、亞丁呢？尼夫加爾德呢？這些字眼有讓你想到什麼嗎？」

「沒有，我從沒聽過這些字眼。」

她聳了聳肩，手裡除了劍，還拿著一雙鞋子和一件已經洗過、擰過的襯衫。

「我想也是。那今天是哪一年的哪一天？」

他張大嘴，驚訝不已，說：「是……貝爾坦節後的第二個滿月……湖之主……」

「奇莉。」她一邊心不在焉地說，一邊轉動雙肩，好讓衣服更加貼服逐漸乾燥的肌膚。她說話的方式很奇怪，眼睛又綠色又大……

她無意識地將濕髮攏到一旁，騎士不由自主地發出一聲驚呼，這不單單是因為她那隻耳朵就和人類一樣，沒有任何不尋常，一點也不像妖精的耳朵。她的臉頰上還有一道形狀醜陋的巨大傷疤。她受傷了，可是有人傷得了妖精嗎？她注意到他的目光，瞇起雙眼，皺起鼻子。

「疤痕，對！」她用她那特別的口音說：「你的眼神為什麼像被嚇到一樣？疤痕對騎士來說，是這麼奇怪的東西嗎？還是這疤痕有那麼醜嗎？」

緩緩地，他用雙手拿掉鎖子甲的鍊帽，攏了攏頭髮。

「這對騎士來說確實不奇怪。」他一邊說，一邊展示自己才剛癒合的傷疤，話音裡有著屬於年輕人的驕傲。那道傷口從他的太陽穴一直延伸到下頷。「而醜陋的疤痕是榮譽的象徵。我是加拉哈德，湖之騎士蘭斯洛特與卡爾貝尼克的主人——佩萊斯王之女伊蓮之子。這傷是冷血伯尼斯【註二】那卑鄙的少女迫害者留下的，但我還是堂堂正正在對決中贏了他。我真的很榮幸，能從妳手中收到這把劍，哦，湖之主……」

「什麼？」

「劍，我準備好接受這把劍了。」

「這是我的劍，我不會讓任何人碰它。」

「可是……」

「可是什麼？」

「湖之主都會……都會從水裡浮出來把劍送人啊。」

她沉默了一段時間後，總算開口：

「我明白了。好吧，每個國家都有自己的風俗。加拉哈德什麼的，我很遺憾，不過很顯然你不是遇到什麼湖之主。我先把話說清楚，我什麼都不會給，也不會讓人從我這裡拿走任何東西。」

「可是，」他壯起膽子說：「您是從妖精國度來的啊，湖之主，不是嗎？」

她隔了一會兒才出聲，一雙綠眼看起來像在望著時空的深淵：「我……我是從利維亞來的，從一座同樣叫這名字的城市，一座叫洛克艾斯克洛特的湖來的。我是搭船來的。那時有霧，看不見岸，只聽得見凱爾佩的嘶鳴……那是我的母馬，跟著我的腳步追來。」

她把濕漉漉的上衣攤平在石頭上，騎士再度驚呼了聲。那上衣已經洗過，但沒洗乾淨，依舊可看見一道又一道的血痕。

「河水把我帶來這裡。」女孩說。他注意到血衣的事，她若不是沒看見，就是裝作沒看見。「河水與獨角獸的魔力把我帶來這裡……這座湖叫什麼？」

「我不知道。」他老實說：「我只知道這座湖在圭內斯裡……」

「圭內斯？」

「是啊。那邊就是厄爲得法山，從那片山的右邊，走森林的話，兩天時間可以到狄納斯丁羅，再過去就是卡爾達薩，至於河……最近的河是……」

「最近的河叫什麼不重要。加拉哈德，你有吃的東西嗎？我要餓死了。」

□

「你幹嘛這樣盯著我？怕我會不見嗎？怕我會帶著你的乾糧和杜松子香腸【註二】一起飛走嗎？

【註一】：冷血伯尼斯（Breunis Sans Pite），亞瑟王傳說中的殘忍騎士。

【註二】：杜松子香腸是以豬肉混杜松子製成，並經過杜松木煙燻過的香腸，是道古波蘭菜餚。

別怕，我在自己的世界裡惹了一些事，把人生搞得亂七八糟，所以暫時應該不會在那邊露臉。我會在你的世界，在這個夜晚的天空中找不到天龍座和七羊座的世界，在這個正好是貝爾坦節過後的第二次滿月，而五朔節叫貝爾坦節的世界裡待一段時間。請問你，幹嘛這麼盯著我？」

「我不知道妖精也會吃東西。」

「妖精、女巫和精靈都會吃、會喝，還有其他那些事也都會做。」

「什麼？」

「算了。」

他越看越覺得她身上沒有那麼神祕，越覺得她像人類，而且還是普通、正常的人類，但他知道她不是，也不可能是。正常女孩不會跑到厄爲得法山的山腳下，不會跑到庫姆普卡這一帶，不會光溜溜地在山上的湖裡洗身子、洗血衣。這女孩長什麼樣子不重要，她不可能是這世間的一分子。儘管如此，他也已不再誠惶誠恐，可以自自在在地看著她那頭鼠色頭髮。她那頭灰色髮絲乾了之後，竟閃著一道道銀白霜色。他可以自自在在地看著她纖細的雙手、小巧的鼻子與蒼白的唇瓣；看著她那身用針腳異常麻密的布料製成、剪裁有些怪異的男裝；看著她那把構造與裝飾都古古怪怪，卻一點也不像華麗綴飾的劍；看著她那雙已經乾燥且黏滿沙子的光裸腳丫。

「我先把話說清楚，」她用一隻腳搓著另一隻，說：「我不是精靈。我是女巫，我是說，魔法師……但和典型的又有一點不一樣，哎，我看我根本就不算是吧。」

「我很遺憾，眞的。」

「你在遺憾什麼?」

「聽人說……」他紅了臉，頓了一下，說：「聽人說，妖精要是碰到了年輕的男子，就會帶他們去精靈仙境，然後在那裡……在榛樹叢下的青苔毯上，要他們體驗……」

「我懂了。」她飛快看了他一眼，然後大力咬了一口香腸吞下去，說：「提到精靈國嘛，我前陣子才從那裡逃出來，一點都不急著回去。至於青苔毯上的體驗呢……說眞的，加拉哈德，我不是湖之主，不過我非常感謝你的抬舉。」

「湖之主！我無意冒犯……」

「不用解釋了。」

「這都是因爲您太美麗了。」他急急擠出這麼一句。

「再次謝謝你，不過還是沒用。」

他們沉默了一段時間。氣候很暖和，太陽高掛天空，煦煦照耀石塊。微風徐徐吹皺了湖面。

「尖端流血的矛……」加拉哈德突然用一種慷慨激昂的聲音說：「什麼是尖端流血的矛?什麼是『大腿被刺穿的國王』會遭受苦難?爲什麼?什麼是拿著酒杯與銀盤的白衣少女……」

「我說，」她打斷他：「你沒事吧?」

「我只是問問。」

「我不懂你的問題。這是某種密語嗎?是用來辨識雙方的暗號嗎?拜託你說清楚吧。」

「可是我沒辦法。」

「那你爲什麼還問？」

「因爲……」他結巴了起來。「呃，簡單來說……我們騎士當中有個人在之前有機會的時候沒問，他當時不是被貓吃掉了舌頭，就是女方害羞了……結果沒問的下場，就是發生不幸，所以我現在都會問，以防萬一。」

□

「這個世界有巫師嗎？你知道的，就是那些會用魔法的人。魔法師，智者。」

「這裡有梅林，還有摩根娜。不過摩根娜很邪惡。」

「那梅林呢？」

「還好。」

「你知道在哪裡可以找到他嗎？」

「怎麼不知道！他在卡美洛，亞瑟王的宮殿裡。我就是打算要去那邊。」

「很遠嗎？」

「從這裡到波厄斯，去哈浮倫河，然後順著哈浮倫的水流，去莎賓娜海的格雷姆，那裡離夏之國平原就很近了。這全部加起來，騎馬大概要十天……」

「太遠了。」

「那妳可以，」他的聲音哽了一下。「抄點近路，走庫姆普卡。不過那是座被詛咒的山谷。那邊很可怕，有厄地南巴提——邪惡的侏儒……」

「你是怎樣？這把劍是佩好看的嗎？」

「拿劍對付得了魔法嗎？」

「對付得了、對付得了，別怕。我是獵魔士。你聽過嗎？哎，你當然沒聽過。不過我不怕你說的侏儒，我認識不少矮人。」

最好是，他心想。

□

「湖之主？」

「我叫奇莉，別叫我湖之主，那讓我聽起來不舒服，也不喜歡。他們都是這麼叫我的，在那個什麼國……你說那叫什麼國？」

「妖精之國，又或者按德魯伊的說法是『安溫』，而薩克遜人管那邊叫精靈仙境。」

「精靈仙境……」她從他手中接過一條皮克特格子毯，圍到肩上。「你知道嗎？我去過那裡。我進到燕之塔，然後『砰』，我就在精靈堆中了，而他們就是這樣叫我的。湖之主。一開始，我還挺喜歡這個稱呼，感到受寵若驚，直到我明白自己在那個國度裡、那座塔裡，還有那座湖的湖畔上，不是什麼湖之主，而是個囚犯爲止。」

「妳就是在那裡把衣服染上血的？」他忍不住問道。

她沉默了許久。

「不是。」她總算開口，而他覺得她的聲音微微顫抖。「不是在那裡，你的眼睛很利。哎，人不能逃避事實。把頭埋進沙子裡沒有任何意義……對，加拉哈德，最近這段日子裡，我常常染上血。那是被我殺掉的敵人的血，還有我身邊的那些人，那些我努力想拯救……卻死在我懷裡的人的血……你幹嘛這樣看著我？」

「我不知道妳是天上的神靈，還是普通的女孩……又或者是女神的一分子……但如果妳是居住在這世間上的人……」

「如果你是個好心人，就說重點吧。」

「我渴望能聽聽妳的故事。」加拉哈德的目光燃燒了起來。「喔，湖之主，妳願意告訴我嗎？」

「那故事很長。」

「我們有得是時間。」

「而且結局也不太好。」

「我不信。」

「爲什麼？」

「妳在湖裡沐浴時，唱了歌。」

「你眞是敏銳。」她轉過頭，咬住雙唇，而她的臉突然扭曲變醜。「對，你眞是敏銳，但非常天眞。」

「告訴我妳的故事，拜託。」

「哎，」她嘆了口氣。「好吧，要是你想聽……我說。」

她調整坐姿，讓自己坐得更舒服些。他也同樣調整了個舒服些的姿勢。兩匹馬兒在林邊漫步，嚼食青草。

「從頭開始講。」加拉哈德提出了請求。「從最開始講起……」

她把皮克特格毯裹得更緊，過了一會兒才開始說：「這個故事我越來越覺得它沒有起頭，也不確定它是不是已經結束。你要知道，過去和未來都混成一團了。有個精靈甚至告訴我，這就像那條咬住了自己尾巴的蛇一樣。要知道，那條銜尾蛇的名字叫巫洛伯洛斯。牠咬住了自己的尾巴，表示這是個封閉的循環。每個時刻都藏著過去、現在與未來，每個時刻都藏著永恆，你懂嗎？」

「不懂。」

「沒關係。」

實話告訴你們，相信夢境的人，就像是想要把風網住、把影子抓住。他們靠著虛假的景象和扭曲的鏡面來編織謊言，或是像個分娩的婦人胡言亂語，好自我欺騙。相信夢境、行於虛假之路的人，實在是愚蠢至極。

然而輕視夢境，或壓根一點也不相信夢境的人，同樣行事不經大腦。因為夢境如果一點意義都沒有，那麼創造我們的眾神又何必給我們作夢的能力呢？

——《先知列布達語錄》第三十四章第一節

我們所看見或以為的，不過是夢境中的夢境罷了

——埃德加．愛倫．坡

第二章

微風吹皺了如沸騰大鍋冒著蒸氣的湖面，打散這片白濛，教霧氣殘縷在上頭飄蕩。槳架上發出刺耳的聲響，敲打出富有韻律的節奏，浮出水面的船槳撒下一陣晶瑩珠雹。

康薇拉慕絲將一隻手伸到船舷外。船隻龜速行進，湖水幾乎波瀾不掀，僅微微攀上她的掌心。

「喔！喔！」她用著極盡嘲諷的聲調說：「這船走得還眞快啊！我們這會兒可是乘波破浪，教我都要頭暈了！」

槳手是名身材粗短、厚實的男子，聽到她這麼說，老大不高興地在嘴裡唸了幾句，甚至沒抬起那顆像卡拉庫爾綿羊般，長了一頭灰色鬈髮的腦袋。學院院生康薇拉慕絲已經受夠了。這個老粗從她上船起，就一直用嘀咕、清嗓和發出吃力聲音的方式來搪塞她的問題。

「小心點。」她強裝平靜，咬牙切齒地說：「划船划得這麼用力，可能會虛脫呦。」

這回，男子抬起頭，一張臉飽經風霜、黑得像鞣製過的皮革。他嘀咕了一番，清了清嗓子，用長著灰色短鬚的下巴指向裝在船舷上的木製捲軸，以及被船速拖引而逐漸消失水中的釣線。很明顯，他以爲自己已經解釋得夠清楚，又開始搖起船槳，節奏一如早先──船槳起，休息；槳面入水一半，又休息好一大段；搖槳，再休息更大一段。

「嗯。」康薇拉慕絲看著天空，隨性地說：「我懂。重點是拖在船後頭的假餌，船得用適當的速度與相對的深度移動。重點是捕魚，其他不重要。」

這點是如此理所當然，男子甚至沒有費事嘀咕或清嗓子。

「哎，誰會管我上路已經整整一個晚上？」康薇拉慕絲繼續她的獨角戲。「誰會管我餓肚子？屁股坐在這濕硬的板凳上又痛又癢？誰管我想尿尿？不，只有拖餌才重要。話說回來，你這樣一點用都沒有。假餌拖在湖中央，沉在二十噚深的水裡，沒有東西會去吃。」

男子抬起頭，十分厭煩地看著她，然後很粗魯、非常粗魯地哼了一聲。康薇拉慕絲亮出了小巧貝齒，很是開心。魯男子依舊緩緩搖著槳，一肚子火。

她在船尾板凳上擺出了大方的坐姿，將一條腿疊到了另一條腿上，好讓連身裙的開衩處能大大展露。

男子哼了一聲，長滿繭的雙手緊緊抓住船槳，假裝自己只是在看拖餌的釣線。當然，他壓根也沒想過要加快搖槳速度。院生灰心地嘆了口氣，開始觀察起天色。

槳架發出聲響，晶瑩的水珠紛紛自槳面落下。

在快速升起的輕霧中，出現了一座島嶼的輪廓及矗立其上的黑暗高塔。那塔外觀粗厚，有如一根向上縮窄的圓柱。魯男子儘管背向前方、目不斜視，卻沒來由地知道目的地就要到了，不疾不徐將船槳放在兩側船舷，然後起身將釣線緩緩捲回木軸。康薇拉慕絲依舊蹺著腳，吹著口哨看天空。

男子把線捲到底，檢查了下假餌，那是根銅製湯匙，上頭綁了三錨鉤和紅色毛線做的鉤毛。

「天啊，天啊。」康薇拉慕絲用甜膩膩的聲音說：「什麼都沒釣到，哎呀呀，眞是太可惜了。

眞不知道爲什麼會走這種霉運？說不定是船走太快了？」

男子瞥向她，眼神中有許多不堪入耳的訊息。他坐了下來，往船外清出一口濃痰，接著把槳抓在粗糙的手中，用力挺直背脊。船槳撲通落水，在槳架上敲出聲聲重響。船隻像箭一般划過湖面，湖水在船首大聲激起泡沫，在船尾盪出道道旋流。離島四分之一箭程的這段距離他們一下子便走完，連嘀咕兩聲的時間都不到，而船隻划上礫灘的衝勁之大，讓康薇拉慕絲從板凳上跌了下來。

男子嘀咕幾聲，清清嗓子，啐了一口。院生知道把這轉換成人類文明的語言就是：「滾出我的船，妳這個自以爲聰明的妖女。」她也知道自己不可能讓人抱下船，便脫掉漂亮的平底鞋，挑釁意味十足地將裙子高高撩起，下了船。貝殼扎得她腳底板直發疼，但她只能把咒罵吞下肚。

「謝謝你送我一程。」她咬著牙說。

不等對方哼聲回應，也沒有四處張望，她便光著腳丫往石階走去。所有不適與不愉快都消失無蹤，讓不斷高升的興奮抹得一乾二淨。她就在這座伊尼斯維特瑞島上，這座位於洛克布雷斯特湖上的島。這裡幾乎可以說是個傳奇的地方，只有少數被選中的人來過。

晨霧已經完全升離地面，紅球般的朝陽開始用更強烈的光線穿透霧色蒼穹。塔的堞口四周有鷗群大叫、樓燕穿梭。

那道階梯從沙灘通向露台，頂端有座突出的喀邁拉雕像，而妮穆耶就倚在雕像旁。

湖之主。

□

她的骨架小、個頭矮，身長不到五呎。康薇拉慕絲曾聽說她從小就被叫作「小肘子」，現在看來，這個綽號取得倒是貼切。不過她很確定至少從這半個世紀以來，就沒有人敢這麼叫這位小個子女巫。

「我是康薇拉慕絲．提麗。」她自我介紹，並行了個禮，有點尷尬手裡還拎著那雙鞋。「很高興能到妳的島上作客，湖之主。」

「妮穆耶。」小個子魔法師口氣輕鬆地糾正對方：「叫我妮穆耶就好。提麗小姐，我們就別管那些頭銜和稱號了。」

「這樣的話，那我也不是什麼提麗小姐，叫我康薇拉慕絲就好。」

「那我就不客氣，叫妳康薇拉慕絲囉。我們邊吃早餐邊聊吧，我猜妳已經餓了。」

「妳猜對了。」

□

早餐的菜色有白乾酪、青蔥、蛋、牛奶與全麥麵包，由兩個年紀很小、手腳輕快、身上飄著麵粉香的侍女端來。康薇拉慕絲在用餐的同時，不斷感受到小個子女巫的視線。

「這座塔，」妮穆耶觀察著她的每個動作及放入嘴中的每一口食物，緩緩說道：「包含地下一層，總共有六層。妳住的地方在地上第二層，裡頭應有盡有，能讓妳過得舒適。一樓，如妳所見，是交誼空間，侍僕的房間也都在這裡。地下室與一、三樓一樣，是實驗室、圖書館和畫廊。剛剛提到的這些樓層和裡頭的房間，妳都可以自由進出，可以按照自己的意思去利用這些空間和裡頭的東西。」

「我明白了，謝謝。」

「最上面兩層是我的私人空間及私人工作室，絕對禁止他人出入。我先把話說在前頭，我對這種事情非常敏感。」

「我會尊重妳的私人領域。」

妮穆耶把頭轉向窗戶，透過那扇窗可以看見那個粗魯的搖槳人。他已經將康薇拉慕絲的行李都安置好，現在正把木軸、魚網、抄網和其他漁業用具搬上漁船。

「我這個人有點老派。」她接著說：「不過，有些東西我不習慣與人分享，比如牙刷、私人空間、圖書館、廁所，還有漁人王。請別試圖去勾引漁人王。」

康薇拉慕絲差點沒被牛奶嗆到。妮穆耶臉上沒有透露任何情緒。

「要是……」不等女孩順過氣，她接著說：「要是他想勾引妳，拒絕他。」

康薇拉慕絲好不容易順過氣，連忙點頭，雖然話都已經到了嘴邊，她還是把所有的評論都憋回去。她對漁夫沒興趣，尤其是那些粗手粗腳，而且頭上還像白乾酪一樣，一片白花花的漁夫。

「好——」妮穆耶拉長聲音說：「這樣前言就說完了，現在該講正事了。妳難道不好奇在這麼多人選中，怎麼我偏偏就挑到妳？」

對於這個問題的答案，康薇拉慕絲要是有任何遲疑，那也只會是因爲要讓自己看起來別那麼自負。不過她很快就歸納出，在妮穆耶面前，就算只有稍稍假意謙遜，這點做作對對方來說，還是冒犯。

「我是學院裡最頂尖的夢視師。」她淡淡答道，口氣務實，沒有誇耀。「而三年級的時候，我在全解夢士裡排名第二。」

「我大可以挑排第一的那個。」妮穆耶這話說得直白，甚至傷人。「順帶一提，他們推薦給我的就是這個第一名。話說回來，這個推薦還帶了點壓力，因爲這個第一名好像是某個重要人士的寶貝女兒。不過妳也知道，親愛的康薇拉慕絲，說到夢視、解夢，這是種很飄渺的天賦，就算是最厲害的解夢人，也有可能碰壁。」

康薇拉慕絲把反駁含在嘴中，她失敗的次數可是用一隻手就能數完，但她此時是在和大師說話，就像學院裡其中一個非常博學的教授常說的：「親愛的先生，要知道分寸啊。」

妮穆耶微微頷首，讚賞她的沉默。隔了一會，妮穆耶接著說：

「我去學校打聽過了，所以我知道妳不用靠任何麻醉品就能夢視，這讓我很高興，因爲我不能容忍毒品。」

「我不用靠任何藥粉就能夢視。」康薇拉慕絲肯定地說，語氣中有著微微的驕傲。「我只要有個引子就能解夢了。」

「什麼？」

「呃，引子。」院生清了清嗓子。「就是與我要夢的事物有關的東西。隨便一件東西，又或者是一個畫面……」

「畫面？」

「嗯，用畫面夢視我還挺行的。」

「哦。」妮穆耶笑了笑。「哦，既然畫面能幫到妳，那就沒問題了。要是妳已經解決完早餐，我們就走吧，最厲害的夢視師兼第二名的解夢士。我之所以會選妳當助手，還有其他理由，我想直接都向妳說明白，應該會比較好。」

寒冷的氣息從牆面透了進來，不管是上頭的厚重掛毯，或顏色已經轉黑的飾板，都絲毫無法減弱這股寒氣。石板地透過鞋底，凍著了她的雙足。

「那道門後頭，」妮穆耶隨手指了一下。「就是實驗室。正如之前所說，妳可以隨意使用。當然，請小心，尤其是在實驗用掃帚把水盛走的時候。」

這笑話雖然已經是個老梗，康薇拉慕絲還是禮貌性地輕笑幾聲。所有導師都會和自己學徒講這一類笑話，內容不外乎是一名傳說中的巫師碰上了傳說中的麻煩。

樓梯像條海蛇往上盤旋，好似沒有盡頭，而且很陡。她們才走到一半，康薇拉慕絲便已滿頭大汗、上氣不接下氣。妮穆耶則是完全不吃力的樣子。

「走這邊，請。」她打開一道橡木門。「小心門檻。」

康薇拉慕絲進到裡面，不覺發出一聲驚嘆。

這個房間是個畫廊，牆面從天花板到地板都掛滿了畫作，有斑駁古老的巨幅油畫、袖珍畫、泛黃的版畫和木刻畫，有褪色的水彩畫和墨水畫，另外也有色彩鮮艷的現代膠彩畫及蛋彩畫，還有線條乾淨的金屬蝕刻及細點蝕刻凹版畫，以及採用平版印刷及並置對比的網線銅版，那上頭一塊塊鮮明的黑斑，很是引人注目。

妮穆耶在離門最近的那幅畫前停下，上頭畫的是一群人聚在一棵巨樹底下。她先看了看畫布，然後將目光轉向康薇拉慕絲，那沉默的眼神顯然意有所指。

「亞斯克爾。」院生當下便了解是什麼意思，沒教她多等。「他在布羅黑利斯橡樹底下唱歌謠。」

妮穆耶露出笑容，點了點頭，然後邁開一步，停在下一幅畫前。那是一幅水彩畫。一幅象徵畫。山丘頂端有兩名女子的身影，她們頭上有群海鷗盤繞，腳下，也就是山坡處，有一支長長的影子隊伍。

「奇莉和特瑞絲．梅莉戈德，這是在卡爾默罕的預言場景。」

妮穆耶臉上露出笑容，點了點頭，繼續走向下一幅畫。一名騎士策馬狂奔，穿梭在一條枝幹朝他伸出臂膀的畸形赤楊道上。康薇拉慕絲感到一陣戰慄朝她襲來。

「奇莉……嗯……這畫的大概是她騎馬去半身人賀夫梅耶爾的農場見傑洛特。」

接下來的一幅圖，是顏色已經轉黑的油畫，戰爭畫。

「傑洛特和卡希在保衛亞魯加河上的一座橋。」

接下來的一切進行得很快。

「葉妮芙和奇莉，這是她們在梅莉特列神殿的第一次見面。亞斯克爾和德律阿得艾思娜，在布洛奇隆之森。傑洛特一行人在暴風雪中前往馬勒海伍隘口……」

「非常好，很完美。」妮穆耶打斷了她。「妳對傳說知道得很清楚。現在妳已經知道我不找別人，而是找妳來這裡的第二個原因了。」

□

在她們坐的那張烏木茶几上方，掛著一幅巨大的戰爭畫，似乎是布倫納之戰的某個關鍵時刻，也就是某人庸俗的英雄式死亡。這幅畫無疑是米可瓦伊．冊爾透薩的作品，這從上頭的畫作表現、完美細節，以及這名藝術家慣用的透視手法，足以驗證。

「獵魔士和獵魔士女孩的傳奇，我當然知道。」康薇拉慕絲答道：「而且還可以很篤定地說，倒著背都行。在我還是青少女的時候，很愛這個故事，讀了一遍又一遍，而且還幻想自己是葉妮芙。不過我要老實說，這份愛縱使是一見鍾情，縱使是激情萬分……卻不是永恆。」

妮穆耶挑起眉。

「這個故事我是從一般常見的精華版，」康薇拉慕絲說：「還有青少年版，也就是經過刪節和潤飾的修訂版小書看來的。然後，我很自然就去找了所謂的未經修訂版。當中的篇幅近乎冗長，有時甚至是過於冗長。當時，我對這個故事的熱情被冷靜取代，原本的狂野激情也換成了婚姻責任之類的東西，如果妳知道我指的是什麼的話。」

妮穆耶用幾乎難以察覺的方式微微頷首，表示自己清楚對方所指爲何。

「總結來說，我比較偏好不會把現實與故事摻在一起，不會試著把簡單直白的道德故事與極度不道德的史實整合在一起，純粹以傳說寫成的傳說。我比較偏好沒加上百科全書派學者、考古學家和歷史學家格言的那種，不用經過實驗的那種。我比較偏好王子爬上玻璃山【註】，親吻睡著的公主，公主醒來後，兩個人就一起過著幸福快樂日子的那種。傳說的結局就該是這樣，而不是有別種版本……這幅奇莉的肖像是出自誰的手筆？這幅全身畫？」

「這裡沒有奇莉的肖像。」小個子女巫的聲音裡完全不帶一絲情感。「不管是這裡，還是這世上的任何一個地方，都沒有。這世上沒有留下任何一幅肖像，也沒有任何一個知道、認識或至少記得奇莉的人，畫下任何一幅袖珍畫。這幅全身畫畫的是芭維塔——奇莉的母親，而下筆的是琴特拉御用宮廷畫師矮人魯茲．多利特。據信，多利特在奇莉十歲時也幫她畫了一幅全身畫，不過很遺憾，那幅叫作『公主與灰狗』的畫已經遺失了。我們還是回到傳說本身和妳對傳說的看法，還有按照妳的看法，傳說該有怎樣結局這些事情上。」

「傳說應該要有好的結局。」康薇拉慕絲一臉堅定地說：「善良與正義要獲得最終的勝利，邪惡要獲得具代表性的懲罰，愛情要把相愛的兩個人連結在一起，直到生命終點。還有，正義的一方該死地不能有任何一個人物喪命！而奇莉的傳說呢？結局是怎樣？」

「是啊，是怎樣呢？」

康薇拉慕絲沉默了一會兒，沒料到會被問到這種問題，但她聞到了一股測驗、考試和陷阱的氣味。她保持沉默，不想上鉤。

「關於傑洛特和奇莉的傳說，結局是怎樣的？這個人人都知道啊。」

她看著色調黑暗的水彩畫，上頭有艘模糊的駁船在水氣裊裊的湖中航行。駁船由一名女子以長篙撐動，但那名女子只以一道黑色剪影呈現。

那個傳說的結局就是這樣，就是這樣。

妮穆耶讀了她的思緒。

「這點沒有那麼一定，康薇拉慕絲。這點根本就沒有那麼一定。」

□

【註】：《玻璃山》是波蘭童話。故事描述三兄弟中最爲愚笨的小弟，在與兩名兄長輪流看守家中牧地時，因緣際會救了三位被囚禁在牧地橡樹下的公主，因而娶了她們住在玻璃山的小妹四公主爲妻。

「這個傳說，我是從一個流浪說書人嘴裡聽來的。」妮穆耶起了頭。「我是個鄉下孩子，車匠家的第四個女兒。喜歡浪跡天涯的老乞丐說書人波格維茲德在我們村子裡作客的那些時光，是我童年最美好的時刻。可以讓我從粗活兒裡喘口氣，在腦海裡想像這些童話般的神奇故事，看看這遙遠的世界……這美麗而神奇的世界……比九哩外那座小鎮裡的市集還要遠、還要神奇的世界……」

「我那時大概六、七歲。最大的姊姊是十四歲，但已經因為成天彎著腰做活而駝背，這就是鄉下女人的命運！我們那兒的女孩，從小就準備要面對這樣的未來！駝背的未來！這一輩子就是要駝背再駝背，彎著腰做活、帶孩子，生完的身子才剛恢復，漢子就又讓人再挺上一個肚子……」

「是那些老掉牙的故事，讓我開始渴望駝背和彎腰做活之外的事，讓我開始夢想生產、丈夫和孩子之外的事。我買的第一本書是關於奇莉的傳說，那是我跑去林子裡，用自己的雙手採下一顆又一顆的野莓，然後拿去跟書販換來的。那個版本就像妳巧妙稱呼的，是適合小孩的改寫版，是修訂版的小書，那剛好是很適合我的版本。我當時的閱讀能力不太好，不過我在那個時候，已經知道自己要什麼。我想像菲莉帕·愛哈特那樣，像夕樂·德唐卡維勒那樣，像阿西蕾·法·阿娜西得那樣……」

兩人看向一幅膠彩畫，上頭用微妙的明暗手法，畫出隱晦的城堡大廳，以及一張有女子圍坐的桌子。那些女子都是傳說中的人物。

「我在學院裡——話說我考了兩次才考上——研究的是神話，但只和魔法歷史課教的『大會』

有關。」妮穆耶說：「一開始，我沒有時間好好享受閱讀的樂趣，只能死背，好……好跟上伯爵千金、銀行家小姐的腳步。這一切對她們來說是那麼簡單，鄉下來的村姑成了她們嘲笑的對象……」

她沉默下來，將指頭折出聲響，然後說：

「最後，我找到時間閱讀，但那時的我認爲，傑洛特和奇莉的命運有了巨大改變，已經不如童年時來得吸引人。我出現了和妳一樣的症狀。妳之前是怎麼說的？婚姻責任？不過一直到……」

她停下來，抹了抹臉。康薇拉慕絲驚訝地發現，湖之主的手在顫抖。

「事情……事情發生的時候，我大概十八歲。那件事讓奇莉的傳說在我身上活了起來，讓我開始用科學的方式嚴肅對待這個傳說，讓我爲它付出了一生。」

院生縱使好奇得想要大叫，卻沒有出聲。

「別裝出一副妳不知道的樣子。」妮穆耶尖酸地說：「反正大家都知道，湖之主就是患了一種以奇莉傳說爲主的病態偏執。大家都在傳，這一開始是無傷大雅的狂熱，到後來卻膨脹成某種像毒癮之類的東西，或是根本就成了瘋子。這些謠言裡有許多部分都是眞的，我親愛的康薇拉慕絲，許多部分都是眞的！而妳既然被我選爲助手，也會發瘋、會上癮的。因爲我會要求妳變成那樣，至少在妳實習的這段時間裡，妳懂嗎？」

院生點頭表示了解。

「妳以爲妳懂，」妮穆耶鎭靜下來，冷冷地說：「不過我要向妳說清楚，一步一步地說。等到時機成熟，我會把一切都告訴妳。現在……」

她停了下來，看向窗外。湖上，漁人王的船成了一道黑色線條，與金光閃閃的水面形成明顯落差。

「現在先去休息吧。看看畫廊，櫃子裡和展示櫃上有成箱成冊的圖像，都跟那個傳說有關。圖書館裡，有所有關於這個傳說的版本和謬論，大部分的學術研究資料也都在裡頭。花點時間瞧瞧吧。多去翻一翻、看一看，把精力集中在那裡。我想要妳有作夢的題材，就像妳說的，引子。」

「我會的。妮穆耶小姐？」

「說吧。」

「那兩幅肖像……掛在一起的那兩幅……也都不是奇莉嗎？」

「奇莉的肖像根本不存在。」她尖酸地重複了先前的話。「是後來的藝術家憑自己的想像，把她畫到各種場景裡。至於那些肖像，左邊那幅也是根據主題自由創作，畫的是精靈拉拉・多倫・阿波・夏得哈兒，作畫人不可能認識。因爲這個作畫人是莉迪雅・凡・布雷德佛特，透過傳說，妳一定也知道她。她其中一幅被保存下來的油畫中，還掛在學院裡。」

「我知道。那第二幅肖像呢？」

妮穆耶看了那幅畫許久。畫中呈現的是一名身材纖細的淺髮女孩，她的神情憂鬱，身著綠袖連身白裙裝。

「這是羅賓・安德里達畫的。至於畫的是誰……要由妳來告訴我，夢視師兼解夢士，由妳來解釋，並把妳的夢告訴我。」

□

羅賓．安德里達大師首先注意到朝他們走近的大帝，並朝他鞠躬行禮。里德塔爾伯爵夫人史黛拉．康格瑞夫站起身，微微屈膝，同時用手勢快速示意坐在花雕扶椅上的女孩做同樣的動作。

「兩位女士好。」恩菲爾．法．恩瑞斯微微頷首。「羅賓大師，您也好。畫作進展如何？」

羅賓大師尷尬地清了清嗓子，再度鞠了個躬，手指不斷緊張地在作畫服上揉蹭。恩菲爾知道這個藝術家一直為嚴重的廣場恐懼症所苦，是個害羞到病態的人。不過這又妨礙到誰了？他會不會作畫才是重點。

大帝就像平常旅行時那樣，穿著禁衛軍「治」的軍官制服──黑盔甲、黑披風，上頭繡了隻銀色火蜥蜴。他走近些，盯著肖像看。他是先看肖像，然後才看模特兒。女孩的身材纖細、髮色淺淡、神情憂鬱，穿著件綠袖連身白裙，領口保守，有一小串翠綠橄欖石項鍊裝飾。

「很好。」他故意說得模糊，好讓人不知道他稱讚的是什麼。「很好，大師。請繼續，不用管我的存在。伯爵夫人，請借一步說話。」

他走開了些，往窗戶的方向去，要伯爵夫人跟著他。

「我要走了，是國事。」他小聲地說。「謝謝妳招待我，還有她，公主。史黛拉，這份差事妳眞的做得不錯。眞的很值得讚賞。不管是妳或她，都是。」

史黛拉・康格瑞夫深深行了一個屈膝禮，姿態優雅。

「陛下對我們太好了。」

「話別說得太早。」

「哎……」她微微咬了下嘴唇。「是這樣嗎？」

「是這樣。」

「恩菲爾，她會怎樣？」

「我不知道。」他答道。「十天後我要再次攻打北方。據報這會是場硬仗，很硬的仗。瓦鐵・德里多在監控反對我的謀反勢力。國家利益可能會迫使我做很多事，非常多的事。」

「這孩子是無辜的。」

「我說過了，國家利益。國家利益和公平一點關係都沒有。話說回來……」

他大手一揮。

「我想和她聊聊，單獨聊聊。公主，請過來。來、來，動作快點。這是帝王的命令。」

女孩深深行了一個屈膝禮。恩菲爾用目光掃視她，記憶回到了洛克格林宮那場決定性的接見。他對她滿心認同，呵，甚至對在那次接見後的六個月內，就把小醜鴨變身成一個小貴族的史黛拉・康格瑞夫，感到激賞。

「請讓我們獨處。」他下了令。「停一會兒吧，大師，就當作洗畫筆的時間到了。至於妳呢，伯爵夫人，請妳到前廳去等一等。而妳，公主，請跟我去露台。」

夜裡下的濕雪在一早的曙光中消融，但達倫羅旺堡的座座高樓和尖塔依舊一片濕漉，光芒閃爍的程度讓人以爲著了火。

恩菲爾走近露台欄杆。女孩按照禮數，跟在他後頭一步之遙。他不耐煩地以手勢要她靠近些。

帝王沉默了許久，兩隻手掌都按在欄杆上，看著一座座的山丘及生長其上的永恆靜綠，與嶙峋斷崖的石灰白形成明顯差異。河水粼粼，像條熔銀絲帶在谷底蜿蜒。

空氣中可以感受到春的氣息。

「我太少到這裡走動了。」恩菲爾出聲道。女孩沒有回應。

「我太少到這裡來了。」他重複道，並把身子轉了過來。「而這裡是個漂亮、充滿平靜的地方。這一帶很漂亮……妳同意我說的嗎？」

「是的，陛下。」

「空氣中已經可以感受到春的氣息。我說的對嗎？」

「是的，陛下。」

下方庭院裡傳來歌聲，夾雜著金屬的敲擊聲及馬蹄鐵的脆響。護軍收到帝王下令出發，正快速準備上路。恩菲爾記得禁衛軍中有個人會唱歌，常常唱，而且不看場合。

仁慈地看看我吧

湛藍的雙眼

憐憫地賞賜我吧
自身的魅力
憐憫地想起我吧
這夜半時分
別仁慈地拒絕呀
彼此的吸引

「這首歌謠寫得挺好的。」他若有所思地說，同時用指頭觸摸著又沉又甸、以黃金打造的帝王頭飾。

「的確很好，陛下。」

瓦鐵給了保證，說他已經追到維列佛茲的行蹤。說找到他只是時間的問題，最多一個禮拜，叛徒的腦袋都會落地，而眞正的奇莉拉——琴特拉的女王也會被帶來。

在正牌奇莉來到尼夫加爾德前，得先處理、處理這個替身。

「把頭抬起來。」

她乖乖地照辦。

「妳有什麼願望嗎？控訴？請求？」他突然尖銳地問。

「沒有，陛下。沒有。」

「眞的？這倒有趣了。嗯，不過我也不能命令妳有。把頭抬起來，像個高貴的公主。史黛拉應該有教妳禮數吧？」

「是，陛下。」

就是這樣，他們把她教得很好，他心想。先是黎恩斯，然後是史黛拉。他們把她的角色與台詞教得很好，肯定是用了酷刑和死亡，來威脅她不能搞混或出錯。他們事先警告過她，得在嚴苛、不容犯錯的觀眾面前演出；得在可怕的恩菲爾．法．恩瑞斯——尼夫加爾德大帝面前演出。

「妳叫什麼名字？」他銳利地問。

「奇莉拉．費歐娜．愛蓮．黎安弄。」

「妳眞正的名字。」

「奇莉拉．費歐娜……」

「不要考驗我的耐性。妳的名字！」

「奇莉拉……」女孩的聲音如折斷的棍子：「費歐娜……」

「偉大的太陽啊，眞是夠了。」他咬牙切齒地說：「夠了！」

她大聲吸了下鼻子，這不合乎禮數。她的雙唇不停顫抖，不過這點不在禮數禁止的行列之內。

「冷靜下來。」他命令道，但聲音輕微，幾近溫和。「妳在怕什麼？妳對自己的名字感到羞恥嗎？妳怕承認自己的名字嗎？這和某種讓人不愉快的事有關嗎？如果我問了，那也只是因爲我想要可以用妳眞正的名字來喊妳，不過我得知道那個名字叫什麼。」

「不怎麼樣。」她答道，一雙大眼突然現出光彩，就像透了光的祖母綠一樣。「因爲那是個不怎麼樣的名字，陛下。是一個剛好適合無名小卒的名字。只要我是奇莉拉·費歐娜的一天，我指的是……只要還是……」

她的聲音突然被鎖在喉頭，讓她反射性地將雙手伸向脖子，就好像那上頭有什麼，但不是項鍊，而是令她無法呼吸的絞刑鐵環。恩菲爾依舊打量著她，依舊對史黛拉·康格瑞夫有滿心的贊同，但同時也感到一股怒意。那是一股沒來由的怒意，所以更顯得令人生氣。

我想從這孩子身上得到什麼？他一邊想著，一邊覺得體內充滿怒氣，就像鍋裡的湯，不斷翻滾、冒泡。我想從這孩子身上得到什麼？從這樣一個……

「妳要知道，小姑娘，我和妳被綁架一事沒有關係。」他口氣激烈地說。「我和妳被抓一事沒有關係，我沒有下過這種命令。我是被人欺騙……」

他氣死自己了，知道自己犯了錯。他早該結束這場談話，用傲慢、專橫、屬於帝王的方式結束。他早該忘掉這個女孩與她那雙碧綠的眼睛。這女孩不存在，她是個替身。她甚至沒有名字，是個無名小卒，而皇帝不會和無名小卒說話。皇帝不會在無名小卒面前承認錯誤，請求原諒、懺悔這種事，皇帝不會向……

「原諒我。」他說。這些字眼是那麼陌生，黏在他的唇上，令人不適。「我犯了錯。對，就是這樣，妳會碰上那些事是我的錯。責任在我。不過我向妳保證，沒有任何東西可以威脅妳。妳不會再碰到任何壞事，不會再碰到任何傷害、任何輕蔑、任何不快。妳不用害怕。」

「我沒有害怕。」她抬起頭，違背禮數直接看著他的雙眼。恩菲爾微微震了一下，被那誠懇而信任的視線刺傷。他立即挺直身軀，帝王派頭十足，傲慢得令人作嘔。

「向我要求妳想要的東西。」

她再度看向他，而他不由自主地想起，自己就是用這種方式陷害他人，買下無數次心安，在內心深處不道德地竊喜自己付出的代價有多低廉。

「向我請求妳想要的東西。」他又說了一次，由於疲憊，聲音突然有了人性。「我會實現妳的每個願望。」

讓她別盯著我看，他心想。我承受不了她的目光。

人們應該都是怕盯著我看，他心想。那我現在是在怕什麼呢？

我才不管瓦鐵．德里多和他的國家利益。要是她向我開口，我會叫人把她送回她原本的地方。我會叫人用六頭金馬車送她，只要她開口要求。

「向我要求妳想要的東西。」他又說了一次。

「謝謝，陛下。」女孩垂下眼睛說。「陛下是很高貴大方的。要是我可以要求的話……」

「說。」

「我想留在這裡。留在達倫羅旺堡這裡，跟史黛拉夫人一起。」

他並不訝異，隱約早有感覺。

他的世故阻止了他提出疑問，那會讓他們兩人都感到尷尬。

「我說話算話。就照妳的意思辦吧。」他冷冷地說。

「謝謝，陛下。」

「我說話算話。」他重複道，努力避開她的目光。「我也會遵守自己說出的這些話。不過，我想妳這選擇下得不好，妳沒選妳該選的。要是妳改變主意……」

「我不會改變主意。」大帝顯然不會把話說完，於是她說：「我爲什麼要改變主意？我選了史黛拉夫人，選了我這輩子這麼少碰到的東西……房子、溫暖、善意……眞摯。選擇這樣的東西不可能會有錯。」

*眞是一個可憐又天眞的存在，*恩菲爾・法・恩瑞斯大帝——代以溫阿丹引卡倫阿波摩爾伏得、舞動於敵軍墓上的白色之焰如是想著。*選擇這樣的東西，眞是犯了一連串可怕至極的錯誤。*

不過某個東西——或許是遙遠的記憶——阻擋帝王將這些說出口。

□

「有趣。」妮穆耶聽完她的報告後，說：「的確是場有趣的夢。還有其他的嗎？」

「嗯！」康薇拉慕絲以快速而扎實的動作，把蛋從頂端切開。「經過那一連串場景，我腦袋還暈乎乎的呢！不過這沒什麼好奇怪的，到新地方的第一晚總是會讓我作些瘋狂的夢。妳知道嗎，妮穆耶，人家說我們夢視師的天賦不是會作夢，如果略掉我們在恍惚或催眠狀態下看見的景象，那麼我們的夢境不管是強烈的程度、豐富的程度或感知的程度，都和其他人沒有兩樣。人們認爲我們的過人之處與天賦，是某種完全不同的東西——我們能記住夢的內容，很少會忘記。」

「因爲你們的內分泌腺，能從事非典型而適當的運作。」湖之主打斷她：「你們的夢就和——我用比較沒那麼好聽的說法——分泌進器官中的內分泌物沒兩樣。就像大多數的原始魔法天賦，你們的也是平凡無奇的有機現象。不過這些事妳自己就一清二楚，不用我來向妳解釋。妳來說吧，還有什麼夢是妳記得的嗎？」

「有個年輕的男孩子。」康薇拉慕絲皺起了眉頭。「他肩上揹了一個包袱，走在空蕩的田野間。早春的田地還是一片空白。柳樹……在路旁和田埂上。柳樹，歪斜、中空、開散……光禿禿的，還沒染上綠意。男孩不斷走著，左顧右盼。黑夜降臨。天空繁星浮現。其中一顆是會動的。那是彗星。紅紅、閃閃的，冒著火花斜斜劃過蒼穹……」

「很好。」妮穆耶露出一抹微笑。「雖然我不知道妳夢見誰，但我可以更精確地指出這個事件發生的日期。可以清楚看見紅色彗星的，有六個日子，那是在簽訂琴特拉和平協議的那年春天。更確切地說，是三月的頭幾天。其他夢裡也有出現時間指標嗎？」

康薇拉慕絲哼了一聲，把鹽灑在蛋上，說：「我的夢不是農民曆，裡頭沒有日期表！不過，爲了表示得精確一點，我夢到了布倫納之戰，這一定是因爲我在妳的畫廊裡，看米可瓦伊・冊爾透薩的畫看太久的關係。而布倫納之戰的日期也很清楚，和彗星是同一年，我沒說錯吧？」

「對，妳沒說錯。在那場夢裡有什麼跟那場戰役特別有關的東西嗎？」

「沒有。夢裡又是馬，又是人，又是武器的，亂成一團。那些人打來打去、又吼又叫。有人喊：『雄鷹！雄鷹！』那個人一定精神不正常。」

「還有嗎？妳說一整晚都在作夢。」

「我不記得了……」康薇拉慕絲一時語塞。

妮穆耶露出了一抹微笑。

「嗯，好啦。」院生一臉傲氣地揚起下巴，不讓湖之主有機會挖苦她。「我當然有時候也會忘記夢的內容，沒有人是完美的。我再重複一次，我的夢只是些片斷，不是圖書館裡的縮影資料……」

「這我知道。」妮穆耶打斷她。「這不是在考妳的夢視能力，而是在分析傳說，傳說中未知的部分和空白的地方。再說，我們的進展一點也不差，妳在頭幾場夢裡已經解開肖像女孩的謎題，知道她是奇莉的替身，是維列佛茲想要欺騙恩菲爾大帝的打算。」

她們停下來，因爲漁人王進到了廚房。他行過禮、碎唸幾句後，便從櫥櫃裡拿了麵包、連體鍋和一個小布包走了出去，同時沒忘了行禮和碎唸。

「他腳跛得嚴重。」妮穆耶一臉不情願地說。「他受了很重的傷。他的腳在打獵的時候，讓野豬給撕傷，所以他才會在船上待這麼多時間。划船和捕魚的時候，那傷不會妨礙到他。在船上可以讓他忘記身上的殘疾。這是一個非常正派又好的人，而我……」

康薇拉慕絲有禮地保持沉默。

「我需要男人。」小個子女巫務實地解釋道。

我也是，院生在心裡想著。該死，只要我一回到學院，馬上就去勾一個。單身生活是好，但不能超過一個學期。

妮穆耶清了清嗓子。

「要是妳已經結束妳的早餐和白日夢，我們就去圖書館吧。」

□

「我們回到妳的夢吧。」

妮穆耶打開文件夾，快速翻過幾張墨水畫，然後抽出一張畫作。康薇拉慕絲馬上認出那是什麼。

「洛克格林宮的覲見典禮。」

「沒錯。替身讓人引薦到帝王的宮裡。恩菲爾假裝自己上了當，在那場蹩腳戲裡露出了開心的表情。瞧，這就是北方諸國的使臣，這劇本就是演給他們看的。這一邊我們則可以看到，尼夫加爾德的眾家公爵受到羞辱，他們的女兒全給帝王甩到了一邊，結盟的建議也全被忽視。他們打算報復，竊竊私語，交頭接耳，陰謀、暗殺之計已然成行。扮演替身的女孩低頭站著，畫師爲了要強調那份神祕感，甚至爲她加上一塊帕子，遮去臉部線條。」

女巫過了一會兒，才又接著說：「就這麼多，我們對假奇莉一無所知。不管是哪個版本的傳說，都沒有提到這個替身後來怎樣了。」

「不過有一點要強調的是，」康薇拉慕絲幽幽地說：「這女孩的命運不會讓人羨慕。恩菲爾奪到本尊後，就會把假貨給甩開，而我們也知道他奪到了。我作夢的時候，並沒有悲劇的感覺，而理論上我應該要有所感覺，如果……另一方面，我在夢裡看見的，不一定就是真正的事實。就像每個人一樣，我所夢的，反映我的渴望，慾望……和恐懼。」

「我知道。」

□

她們翻閱著文件夾與籍冊，一直討論到午餐時間。漁人王這回捕魚的收穫顯然不錯，因爲午餐是烤鮭魚。晚餐也是。

是夜，康薇拉慕絲睡得很不安穩。她吃太多了。

她什麼也沒夢到，覺得有點苦悶和丟臉，但妮穆耶一點也不在意。我們有得是時間，她說。還有很多個夜晚在等著我們。

□

伊尼斯維特瑞塔中有幾間浴室，裡頭著實奢華，讓大理石和黃銅照得一片白亮閃耀，讓地下室的火炕烤得溫暖烘熱。康薇拉慕絲大搖大擺占據了浴缸好幾個小時，即便如此，她還是每隔一段時間便和妮穆耶在蒸氣室碰面，那是間小小的木屋，有條棧道直通湖畔。兩人分坐在長凳上，渾身濕漉漉，吸著水淋在石頭上冒出的蒸氣，隨意用樺樹枝做的小掃帚甩打身子，帶著鹹味的汗水滲進了她們的眼睛。

「要是我沒理解錯誤，」康薇拉慕絲抹過臉龐。「在伊尼斯維特瑞實習的時候，我要做的是把獵魔士與獵魔士女孩傳說裡的空白都釐清？」

「妳沒理解錯誤。」

「我要在白天瀏覽圖像、進行討論，爲睡眠做準備，好在夜裡能夢到某個未知事件的眞實版本？」

這一回，妮穆耶甚至不覺得有給予肯定答覆的必要，只是用小掃帚甩了自己幾下，然後起身將水潑在燒紅的石頭上。蒸氣瞬間冒出，那熱度讓人頓時感到窒悶。

妮穆耶把小木桶裡餘下的水都倒到自己身上。她的身材讓康薇拉慕絲讚嘆不已。女巫的個頭雖小，比例卻格外勻稱。那身形與緊緻的肌膚，教二十歲的女孩看了都會嫉妒。不講遠的，康薇拉慕絲二十四歲，她很嫉妒。

「就算我釐清了某些東西，」她擦拭著汗濕的臉龐道：「我們要怎麼確定我夢到的就是眞正的版本？說真的，我不知道……」

「這等會兒再說。」妮穆耶打斷她。「到外面說，我已經在這滾燙的大鍋裡坐夠了。我們去乘涼，然後再聊吧。」

這也是例行公事之一。她們跑出蒸氣室，光著腳丫大聲踏過棧道木板，然後狂野大叫著跳進湖裡，待玩過水後，便擰著頭髮回到棧道上。

水聲與尖叫驚動了漁人王，他在自己的船上轉過身，單手蓋在眼睛上方看了看，但隨即又轉回去，繼續處理漁具。康薇拉慕絲認爲這種舉動是種羞辱，令人難看。她注意到漁人王不捕魚的時候，會把時間花在閱讀上，對他的評價也因而提高許多。他甚至帶書去廁間，而那也「不過」就是《黃金鏡》——一本嚴肅而艱澀的作品。所以，就算在伊尼斯維特瑞的頭幾天，康薇拉慕絲對妮穆耶的態度有些許訝異，現在也早就不以爲意。如今一切都很清楚，漁人王鄙俗、粗魯的樣子只不過是表象，好作爲一張安全的面具。

然而，康薇拉慕絲心想，把身體轉向釣竿和假餌，眞是一種侮辱人又不可原諒的冒犯。棧道上有兩名赤裸裸、身材媲美女神的女子晃來晃去，照理說他不可能移得開眼睛才對。

「要是我解開了什麼，」她一邊用毛巾擦拭胸房，一邊回到正題：「要怎麼保證我夢到的就是眞正的版本？從亞斯克爾的《詩的半世紀》，到安德烈・拉維克斯的《湖之主》，這個傳說的文學版本我全知道。我知道教士亞瑞的著作和所有學術論文，我甚至還沒提到那些坊間流行的大眾版本。這些文獻全都留下了軌跡，造成影響，我沒辦法把這些從夢裡剔除。我有機會打破虛構的故事，夢到眞正的事實嗎？」

「有。」

「這種機會有多大？」

「和漁人王釣魚……」妮穆耶用頭指向湖中的船隻。「一樣大。妳自己也看到了，他孜孜不倦地拋著魚鉤，不斷地勾到雜草、樹根、沉在水裡的樹樁、樹幹、舊鞋、浮屍，鬼才知道還有什麼，不過有時候他也會釣到東西。」

「那就祝我滿載而歸。」康薇拉慕絲邊穿衣服，邊嘆了口氣。「我們就把餌拋出去，開始釣魚吧。我們就來找傳說眞正的版本，把箱子的表布和襯裡都拆掉，敲一敲，看看有沒有暗格。那要是沒有暗格呢？妮穆耶，我對妳是十二萬分的敬重，但我們不是頭一群這樣找的人。在我們之前就有一大票人展開調查，有哪個線索或細節能逃過他們的法眼？這種機會有多大？我們連條小魚都逮不到吧？」

「一定有的。」妮穆耶一面梳著濕髮，一面肯定地說：「那是連他們自己都不知道的東西，被他們抹上了虛談和美言，再不然，就是用沉默給包住了。」

「比方說？」

「不說遠的，就說獵魔士在投散特過冬的那段時間。所有版本都把這個章節用一句短短的『故事中的主人翁一行人，在投散特度過了冬天』帶過。就連花了兩章篇幅描述自身壯舉的亞斯克爾，在獵魔士這個問題上的態度也令人費解。所以，在逃離貝爾哈文，在和精靈阿瓦拉賀在地底空間——提爾納貝亞阿辣因說過話之後，在卡耶米可微地的衝突與德魯伊的歷險之後，從十月到一月的這段時間，獵魔士在投散特做了什麼，那個冬天發生了什麼事，難道不值得去了解嗎？」

「他做了什麼？過冬啊！」院生粗聲說：「只要雪沒融化，他就不可能穿過隘口，所以他在那裡過冬、發呆。也難怪後來的作家都用『冬天過去了』這幾個字，來簡單帶過這段枯燥的情節。」

妮穆耶露出一抹微笑。

「嗯，不過既然有這個必要，我們就試著去釐清吧。有畫作或圖稿什麼的嗎？」

「我們有很多圖稿。」

□

岩石上的濕壁畫是幅打獵的景象。畫筆隨意畫出的小巧人形削瘦線條，拿著弓、矛追趕奔命的巨大紫色野牛。野牛身側有虎紋，頭上的角像黑松雞的尾巴般向外岔開，並掛著某個像蜻蜓的東西。

「所以，」雷吉斯點了點頭。「這就是那幅畫。精靈阿瓦拉賀，那個知道許多事情的精靈，所畫的畫。」

「對。」傑洛特平淡地給了肯定的答案：「這就是那幅畫。」

「問題在於我們已經徹底搜過這些洞穴，而裡面沒有半點精靈的蹤跡，也沒有你暗示的那些生物。」

「他們之前就在這裡，現在不是躲起來，就是搬走了。」

「這的確是個不容置喙的事實。別忘了，他們只是因爲有司祭替你說情，才會聽你說話，顯然他們認爲你的話只要聽一次就夠了。在司祭以頗爲堅決的方式拒絕與我們合作後，我眞的不知道你還能做什麼。在這些洞穴裡繞了一整天，我不得不這麼想，我們這樣一點意義也沒有。」

「我也是這麼覺得。」獵魔士苦澀地說。「我永遠都搞不懂精靈，不過至少我已經知道，爲什麼大部分人不喜歡他們，因爲很難不去聯想他們是在嘲笑我們。他們不管做什麼、說什麼、想什麼，都在嘲笑我們，在愚弄、譏諷我們。」

「你這是一種擬人化的說法。」

「也許有一點吧，不過他們給我的印象就是這樣。」

「我們現在怎麼辦？」

「回卡耶米可微地找卡希，德魯伊一定已經把他那被扒了皮的腦袋瓜治好了。接著我們上馬，去接受安娜·痕莉夜塔公爵夫人的邀請。吸血鬼，別露出這種表情。米爾娃的肋骨斷了，卡希的腦袋破了，稍稍在投散特休息一下，對他們兩人有好處。我們也該幫亞斯克爾脫身，看來他這次惹的麻煩不小。」

「好吧，」雷吉斯嘆了口氣。「就這樣吧。我得離那些動物和狗群遠遠的、留意巫師和讀心士……如果這樣還是被拆穿身分，那我就指望你了。」

「你可以放心指望我。」傑洛特慎重地回答：「我不會在你需要的時候，袖手旁觀，夥伴。」吸血鬼微微一笑，因爲只有他們兩人，他把獠牙整個露了出來。

「夥伴？」

「我是在用擬人法。來吧，我們從洞穴裡出去吧，夥伴。因爲我們在這裡什麼都找不到，只會得風濕。」

「沒錯，除非……傑洛特？提爾納貝亞阿辣因——精靈的死亡之城，照你所看到的，是在這片岩畫之後，就在這片石牆之後……如果我們……可以進去裡面，你知道的，如果我們把牆打破，你沒這樣想過嗎？」

「沒有，我沒想過。」

□

漁人王再度豐收，因爲晚餐是煙燻突吻紅點鮭。那魚是如此美味，讓康薇拉慕絲把研究一事拋到九霄雲外，又一次吃撐了肚子。

□

康維拉慕絲打了個飽嗝，口中盡是燻鮭魚的氣味。在她第二次意識到自己對書本內容一無所知，只是機械式地翻動頁面時，心裡便想，*該睡覺了，是時候進入夢鄉了。*

她打了個呵欠，將書本擱到一旁，把原本疊在一起以便閱讀的枕頭擺開，調成就寢的樣子，然後用咒語滅掉燈火。頃刻間，房內陷入一片無法打破、濃稠如焦糖的黑暗。沉重的絲絨簾幕已緊拉上——黑暗中的睡夢品質較好，這一點，院生在很久以前便體悟到了。*要選什麼呢？*她一邊伸著懶腰，一邊在床單上翻身，心裡如是想著。*要直接看看能不能夢到什麼，還是落錨下去鉤鉤看？*

夢視師其實並不像她們誇口的那樣厲害，對於自己所作的感知夢，她們甚至有一大半都記不起來，而且有好一部分會像混亂的圖像，存在解夢士的記憶中，就像萬花筒那種用鏡子與玻璃做成的小孩玩具，會改變顏色和形狀。不過情況其實也沒那麼糟，要是那些圖像根本就是一團混亂，甚至看起來一點意義也沒有，就可以放心跳過，回到白日的常規生活。這種時候，她們的說法就是：「我不記得了，我是說，那不值得我記。」用行話來說，夢視師把這種夢叫作「空包彈」。

比較糟糕，而且有些丟臉的是「惡夢」，指的是夢視師只記得一些片段和零碎意義的夢；一早醒來，只會模糊感覺有收到訊息的那種夢。不過要是「惡夢」一再重複，那就可以確定那夢境裡的事，與具有解夢意義的夢有所關聯。這時，夢視師就會透過集中注意力和自我暗示，強迫自己再一次，而且是確實地夢見特定的「惡夢」。而效果最好的做法，是強迫自己在醒來後，馬上又入夢，這種方式叫「鉤夢」。要是夢不「上鉤」，那就只剩下在之後的某場夢裡，再度嘗試叫出另一個夢中場景，但要在睡前先集中精神和打坐。這種刻意規劃的入夢法叫「落錨」。

在島上待了十二夜後，康薇拉慕絲已經有三份清單、三組夢境。有一份很成功，令她自豪，那是「惡夢」清單，也就是夢視師成功「下鉤」或「落錨」的成果。屬於這份清單的夢境有塔奈島上的叛變；有獵魔士同夥伴在暴風雪中，穿過馬勒海伍隘口的情景；有他們在傾盆春雨中踏著濕軟道路，行進於蘇度士山谷的情景。有一份清單，她不管怎麼努力嘗試，仍舊難以捉摸，這份清單她沒讓妮穆耶知道。還有一份，是等著她一一去夢的工作清單。

另外還有個夢，很奇怪，卻是個好夢，以破碎而零星的方式不斷重現，那是無法捕捉的聲音與絲一般的觸感。

是個很舒服、親暱的夢。

好了，康薇拉慕絲在閉上眼睛的同時，心裡想道，來吧。

□

「看來我知道獵魔士在投散特過冬的時候做了什麼。」

「哎呀呀。」正在瀏覽皮革魔法書的妮穆耶抬起視線，透過眼鏡看著她說：「所以妳終究還是夢到了東西？」

「當然！」康拉薇慕斯誇耀地說：「我夢到了！夢到獵魔士傑洛特和一個黑短髮、綠眼睛的女人。我不知道那可能是誰，說不定就是亞斯克爾在回憶錄裡寫到的那位公爵夫人？」

「妳大概沒有讀得很仔細。」女巫稍稍給她澆了點冷水：「亞斯克爾把公爵夫人安娜莉夜塔描寫得很清楚，而根據其他來源，她的頭髮是——我引述一下：『栗子色、透著黃金般的光澤。』」

「那麼那就不是她。」院生表示同意。「我夢到的女人是黑髮，就和這塊炭一樣黑。而那場夢……嗯……很有趣。」

「洗耳恭聽。」

「他們在說話，但那可不是普通的對話。」

「怎樣不普通？」

「大部分時間，她都把兩條腿擱在他的肩膀上。」

□

「告訴我，傑洛特，你相信一見鍾情嗎？」

「那妳相信嗎？」

「我相信。」

「現在我知道是什麼把我們倆連一起了——互相吸引的反差。」

「別這麼愛挖苦人。」

「為什麼？挖苦的功力可以證明一個人的才智。」

「才不是這樣。挖苦加上所謂的假才智，眞是虛僞得噁心，而我不能忍受半點虛假。既然我們說到這裡……獵魔士，告訴我你最愛我的哪一點。」

「這一點。」

「現在你從挖苦降格成了平凡和庸俗，再試一次。」

「我最愛的是妳的理智、妳的才智和妳的心靈深處。是妳的獨立、自由，妳的……」

「我不懂你這個人怎麼這麼愛諷刺……」

「這不是諷刺，是玩笑。」

「我受不了這種玩笑，尤其是不看時機的玩笑。親愛的，所有事情都有時機，而天底下的每一件事也都有其既定的時刻。有沉默的時機和說話的時機，有哭泣的時機和發笑的時機，有播種和收種，抱歉，是收穫的時機，有玩笑和認眞的時機……」

「也有愛撫和克制的時機？」

「哎呦，你不要這麼認眞啦！我們就說，現在是讚美的時機，做愛少了讚美，就會變成是一種生理行爲，而生理行爲是很膚淺的。對我說些讚美的話。」

「從亞魯加河到布宜那河，沒人有像妳這麼漂亮的小屁股。」

「眞是夠了，現在換成把我拿去跟野蠻北方的什麼小河比。先不管這個隱喻有多糟，你就不能說是從阿爾巴河到薇兒塔河？或是從阿爾巴河到三斯雷托爾河？」

「我這輩子從沒去過阿爾巴河。如果沒有實際經驗作爲基礎，我都盡量不去評斷。」

「哦！眞的？畢竟我們現在說的是臀部，我還以爲你已經看得夠多、摸得夠多，可以讓你鐵口直斷？怎樣，白頭髮的先生，你在我之前有過幾個女人？嗯？獵魔士，我在問你問題！不，不，別弄，手拿開，別以爲來這招就可以不用回答。你在我之前有過幾個女人？」

「一個都沒有，妳是我的第一個。」

「算你識相！」

□

妮穆耶已經盯著一幅畫看了好長一段時間，上頭以精湛的明暗對比手法，畫出十名坐在圓桌前的女子。

「可惜我們不知道她們眞正的樣貌是怎樣。」她總算出聲。

「這些偉大的導師？」康薇拉慕絲不客氣地說：「她們的肖像到處都是，光是在阿瑞圖沙就有……」

「我說了，『眞正的』樣貌。」妮穆耶打斷她。「我指的不是拿一堆諂媚肖像當範本畫出來的另一堆諂媚肖像。別忘了，女巫的圖像有段時期曾被毀滅，而且就只有女巫的圖像。在那之後，女巫又有段時期受到廣大宣傳，眾導師必須用自己的相貌來喚起他人的尊敬、欽佩與敬畏。所有的女巫會、密謀與集會——這些呈現十名出眾而迷人的女巫齊坐桌前的畫作與圖像，都是出自這個時期。但她們眞正的肖像卻沒有半幅，除了兩個例外。掛在塔奈島的阿瑞圖沙，從大火中奇蹟保存下來的馬格麗塔・老克斯安提列肖像是眞的，蘭埃克塞特的恩瑟納德宮裡的夕樂・德唐卡維勒肖像也是眞的。」

「那掛在凡格爾堡的『藝廊』裡，由精靈所畫的法蘭西絲・芬妲芭兒像呢？」

「假的。當年『異界之門』開啓，精靈在離開的時候，所有的藝術品不是被帶走，就是被銷毀，沒有留下半幅畫作。我們不知道『來自山谷的雛菊』是不是眞如傳言般那麼美麗。我們完全不知道依達・艾曼的長相。而尼夫加爾德女巫的圖像，被人刻意而急切地銷毀，我們不了解阿西蕾・法・阿娜西得與芙琳吉拉・薇果的長相。」

「不過，」康薇拉慕絲嘆了口氣。「我們還是當作她們所有人的長相，都與肖像畫裡的一樣吧。高雅、莊嚴、聰明又善良，正義、高貴又有遠見，而且還很美麗，美得懾人心魄……我們就姑且當作是這樣吧，這樣做事情會簡單點。」

□

在伊尼斯維特瑞的每日課題，變成一種枯燥的例行公事。康薇拉慕絲在早餐便會開始分析夢境，但這通常要拖到正午。從正午到午餐的這段時間，院生會去散步——而這很快也變成乏味的例行公事。這也難怪，因爲這座島一個鐘頭可以繞完兩圈，把花崗岩、矮松、礫石、河蚌、水及海鷗這類引人入勝的景物看個夠。

在午餐及長長的午睡過後登場的，是討論、瀏覽書卷手稿、翻看畫作圖像及地圖，還有以傳說和事實之間的關係爲題、持續到半夜的冗長辯論……

在那之後，是入睡與作夢，各式各樣的夢。康薇拉慕絲常常冷不防意識到自己目前單身，本來該解開獵魔士傳說之謎的她，卻夢到了與漁人王有關的各種場景——從不帶半點緋色，到飽含情慾的都有。在不帶半點緋色的夢裡，她被漁人王用魚線拖在船後，他的槳划得又緩又慢，因此她漸漸沉到了湖裡，溺在水中，無法呼吸，而且還有一股駭人的恐懼不斷拉扯著她——她覺得湖底有某個恐怖的東西慢慢現身，游向水面；那是某種想把拖在船後的誘餌吞掉的東西，而那個誘餌就是她。而在情色鮮明的夢境裡，她身子掛在船舷，跪在不斷搖晃的船底，漁人王抓著她的頸項，一邊發出低沉的聲音，一邊清喉嚨、吐痰，不斷勇猛地抽動。除了生理上的快感，康薇拉慕絲還感到一股令她五臟六腑全絞在一塊的恐懼——要是妮穆耶逮到他們怎麼辦？倏地，她在湖水中看見了小個子女巫搖曳的可怕臉孔……然後她就醒了，滿身大汗。

醒來的她，起身開窗，感受夜裡的空氣與月光，還有湖面盪來的霧氣，然後再度入睡。

□

伊尼斯維特瑞塔上有座靠著圓柱支撐，懸掛湖面之上的露台。康薇拉慕絲起初並沒有特別留心，但到頭來，她還是對那地方起了興趣。那座露台並不尋常，因為那裡過不去。從塔中她所知道的地方裡，不管哪邊，都沒有辦法去到那座露台。

只要是女巫的住所，少不了會有這種神祕的異常現象，這點康薇拉慕絲很清楚，所以沒有提問。就連在湖邊散步，看到妮穆耶從那座露台觀察自己的時候，她也沒有提問。後來，她發現這座露台只有對不速之客和庸俗之人來說，才是到不了的地方。

她有點氣自己被當成庸俗之人，卻隱忍下來，粉飾太平，可是沒過多久，祕密便揭曉了。

那是在看過葳瑪．微瑟利的水彩畫後，在一連串夢境造訪她之後。畫家筆下的畫作，清一色全是燕之塔中的奇莉，顯然她對這一段傳說很著迷。

「看過那些畫後，我作了一些奇怪的夢。」隔天早上，院生抱怨說：「我夢到……很多畫，一直夢到那些畫。我夢到的不是情況，也不是場景，而是畫作。奇莉在一座高塔的城垛上，那是幅靜止的畫作。」

「只有這樣？除了視覺上，妳沒有其他任何感應嗎？」

妮穆耶的心裡當然很清楚，像康薇拉慕絲這般有能力的夢視師，會使用各種感官去體驗夢境——除了大多數人會用到的視覺，她還會用到聽覺、觸覺、嗅覺，甚至是味覺。

「什麼都沒有。」康薇拉慕絲搖了搖頭。「只是……」

「說吧、說吧。」

「只是一個想法，一個不斷縈繞在我腦中的想法。在那座湖上，在那座塔裡，我根本就不是主人，而是囚犯。」

「請跟我來。」

正如康薇拉慕絲所想的一樣，那座露台只有從女巫私人使用的幾間房間才能過去。那些房間全都乾乾淨淨，沒有絲毫紊亂，充滿檀木、沒藥、薰衣草和荼等味道，通過裡頭的祕密小門，順著螺旋梯往下走，便是通往她未去過的祕密房間。

那間房和其他的不同，牆上沒有鑲板和壁毯裝飾，只有空白一片，也因此顯得十分明亮。再加上房裡有面巨大的三片窗——應該說，是可以直接通往臨湖露台的玻璃門——房裡便顯得更加明亮了。

裡頭唯一的家具是兩張扶椅、一面桃花心木框的巨大橢圓鏡及一個橫臂立架。架子上頭掛了張繡帷掛毯，寬約五呎，高約七呎，流蘇垂地。

繡帷所呈現的，是道俯瞰山湖的石崖，有座城堡嵌在其中，看來好似石壁的一部分。康薇拉慕絲在很多圖像中都見過那座城堡，很清楚它的來頭。

「維列佛茲的城塞，是葉妮芙被關的地方，也是傳說結束的地方。」

「沒錯。」妮穆耶漫不經心地表示同意。「傳說就是在那裡結束，至少在已知的各個版本中是這樣。我們知道那些版本，所以會覺得自己知道結局。奇莉逃出了燕之塔——照妳先前的解釋——也就是囚禁她的地方。當她明白他們想對她做什麼，便逃出了那裡。根據傳說，那場逃亡有許多版本……」

「我最喜歡的版本，」康薇拉慕絲插嘴道：「是她一邊逃，一邊往身後丟東西。梳子、蘋果，還有手帕。不過……」

「康薇拉慕絲。」

「抱歉。」

「就像我說的，她的脫逃有很多個版本，但奇莉是用什麼方法直接從燕之塔去了維列佛茲的城堡，這一點依舊不是很明朗。妳夢不到燕之塔，那就夢夢看維列佛茲的城堡吧。仔細看看這張掛毯……妳有在聽我說嗎？」

「那面鏡子……有魔力，對吧？」

「沒有，那是我拿來擠痘痘用的。」

「對不起。」

「這是哈特曼之鏡。」妮穆耶見到院生皺起鼻子、繃著臉，遂解釋道：「妳要是有興趣的話，就瞧一瞧吧，不過請小心。」

「那個是眞的嗎？」康薇拉慕絲用興奮到發抖的聲音問：「從這面哈特曼之鏡可以去到別的……」

「別的世界？當然，但不是妳想過去就能過去，沒有任何準備，沒有經過冥想、精神專注等訓練，和其他許許多多的東西，是過不去的。不過我叫妳小心的時候，心裡想到的是另一件事。」

「什麼？」

「這面鏡子的作用是雙向的，也可能會有東西從哈特曼之鏡裡出來。」

□

「妮穆耶，妳知道嗎……我在看這張掛毯的時候……」

「妳夢到了？」

「夢到了，不過很奇怪，是用鳥瞰的方式。我變成了一隻鳥……從外面看到了那座城堡。我沒辦法進到裡面，某個東西把那裡封鎖住了。」

「看著這張掛毯。」妮穆耶命令道：「看著這座城塞，仔細看，留意每個細節。好好專心看著它，小心地把它刻到腦子裡。我要妳能在夢中去那邊，進到裡面。妳得進去裡面，這很重要。」

□

隔著城牆的外頭必是狂風大作，因爲壁爐裡的火光發出轟然聲響，快速吞食柴塊。葉妮芙很享受這份暖意。事實上，現在這間溫暖的囚室，與她先前待了約兩個月的潮濕地牢相比，簡直是天壤之別。即便如此，她還是冷到牙齒打顫。她在地牢裡徹底失去了時間感，之後也沒有人急著告訴她今夕何夕，然而她很肯定現在是冬天，十二月，甚至是一月。

「吃吧，葉妮芙。」維列佛茲說：「吃吧，請用，別客氣。」

女巫根本沒想要客氣，所以要是她以極緩慢又笨拙的動作食用雞肉，只是因爲她那傷口才剛癒合的手指，依舊還很僵硬、不太靈活，很難拿好刀叉。而她渴望向維列佛茲，以及受巫師邀請而來的其他同桌賓客，展現自己的優越，不想徒手用餐。那些人她一個也不認識。

「我眞的感到萬分遺憾要通知妳，」維列佛茲用手指撫摸高腳杯的杯腳說：「奇莉——妳保護的對象，已經與這個世界訣別了。而這一切，葉妮芙，妳只能怪妳自己，還有妳那毫無道理的固執。」

賓客中，一名個頭不高的黑髮男子大聲打了個噴嚏，然後用麻紗手帕大力擤了擤鼻子。他的鼻子又腫又紅，而且一看就知道塞住了。

「請保重。」葉妮芙說，完全不在意維列佛茲不懷好意的那番話。「親愛的先生，您怎麼會染上這麼嚴重的感冒，是洗澡後吹到風了嗎？」

第二名賓客年紀較長，身材高大枯瘦、雙眼慘淡發白，突然咯咯笑了出聲。感冒的那人儘管氣到臉都皺成一團，還是恭敬有禮地對女巫行禮，並用極重的鼻音簡短道謝。那句話顯然還不夠短，還是聽得出屬於尼夫加爾德的口音。

維列佛茲把臉轉向她。他頭上已經沒戴金框，眼窩裡也沒了水晶鏡片，看起來卻比她在夏天頭一回見到毀容的他時，還要可怕。經過重建的左眼球已經可以正常運作，卻比右邊的小了許多。如此樣貌，著實教人屏息。

「妳，葉妮芙，」他咬牙切齒地說：「一定認爲我在說謊，想請君入甕、攻破妳的心防。我爲什麼要這麼做呢？我對奇莉的死訊，絕望的反應就和妳一樣，甚至有過之而無不及。說到底，我對這女孩抱了十分確切的希望，訂了能決定我未來的計畫。現在那女孩不在了，我的計畫也毀了。」

「那很好。」葉妮芙以僵硬的手指吃力握住刀，切起李子鑲豬排。

「至於妳與奇莉之間唯一的聯繫，」巫師毫不理會她的評論，接著說：「就只有愚蠢的感情，而這感情，一半是因爲妳自己的不育而產生的遺憾，另一半則是罪惡感。對，葉妮芙，沒錯，罪惡感！畢竟妳當年積極參與配對與培育的計畫，也多虧了那個計畫，奇莉才得以來到這個人世。而妳，把感情一股腦都投注在這顆基因實驗的果實上。而且，因爲當年的實驗者沒有足夠的知識，這還是個失敗品。」

葉妮芙默默舉起酒杯朝他致敬，心裡暗暗祈禱杯子別從她的指頭掉下去。她漸漸明白，這些手指裡，至少有兩根會好長一段時間都這麼僵硬，也許會僵一輩子。

對於她的敬酒，維列佛茲以哼聲回應。

「現在已經太晚了，事情已經發生了。」他說得咬牙切齒。「不過，葉妮芙，妳要知道，我有足夠的知識，要是那女孩是在我手中，我就能把這股知識化成實際用途。說眞的，妳應該感到後悔，我原可爲妳那母性本能做一個殘缺的替代品。即使妳又乾涸、又像石頭一樣不孕，但在我的巧手下，妳原可有個女兒，甚至孫女，不然至少也是個孫女的替代品。」

葉妮芙輕蔑地哼了一聲，心裡其實已經氣得冒煙。

「親愛的，我實在感到萬分抱歉，得壞了妳這份大好心情。」巫師冷冷地說。「因為這消息大概會傷了妳的心——來自利維亞的獵魔士傑洛特也同樣已經不在人世。對，沒錯，就是那個獵魔士傑洛特，那個像奇莉那樣，與妳有虛假感情聯繫的人，那種可笑、愚蠢又甜到令人作嘔的感情。要知道，葉妮芙，我們親愛的獵魔士與這世界告別的方式，著實火熱又壯觀呢。不過在這件事上，妳不用給自己安上任何罪名。獵魔士的死，妳一點罪過都沒有。一切都是我的錯。嚐嚐醃梨子，味道眞的很不錯呢。」

葉妮芙的紫眸中燃起憎恨的火焰。維列佛茲見狀，大聲發笑。

「這就是妳的意志。」他說：「說眞的，要不是有敵魔力特做的手環，我會被妳燒成灰。不過敵魔力特還是起了效用，所以妳只能用眼神燒我。」

鼻塞的那人打了個噴嚏，然後又是擤鼻子，又是猛咳嗽，連眼淚都掉了出來。高個子的那人則用他那雙讓人不舒服的魚眼看著女巫。

「黎恩斯先生在哪呢？」葉妮芙慢條斯理地問。「黎恩斯先生給我一堆保證，說會讓我見識一下。從不放過任何可以推我、踹我的機會的希斯路先生在哪呢？為什麼不久前還凶殘蠻橫的守衛，現在一個個都開始抱著滿滿的敬意？不，維列佛茲，你不用回答。我知道答案。你剛才說的那些，是天大的謊言。奇莉從你的眼皮子底下溜開了，傑洛特也從你的眼皮子底下溜開了，而且還順便讓你的打手洗了一場血淋淋的鮮血澡。所以現在呢？你的計畫全毀、化成灰了，這可是你親口承認的。你的春秋大夢落了個煙消雲散，而各方巫師和戴斯特拉已經把矛頭指向你了。你會停止刑求我、逼我掃描不是沒來由的，更不是出於慈悲，恩菲爾大帝已經把網收緊，而且他一定是滿腹光火、非常光火。艾思阿特阿而施，沒提阿恩？阿普雷伊內阿擦雷斯，也雷阿？」

「我的溝通語言是共通語。」鼻塞那人把目光停在她身上，說：「我叫史帝芬．斯凱蘭，而且我一點、一點都不害怕。哈，葉妮芙小姐，我老是覺得我目前的情況，比小姐妳要好多了。」

這段發言讓他感到疲憊，又開始猛烈咳嗽，並拿起已經濕透了的帕子擤鼻涕。維列佛茲一掌拍在桌上。

「玩笑開夠了。」他轉動那顆可怕的袖珍眼珠說：「要知道，葉妮芙，妳對我來說已經沒有用處。基本上，我應該要叫人把妳塞進袋子，丟到湖裡去，可是這種手段是我最不願意用的。在情況允許或逼我做出其他決定前，妳會先被隔離起來。不過我要把話先說在前頭，我不會允許妳給我製造麻煩。要是妳打算再次絕食，我不會再像十月那樣，浪費時間用管子餵妳，這點妳給我搞清楚。如果妳試圖逃跑，守衛會得到的指令只有一個。現在，道別的時候到了，當然，我是指，如果妳已經滿足了……」

「還沒。」葉妮芙站起身，一把將餐巾扔在桌上。「我或許還可以再吃點什麼，不過同桌的人讓我失去胃口。再見，各位先生。」

史帝芬．斯凱蘭打出一個噴嚏，劇烈咳了起來。雙眼蒼白的那人不懷好意地掃視她，露出一個十分邪惡的笑容。維列佛茲將目光轉向一旁。

就像先前那樣，葉妮芙在被人帶出或帶回牢籠時，都會試著弄清楚自己在哪裡，好計畫逃亡路線，就算是只有一點點情報也好，但結果回回讓她沮喪。這座小型城堡連一扇窗戶也沒有，沒辦法讓她看到外頭，就算想靠太陽來辨別方位都不行。心電感應行不通，手上那兩只敵魔力特做的沉重手環與項圈，也讓嘗試使用魔法的她次次失敗。

他們監禁她的那個房又冷又破，像間空蕩蕩的囚室。然而，葉妮芙想起自己從地牢被帶到這個房間的那天，有多開心。那個地下室的地板上，永遠有著消不退的臭水窪，牆上滿是鹽與硝石。在那個地下室裡，他們餵給她吃的是肉渣，但鼠輩輕而易舉便將食物從她傷殘的手指中搶走。過了約莫兩個月，當他們替她解開枷鎖，把她從那裡放出來，讓她換裝梳洗的時候，葉妮芙好不開心。他們幫她換的小房間似乎成了寢宮，而他們端給她的稀濃湯則是帝王餐桌上該有的燕窩。當然，過了一段時間，她才看清這湯品竟只是餿水般的稀湯，硬床板也只是硬床板，而囚室依舊是囚室，又冷又靜的囚室，走四步便會碰壁。

葉妮芙咒罵出聲，嘆了口氣，在一張三彎腿的扶椅上坐了下來——這是除了床板之外，她所擁有的唯一一件家具。

「我叫邦哈特。」這人走進來時無聲無息，她幾乎沒有察覺到任何動靜。「妳最好把這個名字記起來，巫婆，妳最好把這名字深深刻在腦海裡。」他說。

「去你的，自大狂！」

「我，」他一字一句地說：「是名獵人，專門獵殺人類的獵人。對，沒錯，把耳朵豎直了，女巫。九月，也就是三個月前，我在艾冰格抓到了妳的小雜種，就是奇莉，大家在這裡一直提到的那個人。」

葉妮芙豎直了耳朵。九月，艾冰格，被他抓到了，但是她不在這裡，說不定他在說謊。

「在卡爾默罕受過訓練的灰髮獵魔士，我要她在競技場上戰鬥，要她在觀眾的嘶吼中殺人。我把她一點一點變成一頭野獸，我用馬鞭、拳頭和鞋跟教會她怎麼扮演這個角色。我教了她很久，不過她給我跑了，那條綠色眼睛的蝰蛇。」

聞言，葉妮芙不著痕跡地鬆了口氣。

「她給我逃到了地獄去，不過我們總有一天會再見。我很確定，我們總有一天會再見。對，女巫。如果要說我有什麼遺憾的話，那就是妳的獵魔士愛人，那個傑洛特，被人丟到了火裡烤。我可是很樂意讓那個該死的變種人嚐嚐劍刃的滋味。」

葉妮芙發出一聲不屑。

「你給我聽好了，邦哈特還什麼的，別笑死我了，是你連獵魔士的一根腳趾頭都比不上才對。你根本就比不上他，不管比什麼都一樣。你就像你自己承認的一樣，是捕狗的，專門抓流浪狗的，可是你只會抓小隻的，很小很小隻的小小狗。」

「瞧瞧這個吧，女巫。」

他倏地扯開外套和襯衫，拉出一串鏈子，上頭有三枚徽章。一個是貓頭的形狀，另一個是老鷹或獅鷲的腦袋。第三個她沒看清楚，不過大概是狼。

「這種東西，」她再度發出一聲不屑，故作漠然地說：「在市集裡多得是。」

「這些不是從市集買來的。」

「隨便你怎麼說。」

「曾經，」邦哈特一字一句地說：「和怪物相比，循規蹈矩的人們更怕的是獵魔士。怪物橫豎都是待在森林和樹叢裡，獵魔士卻大剌剌地逛大街、上酒館，在神殿、官衙、學校和小孩玩耍的公園附近晃。循規蹈矩的人們認爲這是樁醜事，於是去找可以收拾這些無恥獵魔士的人，他們這麼做很對，而且也的確找到人了。這費了他們一番工夫，花了他們一些時間，不過他們找到了。如妳所見，我解決了三個，之後，那附近就再也沒有任何一個變種人出現，也不會有守規矩的老百姓被他們的樣子給嚇到。要是再有一個出現，我也一定會把他解決掉，就像對付之前那幾個一樣。」

「在夢裡解決嗎？」葉妮芙一臉不屑地說：「是要躲在牆角放暗箭？還是要先下毒？」

邦哈特將徽章收進襯衫裡，朝她邁了兩步。

「妳這是在惹我，巫婆。」

「我打的就是這個算盤。」

「哦，是嗎？那我等等就讓妳瞧瞧，我和妳的獵魔士情人不管在哪方面都有得比，婊子。呵，我甚至比他還要厲害。」

聽到囚室裡傳來悶響、嘶吼、重擊、慘叫和嗚咽，站在門前的守衛甚至都跳了起來。如果他們這輩子有聽過被陷阱逮住的豹子是怎麼叫的，肯定會發誓說那囚室裡就有頭豹子。

接著，守衛聽見囚室裡傳來一道駭人的怒吼，那可是貨眞價實的獅吼，而且還是頭受了傷的獅子，只不過那群守衛這輩子也同樣沒聽過就是了，他們只在盾牌的紋章上看過獅子。他們你看我、我看你，互相點點頭，然後衝了進去。

葉妮芙坐在房間的角落，身旁盡是床板的殘骸。她的頭髮凌亂，連身裙與襯衫從頭破到了腳，少女般的小巧胸房不斷地激烈起伏。一道血涓從她的鼻子流出，臉上迅速腫了一塊，右手臂上有好幾道指甲印子。

邦哈特坐在房間另一端，身旁是凳子碎片，兩手抓著胯下。他同樣也流著鼻血，把灰白的鬍子都染成了胭脂色。他的臉上有著血紅的交叉抓痕。葉妮芙的指頭才剛好，起不了多大的攻擊效力，但敵魔力特做成的手銬上，卻有著十分完美的尖刺。

邦哈特一邊臉頰發腫，插了把叉子，兩個銳利的尖齒牢牢嵌入肉中，位置恰恰就在顴骨的地方，那是葉妮芙在晚餐桌上摸來的。

「你只夠格去找些小狗兒，狗雜碎。」女巫一邊試圖用剩餘的裙裝碎布遮蓋胸部，重重喘著氣說：「遇到母狗就別靠得太近，你還不夠格碰，廢物。」

她無法原諒自己沒有命中原本瞄準的地方——他的眼睛。不過她又能怎樣呢？畢竟這是會動的目標，而沒有人是完美的。

邦哈特發出怒吼，起身拔掉叉子，卻痛得大叫，甚至縮成一團，連帶吐出一串難聽的髒話。

同一時間，又有兩名守衛進到囚房。

「喂！你們！」邦哈特一邊擦著臉上不停流出的鮮血，一邊大叫：「我是自己人！給我把這婊子拖到地板正中央，把她的手腳拉開，按好了！」

守衛紛紛看著彼此，然後把目光轉向天花板。

「先生，您還是離開這裡比較好吧。」其中一人說：「這裡不會有人把她的手腳拉開，也不會有人把她按住。這不是我們的職責。」

「再說，」另一個人咕噥道：「我們不想和黎恩斯或希斯路有一樣的下場。」

□

康薇拉慕絲將一張紙板放回檔案夾上，那上頭畫著一間囚室，而囚室裡有名垂著頭、被銬在石牆上的女子。

「他們把她關起來，而獵魔士卻和黑髮尤物在投散特快活。」她嘀咕道。

「妳這是在譴責他嗎？」妮穆耶尖銳地問。「在妳其實什麼都還不知道的情況下？」

「不，我不是在譴責他，不過……」

「沒有『不過』，請妳不要再說了。」

她們把一張張的圖像與水彩畫拿起來看過又放下，沉默地坐了一段時間。

「所有傳說的版本，」康薇拉慕絲指著其中一張圖像說：「都把萊斯盧恩堡當作是結局、劇終的地方；是善惡最終之爭，也就是世界末日大決戰的地方，除了一個版本。」

「沒錯。」妮穆耶點了點頭。「除了比較少人知道、被稱作艾蘭德《暗黑書》的佚名版本。」

「《暗黑書》把傳說的結局定在城塞斯地加。」

「當然，就連傳說裡其他事件的發生順序，《暗黑書》的記載也跟主流相去甚遠。」

「我在想，」康薇拉慕絲抬起頭。「這些畫裡的城堡，哪一座是想像出來的？哪一座是妳掛毯上織的？哪一座的樣子是眞的？」

「這我們永遠都不會知道。目睹傳說結局的城堡已經不在，被摧毀了，沒有留下半點遺跡。這一點，傳說的所有版本都一樣，就算是艾蘭德《暗黑書》裡的記載也一樣。文獻裡提到的地點沒一個有公信力，我們不知道，也不可能會知道那座城堡當年的樣子和座落的地方。」

「可是事實……」

「這一點對事實來說，」妮穆耶強勢打斷她：「剛好沒有任何意義。別忘了，我們不知道奇莉眞正的樣子。不過這裡，這兒，在這張葳瑪．微瑟利所畫的圖裡，以一尊尊大理石刻成的孩童雕像爲背景，激動地和精靈阿拉瓦賀說話的人，分明就是她呀。這一點，無庸置疑。」

「可是，」康薇拉慕絲不願退讓。「妳的掛毯……」

「呈現的是傳說結尾所在的那座城堡。」

她們沉默了許久，只聽聞紙板翻動的聲音。

「我不喜歡《暗黑書》版本的傳說。」康薇拉慕絲出了聲。「那太……太……」

「太過醜陋而寫實。」妮穆耶一邊點頭，一邊把話接完。

□

康薇拉慕絲打了個呵欠，放下《詩的半世紀》，那是由艾韋瑞特·丹侯夫二世教授補充並寫上後記的版本。她把原本爲方便閱讀而疊好的枕頭扔散，準備就寢，在打了個呵欠，伸了下懶腰後，把燈熄滅。房內沉入一片黑暗，唯一的照明是一線線從窗簾縫隙擠進的針細月光。今晚要挑甚麼呢？在床上輾轉的院生心裡想道。碰運氣嗎？還是落錨？

過了一段時間後，她決定採用後者。

那是一場如此不鮮明、不斷回現的夢境，從不讓她夢到最後，總是飛散、消失在其他夢裡，就像一根線的線頭，會在彩色布料的圖案中消失不見。那是一場雖然會在記憶中消失，卻依舊頑固存在的夢境。

才剛閉上眼，她便立刻入睡，夢境也在瞬間滑入她的夢鄉。

一片夜空，清朗無雲，星月熠熠。座座山丘，坡面盡是雪花覆蓋的葡萄園。又黑又方的建物輪廓——砌有垛口的城牆、主樓與獨居一隅的鐘樓。

兩名騎士。兩人都騎進內外牆間的空地，都下了馬，都進了大門，但進入地板上大嘴洞開的地牢的，只有一個人。

那個人的髮色是全然的白。

床上的康薇拉慕絲在夢中發出一聲輕咽，身子抽了一下。

白髮男子踏著階梯往下，進入幽幽深深的地窖。他穿過一條條黑暗的走道，每隔一段時間便點亮鐵把上的火炬。火炬的亮光以鬼魅的暗影之姿，在牆面與拱型的地道頂端起舞。

一條接著一條的走道，一階接著一階的樓梯，然後又是一條接著一條的走道。地牢、巨大的墓室、擺在各個牆下的木桶。廢石、磚堆。接下來是一條分岔的走道，兩邊岔路都是一片黑暗。白髮男子點燃另一根火炬，他從背上的劍鞘抽出了劍。他猶豫著，不知該走哪一邊。最後，他決定走右邊。那端的走道十分漆黑、左彎右拐、廢石滿布。康薇拉慕絲在夢中發出一聲輕咽，一股恐懼籠罩了她。她知道白髮男子所選的那條路，通往危機。

她也清楚白髮男子找的就是危機。

因爲那就是他的職業。

院生在床單上不斷輾轉、嗚咽。她是個夢視師，正在作夢，處於夢境預知的恍惚狀態，倏地，她預知即將發生的事。小心。雖然明知道叫不出聲，她還是想大叫。小心，注意左右！

獵魔士，提高警覺！

潛伏黑暗之中的怪物發動攻擊，無聲無息，來勢洶洶。牠在黑暗中突然現形，猶如一道爆焰，好似一條火舌。

松雞在清晨高唱求偶調，
遵循牠們的渴望與高貴的習俗，
展翼振翅，喜眉笑眼，
殷殷成雙，彼此相珍，
可愛的小姐呀，我想與妳分享的東西：
是對情人來說很神聖的歡愉，
要知道，是愛情造了這些遊戲，
而這也是我們會在這裡相見的原因。

——法蘭西斯・維永

獵魔士的心裡雖然又急又氣，拚了命地又催又趕，卻還是在投散特待了將近整個冬天。這當中是何緣由？我不會寫下來，事情發生就是發生了，沒什麼好追究。我要提醒那些想譴責獵魔士的人，愛的名字並非只有一個，你們也別以爲自己不會受到批判。

——亞斯克爾
《詩的半世紀》

那是一段能好好打獵、好好睡覺的日子。

——魯德亞德・吉卜林

第三章

潛伏黑暗之中的怪物發動攻擊，無聲無息，來勢洶洶。牠在漆黑中突然現形，猶如一道爆焰，宛若一條火舌。

即使這在意料之外，傑洛特仍能即刻反應，一個迴身，擦過地窖牆面，閃了開來。那怪物從他身旁掠過，像顆球般從黃土地面反彈，揮動雙翅再次跳起，嘶聲張開駭人尖喙，不過這一回獵魔士已經有了準備。

他一個拐子撞過去，又快又猛，瞄準的目標是對方喉頭底下的胭紅肉垂，那些肉垂十分巨大，是火雞的兩倍。他一擊中的，感受到劍尖刺進肉體。攻擊的力道把怪物撞到牆腳下。斯可芬大吼一聲，聽來頗有人味。牠在碎磚堆中打滾，大力拍振翅膀，將鮮血濺得到處都是，狼牙棒般的尾巴在周圍掃了一圈。獵魔士很確定這場打鬥已經結束，但那怪物卻再一次出乎他的意料，而且用的是很不親切的方式，出其不意撞向他的喉嚨，同時發出刺耳叫聲、露出利爪，尖喙也不斷張闔。傑洛特跳閃開來，以肩抵牆反彈回身，借力使力從左方痛下殺手。目標被擊中，斯可芬再度摔進磚堆，腥血濺上地窖牆面，緩緩流下，形成特異圖案。在起跳間遭受重擊的怪物已不再掃動尾巴，只是微微抽搐，不斷發出刺耳叫聲，伸出長長脖子，鼓起喉頭，抖動肉垂。鮮血自牠身下的磚堆急速流出。

傑洛特大可再下一擊，卻不想讓牠的皮受太多損傷，選擇靜靜等待斯可芬的血流乾。他往一旁走了幾步，轉向牆面，鬆開褲子解手，一邊還吹著口哨，吹出懷舊曲調。

斯可芬不再發出刺耳聲音，不再有任何動靜。獵魔士走過去，以劍尖輕輕推了推牠。看來一切已經結束，他抓住怪物的尾巴，拉起牠。被揪住尾巴根部的怪物，將禿鷹般的尖喙拖在地上，攤開的雙翼寬過四呎。

「雞蛇，你還眞是輕啊。」傑洛特晃了晃那怪獸。事實上，牠的確不會比一隻肥養的火雞要重多少。「你還眞是輕啊，幸好他們是按隻付，不是按磅數。」

□

「這可是頭一回啊。」列那・德布瓦－弗倫透過齒間輕輕吹了聲口哨，傑洛特知道那是他內心驚訝至極的表現。「這是我頭一回親眼看到這種東西。眞是隻怪胎，我以名譽起誓，這是怪胎中的怪胎。所以說，這就是那大名鼎鼎的翼蜥？」

「不是。」傑洛特把怪物拉高了些，好讓騎士能看得更清楚。「這不是翼蜥，是雞蛇。」

「有什麼不一樣嗎？」

「根本上就不一樣。翼蜥也叫巴西利斯克，是爬蟲類；而雞蛇又叫作斯可芬或蛇尾雞，是爬鳥類，意思是牠既不是爬蟲類，也不是鳥類，是這類物種裡唯一已知的生物。學者把這類物種稱作爬鳥類，因爲在漫長的爭辯過後，他們認爲……」

「那這兩種裡的哪一種，可以用目光殺人，或把人石化？」列那．德布瓦－弗倫打斷他，顯然對學者的命名動機不感興趣。

「兩種都不行，那是訛傳。」

「那爲什麼人們這麼懼怕這兩種東西？在這裡的這隻根本一點都不大，眞的有威脅性嗎？」

「在這裡的這隻，」獵魔士晃了晃獵物。「通常從背後攻擊，而牠瞄準的地方一定是椎骨之間，或左臂下的大動脈，通常只要用尖喙刺一下就夠了。至於翼蜥，無論攻擊什麼部位都一樣，其毒液在已知的神經毒中具有最強毒性，能在數秒內取人性命。」

騎士聞言，作勢打了個冷顫後，說：「那你說這兩種怪物裡，哪一種是可以用鏡子殺死？」

「哪一個都行，要是牠們直接一頭撞過去的話。」

列那．德布瓦－弗倫聽了，咯咯發笑。傑洛特並沒有發笑，關於翼蜥與鏡子的笑話他早在卡爾默罕就已經聽膩了，那裡的導師成天把這老梗掛在嘴上，有關處女與獨角獸的那些玩笑，同樣也令人乏味。然而，在卡爾默罕裡最常被提起的玩笑和蠢話，當屬母龍的笑話。版本有很多種，內容主要是某個年輕獵魔士打賭要和一頭母龍握手的事。

思及過往，他微微一笑。

「我比較喜歡你笑的樣子。」列那看著他說，臉上的表情再認眞不過。「十月在德魯伊之森的那場打鬥後，我們騎馬去了博克勒，和當時的你比起來，我比較喜歡你現在這個樣子。我這麼說吧，那時候你老是拉長一張臉，成天皺眉，像個被全天下欠了錢卻要不回來的高利貸，而且還敏感得要命，像個整晚都沒搞頭，就連約會也沒有的傢伙。」

「我眞的是那樣？」

「眞的，所以我會比較喜歡你現在的樣子也不奇怪啊。改頭換面。」

「這叫開工療法。」傑洛特又晃了晃被他揪著尾巴的雞蛇。「也就是職場活躍度對心理健康的正面影響。因此，為了要繼續療程，我們改來談談生意吧。靠這隻斯可芬能賺到的錢，或許可以比原先說好的斷氣價再多一些。牠身上沒有什麼大傷，如果你有客戶想要全屍來做標本或解剖，那就最少向他收兩百。如果要把牠拆開賣，尾羽的部分最値錢，記住了，尤其是，喏，中央這些撥風羽，可以削得比鵝羽細很多，寫起字來比較好看、乾淨，也比較硬。一根賣五塊，識貨的抄寫員會掏錢買，不會有半點猶豫。」

「我有些客戶會要標本。」騎士微微一笑。「是桶匠公會。他們在拉維洛堡看到一個標本，就是那隻噁心的東西、那個怪物，叫什麼來著的……你知道是哪個，就是撒奧溫隔天被打死在舊城堡地窖牆腳下的那隻……」

「我記得。」

「就是囉，所以桶匠看到那隻野獸標本，就要我幫他們找類似的稀有東西，好去裝飾公會，這隻雞蛇剛好合適。你也知道，投散特的桶匠從來不缺訂單，所以公會有錢得很，隨隨便便就能付個兩百二，說不定還更多，我會試著和他們講價錢。至於羽毛嘛……要是我們從雞蛇的屁股拔幾根毛賣給公爵的辦公室，那些做木桶的不會發現。公爵辦公室的人不會用他們自己的錢付，而是拿公爵的，所以不會講價，一根羽毛會付十塊，不是五塊。」

「你的狡詐眞是令我佩服。」

「所謂人如其名，」列那．德布瓦－弗倫一張嘴笑得更開了。「我媽媽一定早料到會這樣，才會在我受洗的時候，用大家都知道的狡猾童話角色——列那狐【註】來給我取名字。」

「你應該去當商人而不是騎士。」

「我是應該。」騎士同意道。「不過我又能怎樣呢？要是你生來就是伯爵大人的兒子，那你也會成爲伯爵大人，死了以後也還是伯爵大人，不過呢，嘿嘿，在那之前要先生下一堆伯爵大人。這是你就算想破頭，也改變不了什麼的事。話說回來，傑洛特，你的帳也算得挺好的，可你也不是經商的呀。」

「我是不經商，原因和你差不多，唯一不同的，是我什麼也生不出來。我們從這地窖出去吧。」

外頭的城牆下，從山丘吹來的冷風與寒氣將他們團團圍住。這夜很亮，星光熠熠，沒有半片雲朵。一座座寬廣的葡萄園上覆滿白淨新雪，照映出亮閃閃的月光。

被拴住的馬兒紛紛噴氣歡迎他們。

【註】：這是一系列以一隻個性狡詐的狐狸（Reynard）爲角，流傳於法、荷、英、德等國的寓言故事，較爲知名的著作有《Roman de Renart》、《Reynard the Fox》等。

「我們應該要馬上和客戶碰頭、收錢。」列那意有所指地看著獵魔士說：「不過你一定急著去博克勒，對吧？趕著要去找某個祕密情人？」

傑洛特沒有回答，因爲這種問題原則上他是不回答的。他把斯可芬的龐然身軀綁到空馬上後，便坐上小魚兒。

「我們去跟客戶碰面吧。」坐在鞍上的他轉頭道出決定。「才剛入夜，我餓了，也想喝點東西，我們進城吧，去『養雉場』。」

列那・德布瓦—弗倫朗聲一笑，調整好掛在鞍頭的紅金棋盤盾牌，攀上了高鞍。

「悉聽尊便，先生，就往『養雉場』出發吧。布切伐，駕！」

他們緩緩騎著馬兒走下披雪的山坡，往底下的商道而去，道路兩旁種植的稀疏楊樹清楚可見。

「列那，你知道嗎？」傑洛特突然出聲。「我也比較喜歡你現在的樣子，用正常方式說話的你。十月那時候，你的言行眞是蠢得令人討厭。」

「我以我的名譽起誓，獵魔士，我是遊俠騎士。」列那・德布瓦—弗倫咯咯發笑。「你忘了嗎？騎士說話都像蠢蛋，這是一種象徵，就像這張盾牌一樣。靠這個就可以知道對方是不是自己人，就像盾牌上的紋章一樣。」

□

「我以我的名譽起誓，」棋盤騎士說：「您的擔憂是多餘的，傑洛特先生。您那位女性同伴一定已經康復，早就忘了虛弱是何物。公爵夫人的宮殿裡有許多高明醫師，任何疾病都有辦法醫治。我以我的名譽起誓，您無須掛心。」

「我也這麼認爲。」雷吉思說：「傑洛特，開心點。德魯伊不也在幫著醫治米爾娃……」

「而德魯伊懂得治病。」卡希插嘴道：「我這顆讓礦坑斧頭砍得血肉模糊的腦袋，就是最好的證明。來啊，你看看，現在整顆幾乎像新的。米爾娃一定也沒問題，沒什麼好擔心的。」

「是這樣就好了。」

「她已經康復了。」騎士重申：「您的米爾娃健康得像一條活龍，我用我的人頭打賭，她一定已經跑去派對上跳舞！還能跳側夾步【註】呢！可以大肆朵頤！在博克勒堡公爵夫人安娜莉夜塔的宮殿裡，一天到晚不是舞會就是宴席。呵，我以名譽起誓，現在，在我完成誓言以後，我也要……」

「您已經完成誓言了？」

「這是命運女神的眷顧！因爲，你們要知道，我發過誓，而且不是隨隨便便發的誓，是蒼鷺之誓。以春天爲期，我發誓要在尤冽節前斬殺十五名惡徒。幸運的是，我現在已經從這些誓言中解

【註】：側夾步（Hołubiec），波蘭的傳統舞步之一。舞者跳躍時，在空中直腿夾擊雙腳腳跟，通常爲連續的橫向跳躍。第一次起跳時，舞者多會舉起與跳躍方向相反的手，逆時針向上畫半圓停在耳側，一直維持到跳躍結束。

脫，可以大口喝酒、大啖牛肉了。喔，對了，我現在也不用再隱瞞自己的名字。請容我自我介紹，我叫列那·德布瓦－弗倫。」

「幸會。」

「說到舞會，」安古蘭趕著馬兒追上他們，說：「希望那些吃吃喝喝的也有我們一分？至於舞蹈嘛，我也很樂意跳上一曲！」

「我以名譽起誓，博克勒裡什麼都有。」列那·德布瓦－弗倫向他們保證：「舞會、宴席、宴會、酒席和詩人晚宴。說到底，你們是亞斯克爾……我是說，尤里安子爵的朋友，而公爵夫人很欣賞他。」

「他可是吹噓了一堆呢。」安古蘭說：「這個愛情故事到底是怎麼一回事？騎士先生，您知道這件事嗎？和我們說吧！」

「安古蘭，」獵魔士出聲道：「妳一定要知道嗎？」

「我不一定要知道，不過我想知道！傑洛特，你別老愛找碴。還有，別再一直嫌東嫌西的，因爲看到你那副嘴臉，就連路邊野菇都要自己爛掉了。至於您，就告訴我們吧，騎士。」

騎馬走在隊伍前端的其他遊俠騎士，唱著副歌不斷重複的騎士之歌，而歌詞卻蠢得不可思議。

「曾有那麼一次，」騎士開始述說：「大概是六年前左右……詩人先生在我們那裡作客，待了一整個冬天和春天，彈奏魯特琴、吟唱傳奇歌謠、朗誦詩句。萊蒙德公爵剛好去琴特拉參加聚會，不急著回家。他在琴特拉有個情人也不是祕密，而安娜莉夜塔夫人和亞斯克爾先生……呵，博克勒還眞是個奇怪的地方，但也很迷人，有著滿滿的愛情魔力……你們自己也能想見。公爵夫人和亞斯克爾就是那個時候認識了彼此。他們根本沒意識到會發生什麼事，但一首首詩歌、一句句話語、一次次讚美、鮮花、眼神、嘆息……簡單說，兩人變得很親近。」

「而且是很近、很近。」安古蘭咯咯笑了起來。

「沒人親眼見過，」騎士冷硬地說：「而道聽塗說也不是應爲之事。再說，以妳一個未出嫁的小姐，一定很清楚愛的名字不只一個，相形之下，距離是非常近，還是不太近，就顯得不那麼重要了。」

卡希輕輕發出一聲不悅，安古蘭不再補充意見。

「他們兩人悄悄走到了一塊兒，」列那．德布瓦－弗倫說：「從五朔節到夏至，在一起大概兩個月。不過他們做事不小心，消息傳了出去，蜚短流長。外來的亞斯克爾上馬走人，而這顯然是個理智的舉動，因爲萊蒙德公爵一從琴特拉回來，某個殷勤的侍童便把一切都告訴了他。當公爵得知自己面臨了怎樣的羞辱，被人戴了一頂多大的綠帽，你們一定不難想見他的內心會有多麼憤怒。他揮翻桌上的紅甜菜湯，用斧頭把告狀的侍童大卸八塊，還說了些不雅的話。然後，他當著其他人的面賞了元帥一巴掌，還打破一面巨大的科維爾鏡。至於公爵夫人，則被他關到房間，威脅她吐出一切，對她刑求。之後，他又派人去追亞斯克爾先生，要他們毫不留情地把人殺了，開膛取心。他聽過某首古歌謠，歌詞裡有類似場景，所以他打算把那顆心煎了，逼安娜莉夜塔公爵夫人當著全宮殿人的面前吃下去。唔，眞是噁心，呸、呸！幸好亞斯克爾先生及時逃走。」

「的確很幸好。那麼，公爵死了？」

「死了。我會說，那是場意外。當時他氣瘋了，頭頂幾乎要冒煙，結果中風癱瘓，像塊木頭躺了半年。不過後來他康復了，甚至能夠走路，只是有一隻眼睛老眨個不停，像這樣。」

騎士在鞍上轉過身，眨著一隻眼睛，怪模怪樣，像隻猴子。

過了一會兒，他接著說：「雖然公爵一直以來都被人叫作淫蟲和種馬，那隻眨不停的眼睛卻讓他的男性魅力變得更有殺傷力，因爲年輕女子都以爲他這樣眨眼，是出自於對她們的好感，是愛的表現，而年輕女子對這樣的寵幸總是很殷切。我一點都不怪她們的風騷淫蕩，但是就像我說的，公爵老是眨眼，幾乎沒有半刻停歇，所謂有利就有弊，他放縱過度，一天夜裡又再度中風，嚥下了最後一口氣。就在床上。」

「在娘兒們身上？」安古蘭咯咯發笑。

「是的。」到目前爲止都嚴肅得要命的騎士彎起鬍子一笑，說：「事實上，是在她身下。這種枝微末節不是重點。」

「當然不是。」卡希嚴肅地表示同意。「不過萊蒙德死後大概並沒有一場浩大的喪禮，對吧？這一路聽下來，我有種感覺……」

「覺得和出軌的丈夫相比，您比較站在不貞的妻子那邊。」吸血鬼按照他一貫的作風，插了話：「難道是因爲現在這裡是由她統治？」

「這也是原因，但不單單因爲這樣。」列那・德布瓦—弗倫回答得開誠布公，沒有戒備。「萊蒙德公爵——願他能得到安息——是個道德低下的混蛋，是個——請原諒我的用字——混帳王八蛋。只要半年，就連魔鬼都會被他搞到胃潰瘍，而他統治了投散特七年之久。安娜莉夜塔公爵夫人則受到所有人愛戴，至今都是。」

「所以我可以放心，」獵魔士挖苦地說：「萊蒙德公爵沒有留下太多心懷怨恨的朋友，會想在亡者的忌日時，在亞斯克爾身上插幾把短劍來悼念？」

「您可以放心。」騎士看著他說，眼中閃著精明與睿智。「而且，我以我的名譽起誓，不會有人找你們算帳。我之前也說了，安娜莉夜塔夫人很高興見到詩人，而爲了安娜莉夜塔夫人，這裡的每個人都甘願殺頭。」

正義騎士返鄉來
從那戰爭遊戲中
愛人早已不守候
先行嫁作他人婦
嘿呦、嘿呦、嘿呦，哈
騎士註定命這般！

路旁的樹叢裡，鴉群受到騎士的歌聲驚嚇，紛紛扯著嗓子飛散。

不久，他們走出森林，筆直朝丘陵間的山谷而去。那些丘陵頂端因一座座小巧城堡裡的塔樓，成了一片白色，在有著一道道靛色條紋的青天襯托下，清晰可見。視線所及，平緩山坡上的樹叢成行排列，修剪得整整齊齊，宛若一支懲戒部隊，紅黃落葉遍地滿布。

「這是什麼？」安古蘭問：「葡萄？」

「當然是釀酒用的葡萄。」列那・德布瓦－弗倫證實道：「這就是鼎鼎大名的三斯雷托爾谷，世界最上等的葡萄酒就是用長在這裡的葡萄釀的。」

「不錯。」雷吉思一如往常無所不知，認同地道：「重點在於這裡的火山土壤與地區氣候，能直接確保每一年的晴雨日數維持在理想比例。如果我們再加上傳統、知識，以及葡萄園工人的關懷照顧，所得的結果，就會以最高等級與品牌產品的形式出現。」

「您說得眞好。」騎士笑了一笑。「就是品牌。喔，就算是看那邊也可以，那座小城堡底下的坡地。在我們這裡，城堡代表的就是深埋地下的酒窖及葡萄園的品牌。在那邊的那座叫拉維洛堡，其葡萄園裡產的酒有愛維露、飛奧拉諾、波米諾，還有著名的艾斯艾斯，你們一定聽過。一桶艾斯艾斯的價錢，相當於十桶奇達利斯的葡萄酒，或是阿爾巴河畔產的尼夫加爾德葡萄酒。而那邊呢，喏，你們看，現在看到的其他城堡和那裡的葡萄園名號，對你們來說一定也不陌生——維爾門提諾、投里奇拉、卡斯特勒達恰、圖佛、三切瑞、努拉古斯、科蘿娜塔，最後還有克爾沃比安可，用精靈語說就是格文凱賓。我想，這些酒名對你們來說都不陌生吧。」

「不陌生，哼——」安古蘭皺起鼻子說：「尤其是我們常常得檢查奸詐的酒館老闆倒的是不是名酒，而不是普通的蘋果酒，因爲碰到像那種情況，有時候隔天早上還得把馬留在繫馬橫木旁，那個卡斯特還艾斯艾斯就是這麼貴。呸，我不懂，大老爺都喜歡那種名酒，可是我們這些普通人，靠便宜貨也還是能喝個爛醉。我告訴你們，因爲這是我的親身經歷——管他是艾斯艾斯還蘋果酒，吐出來都一樣。」

□

「安古蘭在十月裡說的那些低級笑話，我一點都沒放在心上。」坐在桌前的列那寬了寬腰帶，輕鬆攤坐，說：「我們今天就找瓶年分久一點的名酒來痛飲一番吧，獵魔士。我們賺了錢，荷包滿滿，可以痛快喝一場。」

「當然。」傑洛特朝酒館主人頷首。「畢竟就像亞斯克爾常說的，別人賺錢或許是有其他動機，不過我的動機只有一個。廚房裡傳出來的味道這麼香，我們就來吃點東西吧。順帶一提，雖然已經很晚了，不過今天的『養雉場』人還眞多。」

「今天是尤列節前夕啊。」酒館主人聞言道：「大家都在慶祝、狂歡、算命，這是傳統，而我們這裡的傳統……」

「我知道。」獵魔士打斷他：「那按照傳統，今天廚房準備什麼？」

「有冷盤牛舌佐辣根、閹雞熬成的肉丸湯，還有牛肉捲配馬鈴薯蹄【註】和捲心菜……」

「那就快端上來吧，老闆，再加上……列那，還要點什麼？」

騎士想了一會兒後，說：「如果是吃牛肉，就要配紅酒柯特布萊瑟，年分就老公爵夫人卡蘿貝爾塔兩腿伸直的那年。」

「選得好。」酒館主人點了點頭。「我馬上替兩位先生送來。」

鄰桌，一名女孩笨手笨腳將一個槲寄生圈往身後拋，幾乎落在傑洛特膝上，她的同伴見狀，紛紛笑出聲音。女孩整個人像著了火，很是迷人。

「枉費啊！」騎士撿起槲寄生圈，丟了回去。「親愛的小姐，這人不會是您的未來，名草有主了。他已經是名奴隸，屬於一位綠眼……」

「閉嘴，列那。」

酒館主人把東西端上桌，他們吃吃喝喝，沒有交談，聽著旁人歡喜作樂。

「尤洌。」傑洛特放下酒杯說：「密低溫。冬至。我卡在這裡兩個月，浪費了兩個月！」

「一個月。」神智清醒的列那冷冷糾正他：「要是你有什麼損失，那也只是一個月，後來就下起大雪，把山裡的隘口全堵住，諒你再怎麼急，也出不了投散特。既然你已經在這裡等到了尤洌節，一定也能等到春天，所以這件事你無能為力，再怎麼遺憾和悲傷也沒用。至於你在遺憾什麼，也別裝得太逼眞，橫豎我都不相信你有這麼遺憾。」

「唉，你又知道什麼？列那，你又知道什麼？」

「不多。」騎士一邊倒酒，一邊同意道：「除了我看到的，不多。而我看過你們第一次見面的樣子，你和她，在博克勒。你記得酒桶節嗎？白色內褲？」

傑洛特沒有應聲，這一切他都記得。

「博克勒宮是個迷人的地方，充滿愛情魔力。」列那享受著葡萄酒的香氣，喃喃說道：「光是景致便能引人入勝。我記得你們所有人看見這裡的景色時，有多麼震懾，就是十月那時候。讓我想想，卡希他那時是怎麼形容的？」

□

「真是結構比例完美的小巧城堡。」卡希讚嘆道：「我的天啊，真的就是比例完美、賞心悅目的小巧城堡。」

「我得承認，公爵夫人住的地方真是不錯。」吸血鬼說。

「這間小屋子還真是他媽的好看啊。」安古蘭也添上一句。

「這是博克勒宮。」列那．德布瓦－弗倫又重複一次，語氣裡不乏驕傲。「這是精靈造的，只有稍稍改建過，當初似乎是出自法拉蒙德之手。」

「不是似乎，而是毫無疑問。」雷吉思提出異議。「這一看就知道是法拉蒙德的風格，只要瞧

【註】：波蘭主食之一，係以雞蛋、麵粉、水煮馬鈴薯揉成麵團後切塊水煮，常搭配主菜食用，口感近似麵疙瘩。

一眼這些玲瓏塔樓就夠了。」

吸血鬼所說的塔樓冠有紅頂，就像一座座纖細的白色方尖碑，從結構精緻、上窄下寬的城堡本體射向天際。這景象讓人不由自主聯想到一根根蠟燭，上頭的裝飾蠟花流到了雕刻精美的燭台底座。

「城市從博克勒宮開始往下擴展。」騎士列那解釋道：「當然，城牆是後來才打造的，畢竟你們也知道，精靈沒有築牆圍城的習慣。各位貴客，請你們催著馬兒走快點吧，前面還有好長一段路要走。博克勒只是看起來很近，山群會讓人產生錯覺。」

「我們走。」

他們輕快前進，超越路上的旅人與篷車，超越馬車與雙輪車，那上頭載滿了黑如生苔的葡萄。接著，是一條條喧囂嘈雜、飄散葡萄發酵氣味的城市小道。接著，是一座長滿楊樹、紅豆杉和小檗的漆黑公園。接著，是一座座以薔薇和千葉玫瑰的變種爲主的玫瑰花壇。接著，是宮殿裡雕工精細的圓柱、入口與拱邊飾，還有穿著制服的僕從與管家。

其中，有個人向他們打招呼，那是頭髮經過打理、穿得像王子的亞斯克爾。

□

「米爾娃在哪裡？」

「她已經恢復健康了，別擔心。她整天坐在爲你們備好的房間裡，不想踏出一步。」

「爲什麼？」

「這晚點再說，現在先走吧，公爵夫人在等了。」

「就這樣風塵僕僕去見她？」

「她是這麼要求。」

他們進入的那間大廳滿滿是人，個個衣著繽紛得像天堂鳥。傑洛特沒有時間細看，便被亞斯克爾推往一道大理石階，上頭有兩名與旁人十分不同的女子，由侍童及僕從攙扶著。

原本就安靜的大廳變得更加靜謐。

兩名女子中的一人，有著又尖又翹的鼻子，一雙眼睛水藍清透，微微帶有狂熱意味。她的栗色頭髮用多條絲絨帶精心盤起，活脫脫像件藝術品，連枝微末節都仔細打理，包括額前那一小綹比例準確的半月形鬈髮。她的開襟連身裙上半部，有成千的湛藍與粉紫條紋，在黑色底布的襯托下閃閃發亮；裙裝下半部也是黑色，種著一朵朵玲瓏金菊，排成密密麻麻的整齊圖案。她的頸子與領口縛著一條做工精細的項鍊——好似複雜的鷹架或格柵——由漆珠、黑曜石、祖母綠、青金石串成華麗的花藤圖案，再以一個玉製十字收尾。那玉十字幾乎嵌進一對收緊托高的小巧胸乳間。這件連身裙的方形領口開得又大又深，露出女人纖細的肩頭，看似難以支撐整件裙裝。傑洛特分分秒秒都在等那裙裝自從她胸口滑下，卻無法如願以償——裙裝靠著祕密的裁縫技巧與蓬袖的緩衝，一直保持在該有的位置上。

第二名女子的身高與第一位相當，唇上的色彩如出一轍，但兩人的相似之處也僅止於此。她留著一頭黑色短髮，戴著一頂紗帽，帽上面紗垂至小巧的鼻尖。花朵狀的面紗並沒有遮去她上了強烈綠色眼影的晶亮美眸，而微微開襟的領口上也罩著同樣的花紗。整件的長袖連身黑裙上，只有幾處隨意以小顆藍寶石、海藍寶石、水晶和金色鏤空星飾點綴。

「那是開明的公爵夫人安娜・痕莉夜塔，您得跪下，先生。」某個人在傑洛特身後說。

不知道是這兩個裡的哪一個，傑洛特一邊在心想著，一邊吃力彎下發疼的膝蓋，鄭重地行了個禮。要命，兩個看起來都像公爵夫人，哈，都很皇室。

「傑洛特先生，請起。」那位栗髮精心梳理過的尖鼻女子趕走了他的疑問。「歡迎您和您的友人到投散特公國，到這博克勒宮。我們很高興能招待肩負如此神聖任務，而且還和我們貼心的尤里安子爵交好的人物。」

亞斯克爾快手快腳，深深鞠了一個躬。

「子爵把您的名字和咱們說了，」公爵夫人說：「也透露了您此番遠行的性質與目的，說明了您來到投散特的緣由。傑洛特先生，您的事深深打動了咱們的心，咱們很樂意在私人接見場合裡與您聊聊，然而國事在身，這事只能暫且按下。葡萄已經採收完畢，依照傳統，我們得參加酒桶節。」

第二名女子，也就是罩著面紗的那位，將身子俯向公爵夫人，低聲快速說了幾句。安娜・痕莉夜塔看著獵魔士，微微露出一笑，舔了舔雙唇。

「咱們希望，」她拉高了音量：「來自利維亞的傑洛特先生，在酒桶節上，能待在尤里安子爵的身旁服侍我們。」

在場的那一小群臣子與騎士間傳出了低語，聽來好像風吹打著松樹的沙沙聲。安娜莉夜塔公爵夫人再度深深看了獵魔士一眼後，便帶著自己的女伴和一行侍僕離開大廳。

「哎呀呀！」棋盤騎士低語道：「眞是意想不到啊！您碰上的可是天大的榮幸，獵魔士先生。」

「我不是很清楚現在是什麼情況。」傑洛特誠實說道：「我要怎麼服侍公爵夫人殿下？」

「是親愛的公爵夫人殿下。」一名貌似糕點師的人糾正道，同時朝他們快步走來。「請原諒我出聲指正，先生，但在某些情況下我必須這麼做。我們投散特這裡很注重傳統和禮節。我是賽巴斯丁・樂高夫，宮廷內侍兼總管。」

「幸會。」

內侍不只看起來像糕點師，甚至連聞起來都像糖霜。

「按照禮節，安娜・痕莉夜塔夫人的正式頭銜，是『開明的公爵夫人殿下』，非正式是『仁慈的公爵夫人殿下』。宮廷外，一般百姓暱稱殿下爲『公爵夫人』，不過對她說話的時候，一定都是用『仁慈的殿下』。」

「謝謝，我會記住的。那第二位女子呢？我該怎麼稱呼她？」

「她的正式頭銜是『可敬的小姐』，」內侍總管正經地開示道：「不過也可以稱她爲『小姐』。她是公爵夫人的親戚，名喚芙琳吉拉．薇果，而依照芙琳吉拉小姐的要求，您將在酒桶節上服侍她。」

「這所謂的服侍指的是什麼？」

「那不是什麼難事，我馬上就爲您說明。您瞧，我們以機械方式榨取葡萄酒已經好多年，然而傳統……」

□

庭院裡傳出嘈雜聲、尖銳的瘋狂直笛聲、狂野的排笛聲，以及暴躁的鈴鼓聲。戴著花圈的滑稽樂師與雜耍技班，在一個架高的酒桶四周跳躍、空翻。庭院裡、迴廊上，滿滿都是人——騎士、貴婦、大臣和衣著高貴的城民。

內侍總管賽巴斯丁．樂高夫舉起一根經過裝飾的葡萄樹樹枝，朝平台敲了三下。

「呵！呵！」他大聲叫道：「各位高貴的女士、先生和騎士！」

「呵！呵！」眾人答道。

「呵！呵！現在舉行古禮！讓葡萄樹結實纍纍吧！呵！呵！讓太陽下的果實成熟飽滿吧！」

「呵！呵！成熟飽滿吧！」

「呵！呵！讓搗爛的果實發酵吧！在酒桶裡越釀越烈、越釀越香吧！香香醇醇地流進酒杯裡吧，在榮光中傳達到美麗女士、高貴騎士和酒園工人的腦海裡吧！」

「呵！呵！發酵吧！」

「美麗的女士請進場吧！」

從隔著庭院相對的兩頂花緞帳篷裡各出現一名女性，那是公爵夫人安娜．痕莉夜塔及她的黑髮女伴。兩人身上都嚴實裹著猩紅披風。

「呵！呵！」內侍敲了下樹枝。「年輕人出列吧！」

「年輕人」已事先收到指示，知道自己該做什麼。亞斯克爾走向公爵夫人，傑洛特則朝女巫走去。他已經知道她是眾人口中可敬的芙琳吉拉．薇果小姐。

兩個女人同時脫下披風，群眾間響起如雷掌聲，傑洛特嚥了口唾沫。

女人們身上穿的是白色、薄如蟬翼，長度甚至不到髖部的細肩帶上衣，還有荷葉邊緊身內褲。除此之外，再無其他，甚至沒有首飾。她們的雙腳也同樣赤裸。

傑洛特將芙琳吉拉攔腰抱起，而後者則十分情願地將雙手圈上他的頸項。她身上散發著龍涎香與玫瑰的香味，還有屬於女性的氣味。她的身子很暖，而這股暖意像箭矢一樣穿透他的皮膚。她的身子很軟，而這柔軟的觸感讓他的指頭燒燙、發麻。

他們把她們抱到了酒桶前——傑洛特抱著芙琳吉拉，亞斯克爾則抱著公爵夫人。酒桶裡的葡萄漸漸萎縮，濺出漿液。他們幫助她們進到裡面，在場的群眾放聲高喊：

「呵！呵！」

公爵夫人與芙琳吉拉雙雙把手放在對方肩上，因爲有了彼此的支撐，在及膝的葡萄堆中也較容易維持平衡。葡萄漿液不斷噴濺。兩個女人一邊轉向，一邊踩踐葡萄，像小姑娘般又叫又笑。芙琳吉拉無視禮節規範，朝獵魔士拋了個眼神。

「呵！呵！」群眾叫道：「呵！呵！發酵吧！」

遭到踩踏的葡萄不斷噴出果汁，混濁的漿液在兩個踩果女郎的膝蓋四周不斷起泡生沫。內侍用樹枝敲了下平台。傑洛特與亞斯克爾兩人站了出來，協助兩名女子從酒桶裡出來。傑洛特看到被亞斯克爾抱在手中的安娜莉夜塔咬了他的耳朵一口，而她眼中閃爍的是危險的光芒。他自己則感覺臉頰讓芙琳吉拉的嘴唇輕輕劃過，但他不敢斷言那是刻意或無心。葡萄的漿液散發出濃郁香氣，撲鼻而來。

他把芙琳吉拉放到平台上，用猩紅披風裹住她。芙琳吉拉又快又重地握住他的手。

「這些歷史悠久的傳統，」她輕輕吐著氣息說：「讓人感到興奮，對吧？」

「對。」

「謝謝你，獵魔士。」

「這一切都是我的榮幸。」

「不全然是。我向你保證，不全然是。」

□

「列那，倒酒。」

隔桌的人又開始新一輪算命遊戲，把一條削得老長的蘋果皮丟到桌上，猜測果皮呈現出來的形狀像哪個字母，而這代表的是算命者未來另一半的名字開頭。果皮每一回都落成「S」狀，但歡樂的氣氛依舊持續不減。

列那倒了酒。

「米爾娃的肋骨雖然一直纏著繃帶，」獵魔士若有所思地說：「但我發現她其實已經好了。然而她一整天都坐在房裡，不願意出去，也天殺地不願意穿上旁人給她準備的裙裝。這事原本要鬧成宮儀醜聞了，卻讓萬事通雷吉思給平息了。他引用了一堆先例，逼著內侍替弓箭手拿來男裝。相反地，安古蘭則是高高興興把褲子、馬靴和裹腳布給丟了，而裙裝、香皂和梳子把她變成一個挺漂亮的女孩。這其實也沒什麼好說的，澡堂和乾淨的衣服讓我們所有人的心情都變好了，甚至是我。我們一行人去覲見的時候，心情都挺不錯的……」

「暫停一下。」列那用腦袋比了比。「生意上門了。呵、呵，而且還不只一座，是兩座葡萄園呢！那是瑪拉特斯塔——我們的客戶，還帶了伴來……而且這個伴還是他的競爭對手。這可怪了，眞是怪了！」

「第二個人是誰？」

「波美若葡萄園的。我們現在喝的就是他們的酒——柯特布萊瑟。」

瑪拉特斯塔——維爾門提諾葡萄園的管理人瞧見他們，舉起單手打招呼，並領著與他同行的人靠了過去。那是名蓄著黑色八字鬍和濃密黑色落腮鬍的人，看起來不像在葡萄園做事的人，反倒像是打手。

「兩位男士請容我介紹，」瑪拉特斯塔介紹著蓄著落腮鬍的人：「這是波美若葡萄園的管理人——阿席德斯·費拉布拉斯先生。」

「請坐。」

「我們只是過來一下，要找獵魔士先生談我們地窖裡的怪物。既然兩位在這裡，想必那怪物已經被打倒了？」

「死得一乾二淨。」

「那麼，先前談好的價錢，」瑪拉特斯塔保證，「會在後天匯到您在奇安法內利的戶頭。噢，獵魔士先生，感謝您，萬分感謝。這麼一座地窖，漂漂亮亮，砌成圓的，而且還朝北，不會太乾也不會太濕，正好就是儲存葡萄酒該有的環境，卻因爲那頭噁心的怪物而不能用。您自己也瞧見了，我們當初不得不把那間地下儲藏室整個砌起來，但那怪物還是有辦法進到裡面……呸、呸，天曉得牠是從哪兒來的……搞不好就是從地獄來的……」

「由凝灰岩沖刷出來的洞穴裡，就是會有一堆怪物。」列那·德布瓦—弗倫一臉聰明地開示。他和獵魔士在一起已經一個多月，而這已經夠讓他這樣一個好聽眾學到許多東西。「這很簡單，有凝灰岩的地方就有怪物。」

「是啦，不管這凝灰岩是什麼，」瑪拉特斯塔刮了他一眼。「可能是有關係啦，不過大家都說是因爲我們的地下儲藏室和一些很深、很深的地洞連在一起，直通地心。我們那裡有很多這種地窖與洞穴……」

「遠的不說，在我們的地底儲藏室下面就有。」黑色落腮鬍的波美若葡萄園管理人搭了腔：「那些地窖有幾哩長，沒人知道會通到哪，想一探究竟的人都是有去無回，而且也有人在那底下見過可怕的怪物。事情好像就是這樣，所以我想向您提樁買賣……」

「我知道您想向我提的是什麼買賣。」獵魔士不帶感情地說：「我接受。我會去您的地下儲藏室好好檢查一番，看我在那裡找到什麼，我們再來談費用。」

「您不會吃虧的。」大鬍子向他保證著。「呃……呃……還有一件事……」

「您說吧，我在聽。」

「是有關那個魅魔的事，就是每天晚上都來找男人、折磨他們的那個……開明的公爵夫人託您殺掉的那個……我想，根本沒有必要把她給殺了。這夢魇又不會妨礙到誰……對，她有時候是會來……稍微嚇嚇人……」

「不過她只會找成年人。」瑪拉特斯塔快速插話。

「對，您說到了我心坎裡的話，兄弟。就是這樣，魅魔不會礙到人，而且最近好像根本沒聽到有人提她的事，好像獵魔士先生您眞的嚇到她了。所以說，去找她有什麼意義呢？再說，先生，您又不是爲了錢才做事。要是您有缺什麼的話……」

「我在奇安法內利的銀行戶頭裡，」傑洛特端著一張棺材臉說：「是可以有點東西匯進去，作爲獵魔士的退休基金之用。」

「就這麼辦。」

「那麼魅魔那顆金髮腦袋上一根毛都不會少。」

「那我們就告辭了。」兩名葡萄園管理人起了身。「您好好用餐吧，我們不妨礙您了。今天過節，是我們這邊的傳統，而在我們投散特這裡，傳統是……」

「神聖不可侵的，我知道。」傑洛特說。

□

隔桌又開始算命，喧譁吵鬧了起來。這次他們算的叫「尤冽」，用的是幾顆由麻花圈麵包裡鬆軟的部分，和著吃完的鯉魚刺揉成的小球。他們在算命的時候猛灌酒，讓酒館主人和一干女侍像滾水裡冒的泡泡一樣，不停端著酒壺來回跑。

「這大名鼎鼎的魅魔，」列那一邊說著，一邊爲自己又加了些捲心菜：「替你開了頭，讓你在投散特接了一整串令人難忘的契約。那次之後，你的生意進展也就快多了，而你也沒辦法把客戶趕走。不過有趣的是，我想不起來頭一個給你案子的是哪個葡萄園管理人……」

「那時候你不在場，是覲見公爵夫人後的兩天。話說回來，覲見公爵夫人的時候你也不在。」

「這沒什麼好奇怪的，那次是私下接見。」

「最好是私下接見。」傑洛特不屑地說：「當時在場的至少有二十人，而且還沒算上那票和雕像一樣不會動的宮廷侍從、還沒成年的侍童，以及讓人悶得慌的小丑。聞起來和看起來都像個糖果師傅的內侍樂高夫也在那二十個人裡面，還有幾個被金鏈子壓到直不起身的權貴，以及幾個看起來像參事又或者是法官的黑衣人。我們在卡耶米可微地認識、家徽是公牛的那個男爵也在。當然，還有芙琳吉拉．薇果，她和公爵夫人的關係顯然很好。」

「還有我們這一票人，包括穿男裝的米爾娃。哈，我說我們這票人，這說法不對，亞斯克爾不和我們一起。亞斯克爾，或者又叫什麼子爵的他，大剌剌坐在仁慈的尖鼻子安娜．痕莉夜塔殿下右邊，花枝招展得像隻孔雀似的，就像個眞正的男寵。」

「安娜莉夜塔、芙琳吉拉和亞斯克爾是唯一坐著的人，其他人都只准站著。不過我還是很慶幸，至少沒有人要我跪。」

「還好，公爵夫人耐心地把我的故事聽完，很少打斷我。當我向她報告完與德魯伊的對話後，她緊緊握住雙手，看起來十分擔心，十分眞誠到一種誇張的地步。我知道這聽起來矛盾到不行，但相信我，列那，她就是這樣。」

□

「天哪！天哪！」公爵夫人安娜・痕莉夜塔緊握住雙手，說：「傑洛特先生，您這話讓人好擔心呀。咱們說這話是認真的，咱們現在心裡好難過。」

她吸了下尖鼻子，伸出了一隻手，而亞斯克爾馬上把一條繡了縮寫字母的細薄麻絹帕子放上去。公爵夫人用帕子輕輕擦過兩頰，避免碰花妝容。

「天哪！天哪！」她又說了一次。「所以德魯伊對奇莉的事一無所知？他們沒辦法幫助您？難道您的一切努力都白費了？這趟路走的全是枉然？」

「絕對不會白費。」他篤定地答道：「我承認自己確實指望能從德魯伊那裡得到明確的訊息或指引，就算是用最籠統的方式也行，好讓我明白奇莉爲什麼會成爲他人如此迫切捕捉的對象。然而，德魯伊沒辦法，又或者不想幫助我，從這個角度來看，我確實什麼訊息也沒得到。不過……」

他頓了一下，不是爲了要營造氣氛，而是思忖自己可以在這場覲見上掏出多少眞心。最後，他冷冰冰地說：

「我知道奇莉還活著。她應該是受了傷，而且一直都沒有脫離險境，但是還活著。」

安娜・痕莉夜塔嘆了一聲，再度拿起帕子拭臉，並緊緊按住亞斯克爾的上臂。

「咱們發誓會幫助您、支持您。」她說：「您想在投散特留多久就留多久。因爲您要知道，咱們以前常去琴特拉，與芭維塔是朋友，咱們認識、也喜歡當時的小奇莉。傑洛特先生，咱們全心全意支持您。如果有需要，咱們的學者和天文學家都會幫您，咱們的圖書館和文件室都會爲您敞開。您一定得找到點蛛絲馬跡，找到某種指引或線索，好讓您能往正確的道路去，而咱們相信，您一定可以找到。您不要匆忙，不要急就章。您想的話，可以留在這裡。咱們很歡迎您在這裡作客。」

「謝謝您的愛護與憐憫，殿下。」傑洛特鞠了個躬。「不過我們稍事休息後，便會繼續上路。奇莉始終身處險境，而我們也是。要是在同一個地方停留太久，那麼危險不只會擴大，還會開始危及愛護我們的人，就連尋常的局外人也會遭受威脅，這是我絕對不能允許的事。」

公爵夫人沉默了一段時間，像在撫摸貓兒一樣，摸著亞斯克爾的前臂。最後，她終於開口：

「您這番話非常高尚，也很有道理，不過您沒有必要擔心。追殺你們的那群歹人已經讓咱們的騎士一網打盡，沒有留下一個活口，尤里安子爵已經把事情都說給咱們聽了。要是有誰膽敢讓您心煩，也會有同樣的下場。您有咱們保護、照顧。」

「您的好意我銘記在心。」傑洛特又一次鞠躬，犯疼的膝蓋讓他在心裡咒罵，但咒罵的理由並不完全因爲這樣。「只是，尤里安子爵有些事忘了向您說，而我不能允許自己就這樣保持沉默。沒錯，從貝爾哈文一路追殺我，最後在卡耶米可微地讓您的英勇騎士團擊敗的那群歹人，是貨眞價實的惡徒集團，但他們的衣著顏色屬於尼夫加爾德。」

「那又怎樣呢？」

就是如果尼夫加爾德人可以用二十天拿下亞丁，那妳的這個小公國只要花他們二十分的時間就夠了。傑洛特心裡如是想著，但說出口的卻是：

「現在還在打仗，在貝爾哈文和卡耶米可微地發生的事，可能會被解讀成後方叛變，而這通常會導致大軍壓境。在戰爭的時候……」

「戰爭顯然已經結束。」她截斷他的話：「針對這個問題，咱們給咱們的表親恩菲爾．法．恩瑞斯寫過信，交給他一份備忘錄，要他立刻爲這場毫無意義的流血事件畫下休止符。戰爭一定已經結束了，局勢也一定已經平靜了。」

「現實的情況似乎不太像。」傑洛特冷聲應道：「亞魯加河對岸依舊刀光劍影，烽火連天，血流成河。目前並沒有任何跡象顯示戰事已進入尾聲。是我的話，會說情況恰好相反。」有一瞬間，他後悔說了這些。

「怎麼會？」公爵夫人的鼻子似乎又更尖了，而她的聲調也轉爲凶惡嚴厲：「我沒聽錯吧？戰爭還在持續？這件事爲什麼沒人告訴咱們？特倫伯萊部長？」

「殿下，我……」身上戴金鏈的那群人中，有名男子跪地結巴說：「我不想……讓您擔心……煩惱……殿下……」

「侍衛！」公爵夫人大叫：「把他帶去塔裡！特倫伯萊先生，您已經玩完了！玩完了！內侍總管！祕書長！」

「遵命，開明的……」

「叫咱們的辦公室馬上發一封嚴正的抗議信給咱們的表親尼夫加爾德大帝。咱們要求他馬上、立刻放棄動武的念頭並恢復和平，因爲戰爭與紛爭都是不好的東西。紛爭會導致毀滅，而和諧能帶來助益！」

「仁慈的殿下，您所言極是。」整個人像糖霜一樣白乎乎、貌似糕點師的內侍總管瑟瑟說道。

「各位男士，你們還在這裡做什麼？咱們已經下了命令！快點，快去做！」

傑洛特暗暗看了下四周，在場大臣個個面如硬石。由此可見，像今天這種事在這座宮殿裡並非什麼新鮮事。他在心裡做了決定，從這一刻起，不管公爵夫人說什麼，自己都絕對要同聲應和。

安娜莉夜塔用帕子輕輕擦過鼻尖，然後朝傑洛特笑了笑，說：

「誠如您所見，您的顧慮已煙消雲散。您沒什麼好擔心的，可以在咱們這裡想待多久，就待多久。」

「是的，仁慈的殿下。」

在這一片沉默中，可以清楚聽見樹皮甲蟲在某個歷史悠久的家具裡發出的聲音，以及遠處庭院裡馬夫對馬兒的高聲咒罵。

「傑洛特先生，咱們對您有一個請求。」安娜莉夜塔打破了這片沉默：「這是對獵魔士的請求。」

「是的，殿下。」

「這是投散特裡眾多貴族女士的請求，也是咱們的請求。這裡的居民一直飽受黑夜怪物的折磨。有個惡魔——幽靈、魅魔——會化身成舉止不知羞恥到咱們都不敢形容的女子形態，在這裡不斷騷擾大家守德而忠貞的丈夫。她會在夜裡找上門，做出無恥荒淫、噁心變態之舉。這些事咱們礙於禮教，實在說不出口。您是行家，一定知道咱們在說什麼。」

「是的，殿下。」

「所以投散特的女性向您請求，希望您爲這噁心之事畫下句號。咱們也代她們向您請求，並向您保證會讓您見識到咱們的慷慨。」

「是的，殿下。」

□

安古蘭在宮殿的花園裡找到獵魔士與吸血鬼，兩人正一邊散步，一邊低調交談。

「你們不會相信，」她喘著氣說：「你們不會相信我要說的事……不過這都是眞的……」

「說吧。」

「列那．德布瓦－弗倫，就是那個棋盤遊俠騎士，正跟其他遊俠騎士排隊去找公爵夫人的總管。你們知道爲什麼嗎？他要領這個月的月薪！我和你們講，那個隊伍排到有弓箭射程一半那麼長，而且他們身上各種紋章都有，看得我眼睛都花了。我問列那這是在做什麼，他說就算是遊俠騎士，也會有肚子餓的時候。」

「這有什麼好大驚小怪的？」

「你在開玩笑嗎？遊俠騎士出任務是爲了高貴的使命！不是月俸！」

「這兩樣並不衝突。」吸血鬼雷吉思十分認眞地說：「我是說眞的，相信我，安古蘭。」

「相信他，安古蘭。」傑洛特不帶感情地說：「別再在宮殿裡亂跑，沒事找事。去陪米爾娃。

她現在心情很糟，不該獨處。」

「這倒是眞的。阿嬸大概那個來了，因爲她的脾氣壞得和什麼一樣。我想……」

「安古蘭！」

「我在走了啦。」

傑洛特與雷吉思在一座花壇前停了下來，上頭的千葉玫瑰已微微枯萎，然而他們沒能聊得太久，一名穿著赭色高雅大衣的男子便從溫室後頭現身。

「兩位好。」來人點了點頭，用尖頂貂皮帽拍了拍膝蓋。「能不能請兩位好心地告訴我，你們當中哪位是名喚傑洛特的獵魔士？在業界赫赫有名的那位？」

「我就是。」

「我是簡恩・卡提隆，投里奇拉堡葡萄園的管理人。事情是這樣的，我們的葡萄園很需要一名獵魔士。我想確定的是，好心的您會不會想……」

「什麼事？」

「是這樣的，」卡提隆開始述說：「因爲這場天殺的戰爭，來我們葡萄園的買家少了很多，我們存貨變多，酒桶也開始不夠放。我們本來想這不是什麼大問題，畢竟在城堡底下還有一大片相通的地窖，而且一個比一個深，大概可以直通地心。我們在投里奇拉底下也找到一些比較小的地窖，裡頭漂漂亮亮，而且好心的老天爺啊，還砌得圓圓的，不會太乾也不會太濕，拿來儲酒可以說是再適合不過……」

「然後呢？」獵魔士按捺不住道。

「結果有隻不知道是哪門子的怪物在那些地窖裡晃來晃去，好心的老天爺啊，一定是從地心深處跑出來的。兩個人被牠燒到見骨，還有一個被牠弄瞎；因爲牠，就是那隻怪物，先生，會吐一種腐蝕液……」

「蝕骨毒蛛。」傑洛特一語道出：「也叫作毒液蛛。」

「哎呀呀。」雷吉思笑道：「卡提隆先生，您瞧瞧，您可是遇上了行家呢。這麼一個行家，可以說是天上掉下來給您的。您已經去找過本地那些鼎鼎有名的遊俠騎士了嗎？公爵夫人手下有一大票這樣的騎士，而這種任務不就正是他們的專長，也是他們之所以會在這裡的原因啊。」

「不是這樣的。」葡萄園管理人卡提隆搖了搖頭。「他們會在這裡的原因，是保護商道、林道跟隘口，因爲要是商人進不來這裡，那我們大家都會拎起包袱離開這裡。再說，那些大無畏的騎士是很強悍，但只在馬上。要他們進到地底下，門兒都沒有！還有就是，他們的價……」

他突然打住，閉上了嘴，臉上的表情就像是有個人，突然發現自己的嘴很大——不過他的嘴事實上沒那麼大就是了。

「價碼都很高。」傑洛特幫他把話說完，語氣甚至沒有特別毒辣。「好心人，你要知道啊，我的價碼更高。這是自由市場，也是自由競爭，是我的話，訂了契約，就會下馬進地底下去。您好好考慮吧，不過別花太多時間，因爲我不會在投散特逗留太久。」

「你眞是讓我意外。你體內的獵魔士突然覺醒了嗎？你要接契約？要去殺怪物？」葡萄園管理人才一離開，雷吉思如此說。

「我自己也吃了一驚。」傑洛特坦白回應：「一股無法解釋的衝動就這麼驅使著我，讓我想也不想就反射性地回答了。我會想辦法脫身，不管他開價多少，我永遠都可以嫌不夠，就算他開再高也一樣。我們回到剛才的話題吧……」

「先等一下。」吸血鬼用眼神示意他。「我覺得，你好像又有客人上門了。」

傑洛特喃喃咒罵了聲。兩名騎士沿著條柏樹小徑朝他走來，前頭的那個他一眼便認了出來，因為不可能會有人把那雪白罩衫上的一大顆公牛頭和其他紋章搞錯。第二名騎士是個高個子，灰髮，一張高貴的方臉像是從花崗岩上挖下來的，湛藍的長衫上有兩個半的鳶尾金十字。

兩名騎士停了下來，與他們保持規定該有的距離，並鞠躬行禮。傑洛特與雷吉思也鞠躬回禮，然後四人都按禮俗要求的那樣保持沉默，直到心臟跳動了十次。

「兩位先生請容我引薦，」公牛頭介紹著：「這是帕爾梅林・德勞恩法男爵。而我呢，兩位先生或許記得，人稱……」

「德沛拉克－裴蘭男爵，我們怎麼可能忘記。」

「我們有事找獵魔士先生。」德沛拉克－裴蘭道出來意：「是有關……這麼說好了，專業的事。」

「請說。」

「我們想私下談。」

「我和雷吉思先生之間沒有任何祕密。」

「但是兩位先生肯定有。」吸血鬼笑道：「因此，我就恭敬不如從命，去瞧瞧那邊那座可愛的小亭子，那想必是座沉思亭。德沛拉克－裴蘭先生……德勞恩法先生……」

三人互相行了禮。

「兩位請說吧。」傑洛特打破沉默，壓根不想等心臟跳到第十下。

「是和魅魔有關……」德沛拉克－裴蘭壓低聲音，面有懼色地看向四周。「呃，就是在這種暴雪之夜會來的東西，公爵夫人和各家夫人小姐託您消滅的那個。她們答應給您很多錢去殺那鬼魅嗎？」

「抱歉，這是商業機密。」

「當然。」鳶尾十字騎士帕爾梅林．德勞恩法搭了腔：「您的態度確實有理。的確，我很擔心我要提的事會侮辱了您，儘管如此，我還是要提。獵魔士先生，您推掉這個委託吧。您別去暗算魅魔，放過她吧。別和那些女士說，也別和公爵夫人說。我以名譽起誓，我們投散特的男士所出的價碼，一定會高過那些女士。我們慷慨的程度絕對會讓您吃驚。」

「這個提議，」獵魔士冷冷地說：「跟『侮辱』確實相去不遠。」

「傑洛特先生。」帕爾梅林．德勞恩法一臉堅定而認眞。「我會告訴您，爲什麼我們敢提出這樣的建議。有這麼一個謠傳，說您只殺有威脅性的怪物。是眞正具有威脅性，而不是憑空想像或防患未然的那種。因此，請容許我這麼說，魅魔不會對任何人造成威脅，也不會對任何人造成傷害。

是，她是會進入人類的夢境……但也只是偶爾……也有那麼一丁點磨人……」

「不過只對成年人。」德沛拉克－裴蘭補充道。

「要是投散特的女士們得知這場談話，」傑洛特一邊看著四周，一邊說道：「她們不會開心的，相信公爵夫人也一樣。」

「我們完全同意您的說法。」帕爾梅林．德勞恩法低聲說：「絕對不能走漏半點風聲，沒有必要喚醒沉睡的獅子。」

「你們在這邊找家矮人銀行替我開戶頭，然後讓我看看你們的慷慨有多令人吃驚。」傑洛特的話說得又輕又慢：「話先說在前頭，要讓我吃驚可不是件簡單的事。」

「我們會盡力而爲。」德沛拉克－裴蘭驕傲地說。

雷吉思在雙方行禮道別後便回來。想當然耳，這一切全都進了他那吸血鬼耳朵裡。

「現在，想必你也會拿『反射性的應答』和『無法解釋的衝動』來解釋剛才的事，不過銀行開戶這件事要脫身可就難了。」他說，臉上沒有笑容。

傑洛特的視線飄向上方，飄過了，呃，那些柏樹的頂端。

「天曉得，我們說不定會在這裡待上幾天。」他說：「如果考慮到米爾娃的肋骨，說不定不只待上幾天，也許是幾個禮拜？所以，要是我們在這段時間裡可以有獨立的經濟能力，也不是壞事。」

□

「所以奇安法內利的戶頭是這麼來的。」列那．德布瓦—弗倫點頭說道：「哎呀呀，要是公爵夫人知道這件事，少不了要來一場職位變動，換張新的人事版圖。哈，說不定我也能升職。說眞的，這人生來呢，就不是當抓耙子的料，還眞是可惜了。現在跟我說說那場鼎鼎大名的盛宴吧，我本來巴望著能好好去吃一頓、喝一場的！他們卻派我去邊境看守，去那邊吹冷風，淋雨淋個不停。哎，算了、算了，騎士的命就是這樣……」

「在參加那場眾所矚目的盛大宴會之前，」傑洛特開始述說：「先是一連串艱難的準備工作。米爾娃躲到了馬廄裡，我得把她找出來，得說服她奇莉和幾乎整個世界的命運都取決於她的出席，還得強迫她穿上裙裝。然後，我要逼安古蘭發誓，說她的舉止會像個高貴的仕女，尤其不能說『操你媽』和『狗屁』。等我們終於都準備好，打算喝杯葡萄酒休息一下的時候，那個渾身散發糖衣味、狗眼看人低的內侍總管樂高夫卻出現了。」

□

「我必須點出一件事。」樂高夫開始用鼻子說話：「根據古禮，公爵夫人殿下的餐桌上不能容許身分卑微之人占有任何席位，不能有人因爲自己被分配到的位子而感到羞辱。然而，我們投散特這裡對古時的傳統與習俗遵守得更加嚴謹，而根據這些習俗……」

「請您直接說重點吧，先生。」

「明天的宴席我得根據賓客的頭銜和身分安排座位。」

「當然。」獵魔士嚴肅地說：「我這就和您說明。我們當中，頭銜、身分最尊貴的，就是亞斯克爾。」

「尤里安子爵大人的身分尊貴非凡，」內侍總管把下巴抬得老高地說：「而此等身分之人，會坐在公爵夫人殿下的右邊。」

「當然。」獵魔士給了同樣的回應，表情嚴肅得像尊雕像。「那麼，他沒向您說明我們的身分地位嗎？」

「他只說，」內侍總管清了清嗓子。「幾位先生小姐正在進行一項匿名騎士任務，至於各位眞正的名字、家徽與頭銜之類的細節，因爲各位都立了誓言，他便不敢透露了。」

「正是如此，所以還有什麼問題呢？」

「但我終究得爲各位安排席次啊！各位在這裡作客，而且還是子爵大人的同伴，所以我幫各位安排的位子也會比較靠近主位……和諸位男爵一起。不過諸位男士及小姐的身分地位不可能全都一樣，大家平起平坐這種事從來就沒發生過。要是諸位當中有人的地位或出身較高，那就該坐得靠近主位一點，離公爵夫人近一些……」

「他是伯爵。」獵魔士聞言，馬上指向一旁的吸血鬼，而後者正專心欣賞占了幾乎整個牆面的掛毯。「不過請您別張揚，這是祕密。」

「我明白。」內侍總管震驚得差點站不住腳。「根據古禮……我會讓他坐在諾兒爾娜伯爵夫人的右邊。她的出身高貴，是公爵夫人的嬸嬸。」

「這樣的安排，不管是您還是公爵夫人的嬸嬸，必當不會後悔。」傑洛特的表情有如石像。「不論是他的舉止或談吐，都無人能出其右。」

「我很高興聽到您這麼說。至於您，來自利維亞的先生，就坐在可敬的芙琳吉拉小姐旁邊。傳統的規定是這樣，您在酒桶節上抬了她，您就是……呃……她的騎士，意思差不多是這樣……」

「我明白了。」

「那就好。哦，伯爵大人……」

「什麼？」剛從繡了巨人與獨眼巨人打鬥場景的織錦前轉回身的吸血鬼，有些訝異。

「沒什麼、沒什麼。」傑洛特笑了笑。「我們不過在聊天。」

「這樣啊。」吸血鬼點了點頭。「不知道兩位有沒有注意到……掛毯上的這個獨眼龍，帶著大頭棒的，請看一下他的兩隻腳板。我想不用諱言，這兩隻都是左腳。」

「確實如此。」內侍總管樂高夫毫不訝異地表示同意。「博克勒城堡裡有更多這種掛毯，而繡這些畫的名家是位眞正的大師，不過也非常愛喝酒。藝術家就是這樣。」

「時間差不多了。」獵魔士如是宣布，避開幾名女孩的目光，她們手裡端著葡萄酒，正從算命那桌走來。「我們走吧，列那。把帳算一算，上馬去博克勒吧。」

「我知道你急著去哪。」騎士露出了一口白牙。「別擔心，你的綠眼小姑娘正等著你呢。現在才剛過半夜，講講那場宴會的事吧。」

「我會講給你聽，我們上路吧。」

「那就出發吧。」

□

桌子排成了巨大的馬蹄型，這畫面讓人直直想到秋天已近尾聲，冬季即將到來。在一碗又一碗、一盤又一盤堆疊成山的菜餚中，就屬用各種名堂烹煮而成的野味最引人注目。有大豬腿、鹿大腿及鹿小里肌，用肉醬片、肉凍片及粉色肉片做成的各式冷盤，並以野菇、小紅莓、李子抹醬與山楂汁裝飾出濃濃秋味。餐桌上還有當令秋禽——裝盤精美、翅尾皆具的黑琴雞，松雞與雉雞，燒烤而成的珠雞、鵪鶉、鷓鴣、野鴨、鷸鳥、榛雞與槲鶇。另有田鶇這般貨眞價實的精緻美味，不經分切，整隻燒烤，因爲這些個小鳥兒的肚子裡，可都塞滿了杜松子這味天然佐料。餐桌上看得見的還有從山湖捕來的鱒魚、梭鱸、江鱈肝和狗魚肝，而綠色的點綴則有萵苣及晚秋生菜，這種生菜在必要之時，甚至可以自霜雪之中採掘。

朵朵花卉已不復見，取而代之的是槲寄生。

坐在這張尊爵宴桌的正中央，也就是馬蹄彎曲處，是公爵夫人安娜莉夜塔及她最爲尊貴的賓客，而巨大銀盤上放的則是晚宴裝飾。由胡蘿蔔花、對剖的檸檬與朝鮮薊心組成了一個三葉草圖形，中央有條小體鱘長眠，而魚背上則有隻單腳站立的蒼鷺，其高揚的長喙上還銜著一枚金環。

「我以蒼鷺起誓。」德沛拉克—裴蘭高聲喊道，並起身舉起酒杯。這人獵魔士很清楚是誰——他就是紋章上有個公牛頭的男爵。「我以蒼鷺起誓，會捍衛騎士的榮譽，並用名譽擔保，發誓不管在任何人面前，絕對不會、永遠不會退讓一步！」

這段宣誓贏得了熱烈歡呼，之後眾人便開始用餐。

「我以蒼鷺起誓！」另一名騎士出聲喊道，兩撇上翹的鬍子宛如掃帚，自信盡顯。「我發誓，直到流盡身體裡的最後一滴血，都會捍衛邊境與仁慈的安娜．痕莉夜塔殿下！爲了證明自己的忠誠，我發誓會在盾牌畫上蒼鷺，並且隱姓埋名，以白鷺騎士之稱號，匿名出戰一年！祝仁慈的公爵夫人殿下身體安康！」

「祝公爵夫人身體安康！事事順心！萬歲！公爵夫人長命百歲！」

安娜莉夜塔微微點了點頂著鑽冠的螓首，向眾人道謝。她身上的鑽石多到光是走過，就能將玻璃刮花。她身旁坐的是一臉蠢笑的亞斯克爾，再過去一點，是坐在兩名貴婦中間的艾墨．雷吉思。他身上穿著黑長衫，看起來像個吸血鬼。他爲兩名貴婦服務，陪她們談天，而她們則一臉痴迷地聽他述說。

橢圓形大盤上盛著一片片白梭吻鱸排，上頭還有香芹裝飾。傑洛特端起大盤，為坐在他左手邊的芙琳吉拉．薇果布棻。芙琳吉拉穿了紫緞裙裝，襟口搭配一條做工完美的紫水晶項鍊，她一邊透過兩簾黑色睫毛觀察他，一邊舉起酒杯，露出一個謎樣的笑容。

「傑洛特，敬你的健康。我很高興我們兩人的位子被安排在一起。」

「話別說得太早。」他也報以一抹微笑，因為他的心情基本上也還不錯。「宴會才剛開始。」

「正好相反。宴會已經開始夠久了，所以你可以讚美我了。我還要等多久呢？」

「妳眞是美得讓人心花怒放。」

「等等、等等，說話別那麼露骨！」她笑著他，但他卻誓自己所言不假。「照這種速度，我都不敢想像到了宴會結束的時候，我們會成了什麼樣呢。你還是從……嗯……和我說我的裙裝很有品味，還有我很適合紫色開始吧。」

「妳很適合紫色。但我得坦言，我最喜歡妳穿白色衣裳。」

他看見她祖母綠眼中的挑戰，但他不敢接受。他的心情還沒好到那種地步。

卡希和米爾娃兩人被安排到相對的席次。卡希坐在兩名似是男爵千金的貴族女子中間，她們年紀很輕，不斷高聲喳呼。陪伴弓箭手的則是一名年紀較長的騎士，那人渾身散發陰霾的氣息，沉默得像塊石頭，臉上有著明顯的水痘疤痕。

至於安古蘭則坐得又再過去了些，在一群年輕的遊俠騎士中間帶頭喧鬧。

「這是什麼?」她舉起一把尖端導圓的銀刀，扯開嗓門嚷道：「刀尖是鈍的?他們是怕我們拿刀開始互捅還怎樣?」

「這種刀子，」芙琳吉拉解釋道：「在博克勒這裡從卡蘿莉娜．羅貝爾塔，也就是安娜莉夜塔的祖母時代起就開始用了。當年的宴席上，賓客總用刀子剔牙，這動作讓羅貝爾塔幾乎要瘋了，可是尖端導了圓的刀子就沒辦法拿來剔牙了。」

「是沒辦法。」安古蘭表示認同，並調皮地擠眉弄眼。「幸好，他們還給了叉子!」

她假裝把叉子放進嘴裡，卻在傑洛特凶惡的目光下打住，坐在她右邊的騎士用假音咯咯大笑。傑洛特端起一盤鴨肉凍為芙琳吉拉添菜。他看見卡希分身乏術，忙著滿足兩位男爵千金的需求，而她們則一臉夢幻地看著卡希。他看見那票年輕騎士爭著對安古蘭獻殷勤，搶著為她布菜，對她說的每個蠢笑話都笑得一個比一個大聲。

他看見米爾娃盯著桌巾，有一下沒一下地剝著麵包。

芙琳吉拉似乎一直在讀取他的思緒。

「你那個不多話的同伴運氣不太好。」她把身子傾向他，壓低音量說：「不過呢，宴會桌上就是這樣。德塔斯大馬男爵不來宮廷禮儀那一套，也沒有舌燦蓮花。」

「這樣說不定還比較好。」傑洛特小聲回應：「要是對方老把宮廷禮儀掛嘴上就糟了。我很了解米爾娃。」

「你確定?」她快速看了他一眼。「說不定你只是把自己的標準套在她身上?而且還是殘忍的標準？」

他沒有回應，反倒是爲她斟起酒來，認爲是時候釐清某些事情了。

「妳是名女巫，對吧？」

「對。」她承認，把心中的訝異掩飾得極好。「你怎麼看出來的？」

「我可以感覺得到妳的氣場。」他沒有解釋得太多：「再說，我是行家。」

過了一會兒，她說：「我先把事情說清楚，我可沒有打算要欺騙任何人。不過，我也沒有義務到處宣傳我的職業，或是戴上尖帽子、穿上黑斗篷。何必讓孩子們被我嚇到呢？我有隱藏身分的權利。」

「我完全同意。」

「我之所以會在博克勒，是因爲這裡有一座不是全世界最大，就是藏書最豐富的圖書館。我是指，除了大學圖書館以外。不過各大學都不太願意讓人碰他們的書架，而在這裡，我是安娜莉夜塔的親戚兼好友，想做什麼都可以。」

「眞是令人羨慕。」

「接見典禮上，安娜莉夜塔提出書冊裡也許會有對你有用的情報。別因爲她那戲劇性的強烈情緒表達而放棄，她這人就是這樣。至於你會在書裡有新發現這點，這樣的可能性確實不能排除。哈，的確非常有可能，只要知道在找什麼、去哪邊找就夠了。」

「的確，就這麼簡單。」

「你所述說的故事的確很令人感動，讓人打從心裡想和你說說話。這當中的原因我可以想見。」她微微瞇起了眼睛，說：「你不信任我，對吧？」

「要不要再來點松雞？」

「我以蒼鷺起誓！」馬蹄形桌末端的一名年輕騎士站了起來，並用對桌一名女賓遞來的飾帶綁住一眼。「我發誓，一天不把來自切爾彎特薩隘口的掠奪者殺個精光，就不把這個帶子拿掉！」公爵夫人氣派非凡地點了點頭，表示認同，而她頭上的那頂寶冠也因鑽石的碰撞而發出聲響。傑洛特本來指望芙琳吉拉不會再挑起話題，但他錯了。

「你不相信我，也不信任我，」她說：「這等於是狠狠刺了我兩刀。你不只懷疑我會眞心幫你，也不相信我能幫得上你。哦，傑洛特！你可眞是把我的驕傲與高昂的鬥志完完全全踐踏在腳底下了。」

「妳聽我說……」

「不！」她舉起刀叉，看似藉此恫嚇他。「不要狡辯了，我受不了愛狡辯的男人。」

「那哪種男人妳才受得了？」

她瞇起雙眼，手上的刀叉依舊當匕首拿，蓄勢待發。

「那我得列好長一張清單，」她緩緩說道：「而我不想拿這些瑣事煩你。我只說一樣——排在清單前幾名的，就是那種隨時準備爲所愛之人去世界盡頭，無所畏懼，無視風險與危險的男人，而且就算看似成功無望，也絕不放棄。」

「那清單上剩下的還有哪些？」他忍不住問道：「妳中意的男人還有哪些？該不會也都是瘋狂的人吧？」

「要是沒有混合得恰到好處的修養與瘋狂，」她慧黠地將頭一偏。「怎麼稱得上是真正的男子氣概呢？」

「各位女士、先生，各位男爵、騎士！」宮廷總管樂高夫站了起來，雙手高舉一個巨大的酒杯，朗聲說道：「依古禮，請容我舉杯祝賀，願開明的公爵夫人安娜．痕莉夜塔殿下身體健康！」

「祝公爵夫人健康、幸福！」

「萬歲！」

「公爵夫人長命百歲！萬歲！」

「現在呢，各位女士、先生，」總管將酒杯放下，以宮廷禮儀的手勢朝僕從揮了揮手，說：「現在……大怪物！」

一道烤製而成的菜餚被送了進來，廳內頓時香味四溢。這盤美饌巨大無比，得要四名僕人用一種類似轎子的東西來扛。

「大怪物！」列席的賓客皆高聲歡呼：「萬歲！大怪物！」

「該死的，怎麼又是怪物？」安古蘭大聲道出不安：「我一定要先知道那是什麼東西，不然絕對不吃。」

「那是駝鹿。」傑洛特解釋道：「烤駝鹿。」

「而且不是什麼普通的駝鹿。」米爾娃清著嗓子搭話：「這頭公鹿有七策那爾【註】重。」

「是駝鹿，七策那爾又四十五磅。」坐在她旁邊的麻臉陰鬱男爵啞聲說道，這是從宴會開始以來，頭一次從他口中吐出字句。

這或許是今夜交談的開端，但弓箭手卻紅了臉，將目光死盯在桌巾上，再度剝起麵包。

然而，傑洛特把芙琳吉拉剛才的話放在心上。

「莫非是男爵大人您讓這頭公鹿倒地的？」他問。

「不是我。」麻子臉出聲否定。「是我的姪子。他是個射擊好手，不過我得說，這是男人的話題……請見諒，沒有必要讓女士感到乏味……」

「他用的是哪種弓？」米爾娃問道，目光依舊釘在桌巾上。「想必不會是七十吋那種不中用的弓。」

「複合弓，用的是紅豆杉、金合歡與梣木，並以肌腱貼合。」男爵緩緩答道，看得出心中頗為訝異。「弦耳有兩彎，拉力七十五磅。」

「那拉距呢？」

「二十二吋。」男爵說話的速度越來越慢，似乎是將字一個一個吐出來。

「的確是張好弓。」米爾娃平靜地說：「用這種弓，就算距離百步，也能讓公鹿倒下。前提是射箭的人得是眞正的好手。」

「我，」男爵的聲音粗啞，聽來似乎有些受傷：「能在二十五步之距，射中野雞。」

「二十五步的距離，」米爾娃抬起了頭，說：「我連松鼠都能射中。」

男爵清了清嗓子，趕忙爲弓箭手添上食物和飲料。

「拿到一張好弓，」他喃喃道：「就是成功了一半，不過我這麼說吧，箭的品質也同樣重要。也就是說，請您姑且聽聽，高貴的小姐，照我的看法，這箭呢……」

「祝仁慈的安娜·痕莉夜塔殿下身體健康！祝尤里安·德萊騰霍子爵身體健康！」

「身體健康！萬歲！」

「……而她把屁股湊給他。」安古蘭又爲另一樁愚蠢趣聞做了結尾，年輕的騎士皆哄堂大笑。

奎林男爵與尼庫男爵張著大嘴聽卡希敘述，他們的眼睛閃耀異彩，兩頰也漲成紅色。坐在桌子中央處的一票貴族，全都在聆聽雷吉思高談闊論。就算是擁有獵魔士等級聽力的傑洛特，也只能在一片喧嚣中聽見隻字片語，不過他還是聽出是與幽靈、斯奇嘉、魅魔和吸血鬼有關的事。雷吉思拿著一支銀叉比畫，表示對付吸血鬼最有效的工具是銀和十字弓，就算是輕輕一碰，都能對吸血鬼造成致命傷害。那大蒜呢？仕女們問道。大蒜也很有效，卻是個令人傷腦筋的道具，雷吉思坦言道，因爲太臭了。

小廳裡的樂隊用古斯列琴與笛子奏出輕柔旋律，特技表演人員使出精湛功力表演耍雜技、抛球與吞火。弄臣努力插科打諢，但與安古蘭比起來卻是天壤之別。之後，來了一位馴熊師和一隻大

【註】：策那爾（cetnar），重量單位，約爲一百公斤。

熊，但大熊只顧自己開心，在地板上留下「黃金」。安古蘭頓時情緒低落，失了興致——要和這樣的對手比，實在不是一件易事。

尖鼻子的公爵夫人突然因男爵中的某一人而暴怒，而那人也為了自己一句不可饒恕的話語失了寵，被押送到高塔。這事似乎沒多少人關心——除了會因此受益升官的人。

「有疑心病的先生，別那麼快離開這裡。」晃著酒杯的芙琳吉拉．薇果出了聲：「雖然你恨不得馬上離開，卻是白費心機。」

「請別讀取我的思緒。」

「抱歉，那些思緒太過強烈，我不自覺就讀了。」

「妳一定不知道這句話我聽過幾次了。」

「你一定不知道我知道多少。來吧，把朝鮮薊吃完，這是好東西，對心臟有益。心臟對男人來說，可是重要的器官。以重要性來說，排名第二呢。」

「我以為修養和瘋狂是最重要的。」

「心靈品質應當伴隨身體的狀態，這樣可以達到完美的境界。」

「沒有人是完美的。」

「這不能當作理由，應該要努力嘗試才對。你知道嗎？我可能要請你拿那些松雞給我。」

她把盤中的鳥兒切割成塊，動作又快又猛，讓獵魔士不禁抖了起來。

「別那麼快離開這裡。」她說：「第一，因為根本沒有這個必要。第二，這裡沒有任何東西會威脅你……」

「當然，妳說的對極了。」他忍不住回了話：「尼夫加爾德人會因爲公爵夫人辦公室所發出的嚴厲聲明而膽怯，就算他們敢冒險，那些以蒼鷺起誓、眼睛綁了帶子的遊俠騎士，也會把他們從這裡趕出去。」

「這裡沒有任何東西會威脅你。」她又說了一次，不理會他的諷刺。「投散特一般被認爲是童話裡的王國，既可笑又不眞實。而且作爲一個葡萄酒產地，這裡永遠都處在興奮、發酒瘋的狀態。這樣一個地方，沒人會認眞看待，卻能擁有特權。畢竟這裡產的是葡萄酒，而大家都知道，少了葡萄酒，生命就沒了意義。所以，投散特裡沒有任何一個特務、間諜或特勤探員來去，也不需要軍隊，只要有一票遮掉一隻眼睛的遊俠騎士就夠了。沒有人會攻打投散特。從你的表情看來，我好像沒有取信於你？」

「完全沒有。」

「那就遺憾了。」芙琳吉拉瞇起雙眼。「我喜歡凡事做到底。我受不了留下事尾或不上不下，輕描淡寫也不行。正因如此，我要告訴你，富勒可．阿爾特維勒得，也就是列得布魯內的執政以爲你已經死了。一群逃犯向他密告你們所有人都被德魯伊活活燒死。富勒可只能把這整件事壓下來，免得爆發醜聞。話說回來，這和他也有利害關係，會牽涉到他自己的職場生涯。就算你還活著的消息傳到了他那裡，一切也已經太晚了。他在報告裡提交的那個版本，到那時候已經生效。」

「妳知道得挺多的。」

「我從來未曾隱瞞。所以，關於尼夫加爾德會追來的理由已不成立，而其他能說服你盡快離開的理由並不存在。」

「有趣。」

「卻眞實。從投散特有四道隘口能出去，分別通往四海。你會選哪一邊？那群德魯伊女子什麼都沒告訴你，也不想和你合作，而山裡的那個精靈又消失無蹤……」

「妳知道的確實很多。」

「這我們剛剛已經確認過了。」

「而妳很想幫助我。」

「而你拒絕我的幫助。你不相信我動機純正，你不信任我。」

「聽著，我……」

「別解釋了，再吃點朝鮮薊吧。」

一旁又有人拿蒼鷺起誓。卡希不斷讚美兩個男爵千金。安古蘭已經微醺，嗓門大到整個宴會廳都聽得見。關於弓與箭的話題讓麻臉男爵活了起來，直直對米爾娃大獻殷勤。

「來，高貴的小姐，請用點野豬肉做的火腿。呃，我這麼說吧……牠們在我的那些莊園裡，把田搞得亂七八糟，我這麼說吧，簡直把那裡當成窩了。」

「喔。」

「那裡時不時會有野豬一對一相鬥，重量大概都在三策那爾左右……隨時都是打獵的好季節……要是高貴的小姐妳希望的話……我們可以，我這麼說吧，一起去打獵……」

「我們不會在這裡待那麼久。」米爾娃有點怪異地用請求的眼光看向傑洛特。「尊貴的先生請見諒，因爲我們還有比打獵更重要的事要做。」

瞧見男爵的臉色轉爲陰霾，她又趕緊補上：「不過我眞的很想跟先生您一起去打那黑畜生。」

這話讓男爵的臉上立刻綻放出光彩。

「要是不打獵，」他興致勃勃地說：「那至少讓我請妳到我那兒坐坐吧。到我的住所來。我給妳看鹿角，有掌型和樹枝型的，我這麼說吧，野豬的獠牙與利齒……」

米爾娃把目光釘在了桌巾上。

男爵拿起盛有田鷸的盤子，爲她添了一些，然後倒了杯葡萄酒。

「請您見諒。」他說：「我不是宮廷裡的人，不知道怎麼討好人，這種宮廷的場面話我不太會說。」

「我，」米爾娃咳了一聲。「是在森林裡長大的，懂得欣賞沉默。」

芙琳吉拉在桌下找到傑洛特的手掌，並用力握住。傑洛特看向她的眼睛，無法猜出她眼中想掩蓋的是什麼。

「我相信妳。」他說：「我相信妳的出發點是眞心的。」

「你沒說謊？」

「我以蒼鷺起誓。」

□

城裡的守衛一定是趁尤列節這個機會，好好大醉了番，因爲他走路的樣子搖搖擺擺，斧槍不斷撞到路邊的招牌。他扯開嗓門宣告已經十點，還因此打了個嗝，不過其實早就已經過了午夜。

「你自己去博克勒吧。」當他們走出酒館後，列那・德布瓦－弗倫無預警地說：「我要留在城裡。明天見，再會啦，獵魔士。」

傑洛特知道騎士在城裡有相好的女子，而那女子的丈夫時常會到外地做生意。他們從來沒有談過這件事，因爲男人跟男人不談這種事。

「再會了，列那。把斯可芬顧好，免得發臭了。」

「現在很冷。」

確實很冷。巷道皆空蕩而黑暗。月光灑在屋頂上，將掛在屋簷的冰柱照得晶亮，卻照不進窄巷深處。小魚兒的馬蹄在路磚上響亮敲著。

小魚兒，獵魔士一邊驅著馬兒往博克勒去，一邊在心裡想著。這匹勁瘦的栗色母馬是來自安娜・痕莉夜塔的禮物，也是來自亞斯克爾。

他趕著馬兒加快腳步，開始馳騁。

□

晚宴過後，他們再度在早餐桌上碰面。獵魔士一行人通常在城堡的廚房裡用早餐，不知爲何，他們在那裡總是很受歡迎。那裡的湯鍋、煎鍋或烤架上，總是有現成的熱食給他們吃，總是有麵包、豬油、培根、起士和醋漬紅菇，也少不了一、兩壺當地知名酒莊的紅酒或白酒。

他們總是去那裡，從他們待在博克勒的這兩個禮拜以來都是這樣。傑洛特、雷吉思、卡希、安古蘭和米爾娃，只有亞斯克爾在別的地方用早餐。

「他是人家幫他把和了渣的豬油直接端到床上！」安古蘭評論道：「而且還要向他深深一鞠躬！」

傑洛特很相信這個說法，認爲實情就是這樣，而他今天就打算去驗證一下。

□

他在騎士之廳找到亞斯克爾。詩人頭上戴了胭脂紅貝雷帽，大得像一整塊發酵麵包，身上穿的也是同色系的緊身上衣，上頭還用金線繡了華麗圖樣。他坐在一張三彎腿的扶椅上，膝上放著魯特琴，不經心地點著頭，回應周遭的仕女、宮臣對他的讚美。

所幸，放眼望去，未見安娜．痕莉夜塔的身影。於是，傑洛特毫不遲疑地打破禮節，大步往前邁去。亞斯克爾立刻瞧見了他。

「各位尊貴的先生、女士，請讓我們兩人獨處。」他出聲發言，以十足的皇家派頭揮了揮手。「侍僕也一樣請離開！」

他拍了拍手，掌聲未盡，騎士之廳裡便只剩下他們兩人、盔甲、壁畫，還有仕女留下的濃濃粉味。

「就這樣把他們趕走，這遊戲眞不錯，對吧？」傑洛特評論道，口氣中並未帶有誇張的惡意。「只要像統治者那樣給個手勢，像攬權者那樣皺一下眉頭，就能下達命令，這感覺一定很好。看著他們像龍蝦一樣往後退，在你面前哈腰，這遊戲眞不錯，對吧？當寵的先生？」

亞斯克爾皺起眉頭。

「你有什麼具體的事要說嗎？」他酸酸地問：「還是只想耍嘴皮？」

「我有非常具體的事要說，具體到不能再具體了。」

「那就說吧，我聽著呢。」

「我們需要三匹馬，給我、卡希和安古蘭，另外還要兩匹馬。全部加起來就是三匹駿馬和兩匹備騎。這備騎嘛，嗯，就算是兩頭騾子也行，上頭要裝滿乾糧和飼料。對你的公爵夫人來說，你應該值得了這些吧，嗯？但願你對她的服侍有這個價值？」

「這一點問題都沒有。」亞斯克爾沒有看著傑洛特，而是爲魯特琴調起了音。「唯一讓我訝異的就只有你的迫切。我會說，你那愚蠢的嘲諷也讓我同等訝異。」

「你很訝異我這麼迫切？」

「我就跟你說個明白。十月即將結束，天候明顯轉差。沒兩天，隘口那邊就會下起雪來。」

「而你很訝異我這麼迫切。」獵魔士點了點頭。「不過你說得好，這提醒了我一件事——再幫我們準備保暖的衣物，要皮草。」

「我以爲，」亞斯克爾緩緩地說：「我們會在這裡等冬天過去，會留在這裡……」

「你想要的話，就留下。」傑洛特不假思索地打斷他的話。

「我是想要。」亞斯克爾突然站了起來，將魯特琴擱到一旁。「而且我會留下。」

獵魔士抽了口氣，聲音清晰可聞。他沒有開口，只盯著掛毯，那上頭呈現的是巨人與龍對戰的情景。巨人穩穩站開兩隻左腳，奮力想折斷龍的下頷，而那龍看來也非善類。

「我要留下來。」亞斯克爾重複道。「我愛安娜莉夜塔，而她也愛我。」

傑洛特依舊保持沉默。

「你們會有你們的馬。」詩人說：「我會命人爲你準備純種的母馬，當然，名字會取作小魚兒。你們會得到裝備、糧食和溫暖的衣物。不過，我誠心建議你等到春天，安娜莉夜塔……」

「我沒聽錯吧？」獵魔士總算找回聲音。「我的耳朵沒騙我吧？」

「其他方面我不清楚，但我知道你的耳朵好得很。」亞斯克爾粗聲粗氣地說：「我再說一次，我們是相愛的，我和安娜莉夜塔。我要留在投散特，跟她在一起。」

「以什麼身分？情人？男寵？還是公爵夫人的配偶？」

「正式的法定地位對我來說基本上可有可無，但我不能排除任何一種可能，就算是婚姻也一樣。」亞斯克爾坦承道。

傑洛特再度沉默，專注研究著巨人與龍的對戰。最後，他終於開口：

「亞斯克爾，要是你喝醉了，那就醒一醒。要是你沒喝，那就喝個夠。到那時候，我們再來談。」

「我不太懂你為什麼這麼說。」亞斯克爾皺起了眉頭。

「你好好想一下吧。」

「要想什麼？我和安娜莉夜塔的關係讓你這麼惱怒嗎？又或者，你想對我的理智喊話？省省吧，這件事我已經想清楚了。安娜莉夜塔愛我……」

「那你聽過這樣一句話嗎？」傑洛特打斷他：「皇家的恩寵是騎在七彩馬上。就算你的那個安娜莉夜塔不是蕩婦，不過別怪我直話直說，在我眼裡她就是個蕩婦，看起來……」

「看起來怎樣？」

「只有在童話故事裡，公主才會跟樂師在一起。」

「第一，」亞斯克爾開口道：「就算是像你這樣的鄉巴佬，一定也聽過貴賤通婚這種事。要我把歷史上，從古至今的例子都說給你聽嗎？第二，你可能會感到驚訝，我再怎樣都不會是貴賤通婚裡的後者。我的家族德萊騰霍是源自……」

「我在這邊聽你說，卻是越聽越不可置信。」傑洛特再度打斷他，心裡起了氣憤。「在這裡胡說八道的人，眞是我的朋友亞斯克爾嗎？我所知道的那個現實主義者亞斯克爾，突然開始活在幻想世界裡？張開你的雙眼吧，白痴。」

「喔，是嗎？」亞斯克爾一字一字地迸出：「這種角色互換多有趣啊。我是個瞎子，而你則是突然成了細心敏銳的觀察者。通常，這情況是反過來的。有趣了，是什麼東西我沒注意到，但你卻看到了，嗯？根據你的說法，我應該張開眼睛看什麼呢？」

「最起碼看看你的公爵夫人。」獵魔士咬牙切齒地說：「她從小是個被寵壞的孩子，長大以後變成被寵壞的女人，傲慢、愛唱反調。看著吧，現在的你身上有新鮮事讓她著迷，她才會對你拋媚眼，一旦來了新樂師，帶來更新、更讓人著迷的新故事，她馬上就會把你扔到一邊。」

「你所說的話很沒水準，也很粗魯。我希望，你自己也清楚這點？」

「我很清楚你一點也不明白。你瘋了，亞斯克爾。」

詩人沉默了下來，撫摸著魯特琴的琴頸。等他再度開口，已過了一小段時間。

「我們從布洛奇隆出發，」他緩緩說起：「踏上漂泊的任務，承擔瘋狂的風險。我們投身一點成功機會也沒有的瘋狂旅程，去追尋海市蜃樓。但是我，傑洛特，沒埋怨過任何一句。我從來沒有說過你是瘋子，沒有嘲笑過你，因爲你的心裡有愛和希望，它們引領你走向這場瘋狂的任務。話說回來，我也是。但是我已經追到了海市蜃樓，我很幸運，我的夢境成眞，我的夢想實現。我的任務已經結束。我找到那難以尋找的東西，而我打算保存它，這樣叫作瘋狂嗎？要是我放開手，捨棄這樣東西，那才叫作瘋狂。」

傑洛特也如亞斯克爾先前那樣，沉默了許久。最後，他終於開口：

「這的確很有詩意，很難有人能與你匹敵。我已經無話可說，你的論述打敗了我。我得說，那些論述個個鏗鏘有力。再會了，亞斯克爾。」

「再會了，傑洛特。」

□

宮殿裡的圖書館確實很大，至少比騎士之廳大上兩倍，而且屋頂是玻璃做的，所以十分明亮。然而，傑洛特懷疑這也是這裡會讓人在夏天熱得發瘋的緣故。

書架與層櫃之間的走道又窄又狹，他走得十分小心，以免把哪本書給碰掉，也得隨時跨過疊在地上的書落。

「我在這裡。」一道聲音傳入耳中。

圖書館的中央部分消失在成堆成落的書海之中，其中有好一部分只是單本、單本躺在地上，或堆成一座又一座的小丘，沒有絲毫秩序。

「傑洛特，這裡。」

他走進書本堆成的峽谷與溝壑間，找到了她。

地上滿是散落的各家典籍搖籃本，她就跪在其中，將書本一一整理歸類。她身上穿的是件低調且輕便的連身灰裙，爲了方便做事，裙襬微微拉高。傑洛特認爲這一幕異常誘人。

「別被這裡的一團亂給嚇著了。」她一邊說著，一邊用前臂抹去額上的汗珠，因爲她戴著薄絲手套的兩隻手上都沾滿了灰塵。「現在這裡正在進行盤點分類，不過我要求他們暫停一下，好自己一個人待在這圖書館裡。我受不了工作的時候有陌生人在背後盯著看。」

「抱歉，我該離開嗎？」

「你不是陌生人。」她微微瞇起眼睛。「你的視線……會讓我感到舒服。別這樣站著，來這邊吧，坐在這堆書上。」

他在一本對開的《世界大觀》上坐了下來。

「出乎意料的是，」芙琳吉拉用手快速比了一圈。「這團亂七八糟竟讓我的工作變簡單了些。我本來可能會一頭埋進平常都擱在最底下，讓不動如山的書堆給牢牢壓住的厚重套書裡。多虧公爵夫人的圖書館員千辛萬苦移開書堆，某些寥若晨星的珍貴書稿才能重見天日。瞧，你有看過這種東西嗎？」

「《黃金鏡》？我看過。」

「抱歉，我忘了，你看過的可多了。我這是在誇獎你，不是貶損。那你再看看這個，這邊，這套是《諸王錄》。我們就從這套開始，好讓你能了解你的奇莉究竟是誰，她的身體裡流的究竟是誰的血……你知道嗎？你的臉比平常還要臭，爲什麼？」

「亞斯克爾。」

「說吧。」

他開始述說事情始末，芙琳吉拉則蹺腳坐在書堆上聆聽。

「唉，」等他說完後，她嘆了口氣道：「我承認自己看過這類的事。安娜莉夜塔老早就表露出陷入愛河的樣子。」

「陷入愛河？」他不屑道：「這該不會是小姐您的想像吧？」

「看來，」她用犀利的眼光看著他：「你不相信眞誠而純淨的愛？」

「我的信仰正好不是我們討論的主題，」他打斷道：「也和這件事一點關係都沒有。重點是亞斯克爾跟他那愚蠢……」

他突然打住，不再那麼肯定。

「愛情就像是腎絞痛。」芙琳吉拉緩緩地說：「只要一天不發作，你根本想像不到那是怎麼回事。就算有人跟你說了，你也不信。」

「的確好像是這麼回事。」獵魔士同意著。「不過，這當中還是有分別。理智擋不了腎絞痛，也治不了腎絞痛。」

「愛情會嘲笑理智，而這也是其魅力與美麗所在。」

「該說是愚蠢所在。」

她站起身，一面脫下手套，一面朝他走近。她的雙瞳在睫毛的遮掩下，又黑又深。她身上散發的味道是龍涎香、玫瑰、圖書館裡的灰塵、殘破不堪的古紙、紅色防腐染料、印刷用的顏料與墨水，以及用來殺鼠的殺鼠劑。這股綜合氣味跟春藥幾乎無關，所以能發揮功用才更顯奇怪。

「你不相信衝動這種事？」她的話音變了：「不相信有猛烈的吸引力存在？不相信兩顆依循軌道前進的火球會對撞在一起？不相信事情的變化能急轉直下？」

她伸出雙手觸碰他的肩膀，而他也做出同樣的回應。兩張臉孔彼此受到吸引，漸漸靠近，氣氛曖昧，充滿張力。兩張嘴唇的結合也同樣小心而謹慎，好似深怕會嚇著某個十分、十分容易受驚的物體。

之後，兩副身軀撞在了一起，事情的發展急轉直下。

他們跌進一堆對開本大小的書籍中，而那些大型書本在他們的體重衝擊下，散落滿地。傑洛特將鼻子埋進芙琳吉拉的領口中，緊緊將她抱住，並抓著她的一邊膝蓋。他把她的裙子推到腰上，但周遭的各式書本卻不斷礙事，當中也包括了充滿複雜精細的華麗首字母與袖珍插畫的《先知的生活》，以及《痔瘡》這本有趣但具爭議性的醫療書籍。獵魔士把書本推到一旁，急切扯開她的裙裝，芙琳吉拉配合地拱起臀部。

她的上臂被某個東西扎到，回頭一看，是《給女性看的生產技巧研究》，遂趕緊看往反方向，免得觸了楣頭。《硫磺溫泉》，的確，越來越熱了。接著，她的眼角瞥見被其枕在腦後的一本敞開的書本扉頁。《論必然之死》。這本更好，她想。

獵魔士極力與她的內褲奮戰。她再次抬高臀部，但這回只有微微地，好讓這動作看似不經意，而不是為了邀請對方才給的幫助。她不認識他，不知道他對女人會怎麼反應；不知道他會不會覺得假裝不知道自己要什麼的女人，優於坦蕩表現自己喜好的那些；不知道如果那內褲得費他九牛二虎之力才能脫下，會不會讓他因此失了興致。

然而，獵魔士沒有表現出任何不情願的跡象。可以說，恰好相反。芙琳吉拉見時機已經成熟，熱情如火地將兩腿一分，撞倒了一落書本和籍冊，書籍頓時如雪崩般向他們湧來。封面採用拓印書皮的《抵押權法》抵住她的臀部，而有黃銅裝飾的《史料彙編》則壓在傑洛特的手腕旁。傑洛特轉瞬評估了下形勢，並加以利用，把一小本厚重的書籍擺到了適當的位置，芙琳吉拉頓時尖叫出聲，因爲抵住她的那東西又冰又冷，但她很快適應。

她大大嘆了口氣，鬆開獵魔士的頭髮，攤開雙臂，左手抓了本《投影幾何》，右手則是《爬行動物與兩棲動物圖鑑》。傑洛特按著她的髖部，無意識地踢倒另一堆書，但他太忙了，沒時間理會一本本慢慢往他掉的精裝大書。芙琳吉拉一邊斷斷續續地吟叫，一邊把頭埋入書頁中。論必然……

書本窸窸窣窣地移動，濃濃的積塵味撲鼻而來。

芙琳吉拉尖叫一聲，但獵魔士沒有聽見，因爲她的兩條大腿緊緊夾住了他的雙耳。他把身上礙事的《戰爭史》和《擁有幸福生活所需的科學》扔開，急切地與她裙裝上半部的精巧鈕釦及鉤釦奮戰，從下到上，不由自主地讀著每本書的封面、書背、封面內頁插畫和標題頁。芙琳吉拉的腰下是《完美農夫》。在她脅下，離一對小巧迷人的挺立胸房不遠的，是《論無用而剛愎的領主》，而枕在她肘下的，則是《是經濟還是簡單分析——財富的創造、分配和使用》。

當他嘴唇來到她的頸上時，他看見了《論必然之死》，而兩手則來到了《領主誌》的附近……

芙琳吉拉發出了一個難以歸類的聲音——不是尖叫，不是嗚咽，也不是嘆息。

書架紛紛晃動，一落落的書本也搖擺、倒塌，像是大地震後殘餘的石堆。芙琳吉拉尖叫一聲。一隻白渡鴉從架上砰然掉落，那是《場景面具與喜劇人物》，接著掉下來的是《騎乘基本口令合集》，連帶把阿特瑞的洋所寫的那本有美麗圖案裝飾的《紋章學》也給拖了下去。獵魔士呻吟一聲，大腳一伸，踢倒好幾堆書。芙琳吉拉再度尖叫，聲音又響又長，一只鞋跟撞掉了《全年所有日子中的沉思或冥想》。那是一本有趣的無名氏著作，不知為何到了傑洛特背上。傑洛特不斷抖著身軀，讀著她肩頭上方的那本書，而不管他想不想，都知道了《論必然之死》這本書的作者是阿爾貝圖斯．里吾司博士，出版人是琴特拉學院，而負責印刷的是印刷大師約翰．孚羅奔二世，那年是柯爾貝特國王陛下統治的第二年。

在這一片良久的寂靜中，只有時不時傳出的移書聲與翻頁聲。

怎麼辦？芙琳吉拉在心裡想著，同時用手掌懶懶碰著傑洛特的身側，以及《思索事物的本質》的堅硬書角。要向他提議嗎？還是等他開口？免得他以為我是個隨便、不害臊的人……

但要是他不開口怎麼辦？

「我們走吧，去找張床。」獵魔士提議，口氣有些嘶啞。「如此對待書籍可是天地不容。」

□

當時我們找到了床。任憑小魚兒在公園小道上奔馳的傑洛特心裡如是想著。我們在她的房裡，在她的內室裡找到了床。我們像瘋子一樣地做愛，不能自已，飢渴難耐，無法饜足。就像行了多年的獨身主義一般，就像要防範獨身主義再度找上門來，所以預先把情慾都宣洩個夠一般。

我們聊了許多事，聊了一些平凡至極的事實，聊了一些非常美麗的謊言。不過這些謊言雖然是謊言，卻不是以欺騙爲目的而羅織出來的謊言。

他快速奔馳，將小魚兒直接驅往覆著白雪的玫瑰花壇，並逼母馬起步飛越。

我們做愛，也聊天。而我們的那些謊言也越來越美麗，越來越虛假。

兩個月，從十月到尤列節。

兩個月，瘋狂、痴迷、猛烈的愛戀。

小魚兒的馬蹄在博克勒宮殿庭園裡的地磚上敲出了悶響。

□

他快速走過一條又一條的走廊，無聲無息，沒被人聽見，也沒被人看見。不管是崗位上手持斧槍、聊著閒話好殺時間的守衛，或是打著瞌睡的僕人與侍童，都沒有人察覺。當他經過一座又一座燭台時，上頭的燭火也沒有絲毫晃動。

他離宮殿的廚房頗近，卻沒有進到裡面，沒有加入裡頭正在享用一小桶酒與熱食的同伴。他站在暗處，聽著他們的談話。

說話的人是安古蘭。

「這他媽的眞是個著了魔的地方，這一整個投散特，這一整座山谷都被一種魔力給罩住了，尤其是那座宮殿。亞斯克爾讓我意外，獵魔士讓我意外，現在可能也輪到我了，我覺得有東西壓著肚子……呸，我也中招了……哎，我和你們講這些幹嘛？我跟你們說，我們離開這裡吧，越快越好。」

「去跟傑洛特說。」米爾娃說：「去跟他說。」

「是啊，去跟他談。」卡希說，語氣頗為諷刺。「他老在女巫的床笫和獵殺怪物間來來去去。他這兩個月來就一直在這兩件事之間穿梭，好忘記一切，妳要在這中間抓住一絲空檔，才能逮到他的人。」

「你自己才是，」安古蘭不屑道：「只有在公園跟各家男爵千金玩套圈圈的時候，才找得到人。哎，沒什麼好說的，這地方著了魔，這一整個投散特都著了魔。雷吉思晚上都不知道跑去哪，阿嬸有她的麻臉男爵……」

「死丫頭，閉上妳的嘴！還有，別再叫我阿嬸！」

「好了，好了！」雷吉思調停道：「兩個丫頭，妳們別吵了。米爾娃、安古蘭，妳們就和好吧。團結才是力量，內鬨只會壞事。就像公爵夫人殿下，也就是這個國家、宮殿、麵包、豬油和小黃瓜的主人對亞斯克爾說的那樣。誰還要酒？」

米爾娃重重嘆了口氣。

「我們已經窩在這裡太久、太久了！跟你們說，我們每天閒閒沒事待在這，快變廢人了。」

「說得好。」卡希說：「說得非常好。」

傑洛特小心翼翼地後退，沒有發出一點聲音，像隻蝙蝠一樣。

□

他快速走過一條又一條走廊，無聲無息，沒被人聽見，也沒被人看見。不管是守衛、僕人或侍童，都沒有察覺。當他經過一座又一座燭台時，上頭的燭火也沒有絲毫晃動。一旁的鼠輩聽見他的動靜，紛紛揚起長著鬍鬚的嘴巴，舉起前腳，不過牠們沒有被嚇跑，牠們知道他是誰。

他常常走這邊。

內室之中，充滿魅力、魔力、龍涎香、玫瑰與女子之夢的氣息，但芙琳吉拉並未就寢。

她在偌大的床上坐下，把被子扔到一邊，那模樣令他著迷，也令他著魔。

「你終於來了。」她緩緩地說：「你一點都不關心我，獵魔士。把衣服脫了，快過來這裡。快點，動作快點。」

□

她快速走過一條又一條走廊，無聲無息，沒被人聽見，也沒被人看見。不管是在崗位懶懶聊著閒話的守衛、打著瞌睡的僕人或侍童，都沒有察覺。當她經過一座又一座燭台時，上頭的燭火也沒有絲毫晃動。一旁的鼠輩聽見她的動靜，紛紛揚起長著鬍鬚的嘴巴，高舉前腳，用一團團的黑眼珠觀察著她。牠們沒有被嚇跑，牠們知道她是誰。

她常常走這邊。

□

博克勒宮裡有一條走道，走道盡頭有個房間，而這房間的存在，沒有任何人知道。不管是當前的城堡統治者安娜莉夜塔公爵夫人，或是城堡的第一位主人，也就是她的曾曾曾祖母阿德瑪兒塔公爵夫人，甚至是將這座建築大肆翻修的建築師——鼎鼎大名的彼得·法拉蒙達，以及根據法拉蒙達的設計和指示動工的那群磚匠師傅，都不知道。是啊，就連眾人以爲對博克勒的一切知道得一清二楚的宮廷內侍樂高夫，也不曉得有這麼一條走道和房間。

那條走道和房間有一道十分強大的幻影掩飾，知道的只有這座宮殿的最初建造者——精靈。後來，當精靈離去，投散特成了公國之後，知道的就只有一群與公爵一家有所關聯的少數巫師。其中，有幻術十分高強的明暗術大師阿勒托里吾斯·薇果，以及他那對幻術特別有天分的年輕姪女——芙琳吉拉。

芙琳吉拉．薇果快速走過博克勒宮裡一條又一條的走廊，無聲無息。她來到兩根飾有爵床葉的圓柱之間，在一面牆前停了下來。一道低聲唸出的咒語與快速比出的手勢，讓這道原是幻影的牆面快速消失，露出一條伸手不見五指的漆黑走道。在這條走道的底端有扇讓幻影遮蔽的門，而在那扇門後面，是一個黑暗的房間。

房裡，芙琳吉拉沒有浪費時間，立刻啓動隔空交談器。橢圓形鏡面轉爲霧白，然後射出光線，照亮了她的所在，也照出黑暗中一張張掛在牆面上、積了厚重灰塵的古老織毯。鏡裡出現了一間沉浸在微妙明暗對比之中的巨型大廳、一張圓桌，以及坐在桌前的一群女子。她們總共有九個人。

「薇果小姐，我們洗耳恭聽。」菲莉帕．愛哈特說：「有什麼新消息？」

「很不幸的，」芙琳吉拉清了清嗓子後說：「沒有。從我們上次隔空交談到現在，沒有，甚至連對方一丁點掃描的企圖都沒發現。」

「眞是不妙。」菲莉帕說：「老實說，我們原本指望薇果小姐能有什麼發現。那麼，至少告訴我們……獵魔士已經平靜下來了嗎？薇果小姐有辦法把他留在投散特，至少讓他待到五月嗎？」

芙琳吉拉．薇果沉默了一會兒。她一點都不打算向女巫會提起在最近的兩週裡，獵魔士兩次把她叫成葉妮芙，而且是在她想盡辦法從他口中聽到自己名字的時候。不過，女巫會有權向她要求眞相。坦白。和有根有據的結論。

「不。」她總算回答：「到五月大概沒辦法，不過我會盡可能把他留住。」

換形怪，隸屬數量眾多的史崔吉佛美斯家族（註），在不同地區有不同名稱，例如變形怪、千貌妖、化形魔物、旋體魔或幻面妖。關於牠就只有一件事好說——其邪惡程度簡直令人無法置信。不管是外表或習性，我們皆不予以記錄，因爲我實話告訴你們，沒有必要把筆墨浪費在雜碎身上。

——《自然史》

第四章

孟特卡佛堡的圓柱廳裡飄著一股混合的氣味，那是老舊的木鑲板、融化的蠟燭及十種香水。那是坐在橡木圓桌前，扶手雕有獅鷲頭像的椅子上，十位女性所使用的十種特選香水。

芙琳吉拉・薇果看見自己的正對面坐了特瑞絲・梅莉戈德，她穿著一件天藍色連身裙，領口高高扣至鎖骨。坐在特瑞絲身旁，籠罩在陰影中的是凱拉・梅茲，其耳上兩只由黃水晶多面切割而成的大耳環，在她的每個動作下都反射出千道光芒，煞是引人注目。

「薇果小姐，請繼續說下去。」菲莉帕・愛哈特催促道。「我們想快點知道事情的結果，好盡快訂定接下來的步驟。」

這次的菲莉帕異於往常，沒有佩戴任何珠寶，硃砂色裙裝上只別了塊大型浮雕纏絲瑪瑙。然而光是這樣，就足以讓芙琳吉拉猜出端倪，知道這塊寶石浮雕是來自何人的餽贈，而那人的相貌又是如何。

夕樂・德唐卡維勒坐在菲莉帕隔壁，她穿了一身黑，只靠閃爍微光的鑽石點綴。馬格麗塔・老克斯安提列身穿栗色緞面服裝，戴了沒有任何寶石裝飾的厚實金飾；而莎賓娜・葛雷維席格則戴了她最愛的縞瑪瑙項鍊、耳環及戒指，和她眼珠、服裝的顏色十分搭配。

與芙琳吉拉靠最近的，是比鄰而坐的兩名精靈女子——法蘭西絲・芬妲芭兒與依達・艾曼・阿波．希芙內。雖然來自山谷的雛菊今天的髮型與胭脂紅裙裝不像以往那樣華麗炫目，頭冠與項鍊上也少了紅寶石，卻仍然保有她一貫的王家氣勢。依達．艾曼則是穿著帶有秋天氣息的薄紗與棉紗，如此輕柔飄逸，就連中央暖氣的輕微流動，也能讓那衣料如海葵般舞動。

阿西蕾．法．阿娜西得一如近來給人的印象，散發著低調卻出眾的優雅氣質。在領口頗爲保守的合身墨綠裙裝上，這名尼夫加爾德女巫只用一條金鍊子，以及單顆單顆的鑲金祖母綠原石點綴。精心修護過的指甲上，搽著色調很深的綠，讓她的整體造型非常諧調，完完全全就是女巫特立獨行的寫照。

「我們在等著呢，薇果小姐。」夕樂．德唐卡維勒提醒道。「時間不等人。」

芙琳吉拉清了清嗓子。

「那時到了十二月。」她開始訴說。「先是尤冽節，然後是新年。獵魔士的心情也平靜許多，不再每次開口就提到奇莉。獵殺怪物成了他的例行公事，似乎也占去了他的全部心神。嗯，或許不是全部……」

她突然打住，覺得好像在特瑞絲．梅莉戈德那雙湛藍的眼睛裡看見了嫉妒，不過這或許只是反射在她眼裡的搖曳燭光。正在把玩寶石浮雕的菲莉帕發出了冷哼。

「薇果小姐，請不必如此謙虛。我們都是自己人，都是女人，知道性愛除了給人帶來歡愉外，還有怎樣的作用。如果有必要，我們這裡所有人也都會使用這種手段。請繼續。」

「即使他白天維持驕傲、自大、不漏半點口風的表象，但夜裡卻是由我搓圓捏扁。他對我毫無保留，完全臣服在我的魅力之下，我得說，以他的年紀，可算是鞠躬盡瘁了。在那之後，他會入睡，枕在我肩上，把雙唇留在我的胸房當成是種替代，尋找他從未體驗過的母愛。」

這一回，她很確信那不是燭火反射。好，來吧，妳們嫉妒吧，她心想。妳們就好好嫉妒我吧，因爲我的確有讓妳們嫉妒的地方。

「他完完全全臣服在我的魅力之下。」她又說了一次。

□

「傑洛特，回床上來。該死，現在天還沒亮啊！」

「我和人有約，得去波美若。」

「我不想你去波美若。」

「我和人約好了，給了承諾。那邊的葡萄園管理人會在大門等我。」

「你那些打怪生意全都又蠢又沒有意義。你想靠殺溶洞裡的噁心怪物證明什麼？你的男子氣概？我知道有更好的辦法。來吧，回床上來。別去什麼波美若，至少別那麼急著走。葡萄園管理人可以等，說到底，那個什麼管理人是哪根蔥？我想跟你做愛。」

「抱歉，我沒空。我和人約好了。」

「我想跟你做愛！」

「要是妳想陪我用早餐，最好現在就開始穿衣服。」

「你大概已經不愛我了，傑洛特。你已經不愛我了嗎？回答我！」

「穿這件珍珠灰的洋裝，鑲了水貂皮的這件，跟妳很相配。」

□

「他徹底臣服在我的魅力之下，達成我的每個要求。」芙琳吉拉重複道。「我要他做什麼，他就做什麼，當時的情況就是這樣。」

「我們當然相信。」夕樂·德唐卡維勒的聲音聽來格外沒有溫度。「請繼續。」

芙琳吉拉將掄起的拳頭湊到唇邊，咳了兩下。

「問題在於他的那些同伴，」她說。「那個叫作隊伍的烏合之眾。卡希·馬芙·狄福林·阿波·凱羅一直盯著我看，希望想起我是誰。不過任他想到漲紅臉，也不可能想起來，因爲我待在達倫狄福林，也就是他祖先的家傳城堡時，他大概才六、七歲。米爾娃是個看起來十分傲氣、無所畏懼的女孩，卻被我兩次撞見躲在馬廏角落裡哭。安古蘭是個沒定性的孩子。還有雷吉思·特契高佛，這個人我看不透。他們這一整群人對他的影響力，是我沒辦法消除的。」

好啦，好啦，她心想，妳們別把眉挑得那麼高，也不用撇嘴。等著吧，我還沒說完呢，妳們馬上就會聽到我成功的地方。

「每天早上，」她說：「這群人都會在博克勒堡地下層的廚房碰面。不知道爲什麼，大廚很喜歡他們，總會爲他們準備吃的，而且東西之豐富、味道之好，讓他們早餐常常吃上兩、三個小時。我和他們吃過很多次，傑洛特也一起，所以我知道他們談的事通常有多荒謬。」

□

廚房裡有兩隻母雞踩著細瘦雞爪四處走逛，一隻黑的，一隻有著老鷹般的花斑。牠們盯著用餐的一行人，啄食掉在地板上的碎屑。

這些人一如每日早晨，在宮殿的廚房裡碰面。不知爲何，大廚很喜歡他們，總是爲他們準備美食。今天是炒蛋、裸麥濃湯【註一】、燉茄子、兔肉抹醬、燻半鵝【註二】、白香腸配甜菜泥，再加上好幾塊扁輪狀的羊酪。所有人都吃得津津有味，除了猛嚼舌根的安古蘭。

「我跟你們說，我們在這裡開間妓院。等我們把該辦的事都辦完了，就回到這裡開妓女戶。我已經打探過了，這裡什麼都有，光是做頭髮的就有九間，藥舖有八間，但勾欄院只有一間，而且還

【註一】：裸麥濃湯（Żurek）是以發酵裸麥爲基底所製的波蘭家常湯品，呈白色濃稠狀，味道帶酸。通常會加入波蘭香腸與水煮蛋一起食用。

【註二】：燻半鵝（Półgęsek, half-goose），以去骨帶皮的半邊鵝胸肉，先醃後燻而成的波蘭傳統菜餚，爲古時貴族美饌。

破破爛爛的。我告訴你們，那只能叫廁間，不是勾欄院，根本不是對手。我們來開間豪華的妓院，就買間有幾層樓的屋子，帶院子的……」

「安古蘭，拜託妳行行好。」

「……只接待尊貴的客人。我來當老鴇。我告訴你們，我們會賺大錢，可以過得像貴婦一樣。到最後，我會被選爲城裡的議會成員，到那時候，我一定不會少了你們的好處，因爲要是他們選我，我就會選你們，你們都還來不及搞清楚狀況時，就會……」

「安古蘭，我們剛剛已經拜託過妳了。這塊麵包抹肉醬拿去，快吃吧。」

現場維持了短暫的寧靜。

「傑洛特，你今天要去打什麼？會很棘手嗎？」

「目擊者的描述互相矛盾，」獵魔士將腦袋從盤子上方抬起。「所以，要嘛是蜘蛛腳普利斯，會很棘手。要嘛是毛腳燕，中等難度，也可能是馬蠅蟲，普通難度。又或者，這會是非常簡單的工作，因爲怪物最近一次被目擊的時間，已經是去年收穫節的事了。那怪物可能已經離開波美若，搬到大老遠去了。」

「希望如此。」芙琳吉拉啃著鵝骨頭說。

「亞斯克爾最近怎樣？」獵魔士突然問道。「我太久沒見到他了，都只靠城裡傳唱的諷刺詩才知道他的消息。」

「我們知道的和你差不多。」雷吉思抿著嘴笑。「只知道我們的詩人和安娜莉夜塔公爵夫人殿下的關係，已經好到甚至能縱容自己在外人面前，大膽用綽號稱呼她。他叫她是『小伶鼬』。」

「這綽號取得好！」塞了滿嘴食物的安古蘭說。「那個公爵夫人殿下的鼻子確實像伶鼬，而且我還沒提到牙齒呢。」

「沒有人是完美的。」芙琳吉拉瞇起了眼睛。

「亙古不變的眞理。」

黑母雞與花母雞壯大了膽，竟啄起米爾娃的鞋子。弓箭手一腳將牠們趕開，咒罵了聲。

傑洛特已經盯著她好一陣子，在這一刻，他做出了決定。

「瑪麗亞。」他的聲調認眞，甚至嚴肅。「我知道我們聊天的內容很難算得上是什麼正經事，開的玩笑也很難笑，不過妳用不著擺出一張臭臉。發生什麼事了嗎？」

「對啊，一定有事發生了。」安古蘭說。傑洛特用嚴厲的眼神示意她閉嘴，但來不及了。

「你們又知道什麼？」米爾娃猛然站起，差點沒撞倒椅子。「你們又知道什麼了，啊？你們全都下地獄算了！你們所有人、所有人都不關我的屁事，懂不懂？」

她抄起桌上的馬克杯一飲而盡，然後毫不遲疑地砸到地上，摔門跑了出去。

「事情很嚴重……」安古蘭過了一會兒才開口，但這回是吸血鬼讓她噤了聲。

「事情非常嚴重，」他說：「但我沒想到我們的弓箭手會有如此極端的反應。通常是被拒絕的一方才有這種反應，而不是拒絕的那一方。」

「該死，你們到底在說什麼？」傑洛特上了火氣。「嗯？有沒有人願意透露給我聽，這是怎麼一回事？」

「是阿馬地斯・德塔斯大馬男爵。」

「那個麻臉獵人？」

「就是他。他向米爾娃求婚了，在三天前打獵的時候。他從一個月前就一直邀她去打獵……」

「打一場獵，」安古蘭大咧咧地亮出兩排牙齒。「花了兩天時間，而且晚上是在他的打獵小城堡裡度過，你們懂吧？我敢用我的人頭擔保……」

「閉嘴，小丫頭。雷吉思，你說。」

「他誠心誠意、正正式式向她求了婚。米爾娃拒絕了，而且似乎是用挺激烈的方式。男爵雖然看起來很理性，像個無所謂的毛小子接受了對方的拒絕，卻馬上負氣離開博克勒，而米爾娃從那時起便一直悶悶不樂。」

「我們在這裡待太久了。」獵魔士喃喃道：「太久了。」

「瞧瞧這話是誰說的？」一直到此刻都沒開過口的卡希說。「瞧瞧這話是誰說的？」

「抱歉。」獵魔士站了起來。「這件事等我回來再說。波美若葡萄園的管理人在等我，而準時是獵魔士應有的禮節。」

□

在米爾娃大動作離去、獵魔士退場後，餘下的人在一片靜默中繼續用著早餐。兩隻母雞——一隻黑的，一隻有著老鷹般的花斑——怯怯踩著細爪在廚房裡走動。

最後，拿麵包皮沾抹盤子表面剩餘醬汁的安古蘭，抬眼看向芙琳吉拉，說：「我有個麻煩……」

「我明白。」女巫點了點頭。「這沒什麼好怕的。妳上一次月事是什麼時候？」

「妳在說什麼啊？」安古蘭猛然跳了起來，嚇跑了兩隻母雞。「我講的麻煩跟這個一點關係都沒有！是跟這完全不一樣的事！」

「那就繼續說吧。」

「傑洛特想把我留在這裡，自己繼續上路。」

「噢。」

「他說不能讓我碰到危險，」安古蘭哼道：「還講了一堆類似的廢話。可是我想跟他走……」

「噢。」

「不要打斷我好嗎？我想跟傑洛特走，跟他一起，因爲我只有跟他在一起，才不用怕自己又會被那個獨眼富勒可逮到，可是在這投散特裡……」

「安古蘭，妳說再多也是無謂。」雷吉思打斷了她。「薇果小姐雖然聽著，卻是心不在焉，她的心神全讓獵魔士要走這件事給震懾住了。」

「噢。」芙琳吉拉又發出同樣的嘆息，瞇起眼睛，將頭轉向他。「特契高佛先生，您這麼大發慈悲所說的是什麼事呢？獵魔士要離開？那他是什麼時候要離開？我能否知曉呢？」

「或許不是今天，或許不是明天，但這一天一定會到來，而且不會冒犯到任何人。」吸血鬼用和煦的聲音答道。

「我並不覺得被冒犯。」芙琳吉拉冷冷答道。「當然，如果您指的是我的話。說回妳的事吧，安古蘭，我一定會跟傑洛特好好談談離開投散特的事。我向妳保證，獵魔士會知道我在這件事上的看法如何。」

「是啊，當然。」卡希喘笑。「我怎麼早就知道芙琳吉拉小姐您會這麼說呢？」

女巫盯著他看了許久，最後終於開口：

「獵魔士不該離開投散特。只要是爲他好的人，都不該慫恿他這麼做。還有哪個地方能像這裡讓他過得這麼舒適？他在這裡的生活極其奢華，有怪物要打，而且還靠此賺了不少錢。他的夥伴與戰友受到統治這裡的公爵夫人喜愛，而公爵夫人本身對他也青睞有加，主要的原因，就是那個會在人房裡作怪的魅魔。就和所有生在投散特裡的小姐一樣，安娜莉夜塔對獵魔士的存在感到無比欣喜，因爲魅魔就這麼突然地不再作怪。所以，投散特的小姐們籌了一筆特別獎金給獵魔士，不日就會匯進他在奇安法內利銀行的戶頭，讓裡頭積攢的財富更加可觀。」

「各家女士確實出手大方，而這筆獎金獵魔士也受之無愧。」雷吉思並未逃避她的視線。「芙琳吉拉小姐，您可以相信在下，要讓魅魔不再作亂，不是簡單的事。」

「我相信。不過趁這個機會，宮殿裡有名守衛說在卡羅貝爾塔的城垛上看到了魅魔，當時魅魔還有另一個鬼魅作伴，似乎是個吸血鬼。那守衛發誓，當時那兩道幽魂走在一塊，看來似乎頗有交情。雷吉思先生，您可知道這是怎麼回事？能否爲我解釋爲何會有此情況？」

「我沒辦法。」雷吉思的眼皮甚至沒有動過。「咱們無法解釋。天地之間，總是有出乎哲學家料想的事物存在。」

「確實是有這種事物存在。」芙琳吉拉點了點黑髮腦袋。「那麼，獵魔士打算離開的這件事，您可知道更多細節？因爲，您瞧，他一點也沒有向我提過這樣的打算，而他對我通常毫無保留。」

「是啊，當然。」卡希嘀咕了聲，芙琳吉拉沒有理會。

「雷吉思先生？」

吸血鬼沉默了一會兒後，說：「不，芙琳吉拉小姐，不是這樣，請別擔心。獵魔士對我們表現出的情感，絕對不會多於對您。他不會在我們耳邊悄悄說出任何祕密，卻對您有所隱瞞。」

「那麼，」芙琳吉拉的神情一如花崗岩般平靜。「獵魔士要走的消息，又是從何而來呢？」

「因爲事情是這樣的，」吸血鬼的眼睛這回也沒有絲毫眨動。「用我們親愛的安古蘭那種充滿年輕人魅力的說法——要嘛拉屎，要嘛把茅坑讓出來，這一天總會來的。換句話說……」

「請您就不必換句話說了，這些所謂充滿魅力的話已經夠多了。」芙琳吉拉倏地打斷他。

好一段時間都沒有任何人開口，兩隻母雞——一隻黑的，一隻有著老鷹般的花斑——四處走動，把掉在地上的一切都啄食起來。安古蘭用袖子擦了擦沾有甜菜泥的鼻子，吸血鬼若有所思地把玩一圈香腸。最後，芙琳吉拉打破沉默：

「多虧有我，獵魔士知道了奇莉的家譜，明白了那其中沒有多少人了解的複雜性，以及她家史中的祕密。多虧了我，他知道了自己一年前所不明白的事。多虧了我，他得到了相關資訊，而資訊便是武器。多虧了我和我的魔法結界，讓他躲開敵人的掃描，也避開了刺客。多虧了我和我的魔法，他的膝蓋不再發疼，可以彎曲。他頸上戴的是我用法術製成的徽章，那或許比不上他原本的那枚獵魔士徽章，但聊勝於無。多虧了我，也只因爲有我，有了完善資訊與保護的他，身體健康、準備充分、裝備齊全的他，才能在春天或夏天挺身與敵人對抗。要是在場有任何一個人能爲傑洛特做得更多、給得更多，就請那個人出聲吧，我很樂意將這份榮耀讓予那人。」

在場沒有任何人應聲。兩隻母雞啄著卡希的鞋子，但年輕的尼夫加爾德人卻不予理會。

「與小姐相比，我們之中確實沒有任何人能給傑洛特更多。」他口氣頗酸地說。

「我怎麼早就料到你會這麼說呢？」

「重點不在這，芙琳吉拉小姐。」吸血鬼開了頭，但女巫不讓他有機會說完。

「那在哪裡呢？」她挑釁地問。「是他跟我在一起這點？是我們對彼此有感覺這點？是我不想他現在就走這點？是他不想被罪惡感毀滅這點？這份同樣推著你們上路的罪惡感和贖罪的想法？」

雷吉思默不應答，卡希也沒出聲。安古蘭左看右看，顯然不太明白目前的情況。

過了一會兒，女巫說：「要是命運之卷裡記著傑洛特要找回奇莉這件事，那麼這件事就必然會發生，無論獵魔士是動身往山裡走，抑或是留在投散特，結果都會一樣。命運會自己來找人，我們不該反其道而行。你們明白嗎？雷吉思．洛何雷克．特契高佛先生，您明白嗎？」

「比您以為的還要明白，薇果小姐。」吸血鬼手指一轉，將香腸圈翻了面。「不過，請小姐見諒，對我來說，命運不是偉大的造物主所寫下的卷軸，不是上天的旨意，也不是哪個神祇不可違抗的判決，而是許多看來互不相干的事實、事件與行為締造出來的結果。我贊同您所說的，命運會自己來找人……但找的不只有人。然而，不該反其道而行這種說法，不太能說服我，因為這種說法是便宜行事的宿命論，是頌揚痲木與怠惰、羽絨與子宮誘人溫暖的歡歌。簡言之，就是沉浸在夢裡的人生，而人生呢，薇果小姐，或許是一場夢，又或許到頭來就是夢一場……不過，這是場該積極參與的夢。因此，薇果小姐，我們是時候上路了。」

「大門隨時都是開著的。」芙琳吉拉站起身，動作幾乎如同早先的米爾娃般粗猛。「請啊！隘口那兒等著你們的是酷雪、嚴寒和命運。要是你們這麼想贖罪，大門隨時都是開著的！不過獵魔士要留在這裡，留在投散特！跟我一起！」

「我想，」吸血鬼平靜地答道：「您錯了，薇果小姐。獵魔士所作的，是場很令人著魔而美麗的夢，這點我衷心承認。不過，無論是什麼夢，只要作得太久，就會變成一場惡夢，而我們會用大叫把人從惡夢裡喚醒。」

□

在孟特卡佛堡，坐在圓桌前的九名女子皆把目光釘在芙琳吉拉·薇果身上，釘在突然開始哽咽的芙琳吉拉身上。

「傑洛特在一月八日的早晨動身前往波美若葡萄園，而他回來的時候……大概是八日的夜晚……又或者是九日的晌午之前……這點我不清楚……沒辦法確定……」

「請說得簡明扼要點。」夕樂．德唐卡維勒溫和地提出請求：「請說得簡明扼要點，薇果小姐。要是有哪個片段令您難以啓齒，那就請像以往那樣，省略吧。」

□

有著老鷹花斑的母雞踩著尖細爪子，在廚房裡小心翼翼地走動。空氣中瀰漫著雞湯的氣味。門扉轟然開啓，傑洛特闖進廚房。他的臉被風刮得發紅，上頭還有瘀青與凝固的紫紅血痂。

「走吧，夥伴們，該打包了。」他宣布，沒有半點累贅的引言。「我們要上路了！一個鐘頭後，我要在城外山丘的那根木樁下，看到你們整裝上騎，做好長途跋涉的準備，晚一分鐘都不行。」

這樣就夠了。好似他們已經等了許久，好似他們早就已經準備就緒。

「我一下就好了！」米爾娃跳起身，扯開嗓門說：「我只要半個鐘頭就能準備好！」

「我也是。」卡希站了起來，丟下湯匙，緊緊瞅著獵魔士問：「不過我想知道這算什麼，恣意而爲？情人間的口角？還是我們眞的要上路了？」

「我們真的要上路了。安古蘭，妳幹什麼端著一張臉？」

「傑洛特，我……」

「別怕，我不會把妳留下來。我改變主意了。妳這小鬼也得有人看著，不能放著不管。我剛說了，上路，把東西收一收，行囊綁好。我們分頭走，免得引人注意。我們在城外那座山丘上的木樁下會合。一個鐘頭後，在那兒碰面。」

「是，傑洛特。」安古蘭大聲嚷著：「他媽的，終於！」

一眨眼，廚房裡只剩下傑洛特與有著老鷹花斑的母雞，還有吸血鬼。後者不疾不徐地啜著雞湯麵疙瘩。

「你在等特別的邀請函嗎？」獵魔士冷冷問道：「為什麼你還坐著？沒去給得拉庫那頭騾子上行囊？還有向魅魔道別？」

「傑洛特，」雷吉思一邊從鍋裡添著湯，一邊平和地說：「我向魅魔道別所需的時間，就如同你向你的黑髮女伴道別所需的一樣，前提是你有向你的黑髮女伴道別的打算。接下來這話就我們兩個知道就好——你可以用喊的、罵的、吼的趕那票年輕人去打包，但對我得多下點工夫，就算是看在我比你年長這點就好，請簡單向我說明幾句。」

「雷吉思……」

「請說明，傑洛特。你越快開始越好，我會幫你的。昨天早上，你按照約定去城門見了波美若葡萄園的管理人……」

□

阿席德斯．費拉布拉斯是尤列節前夕，獵魔士在「養雉場」裡認識的。這名長著一臉黑鬍子的波美若葡萄園管理人，正牽著騾子在城門下等獵魔士，而那人身上的打扮與裝備，就好似他們打算遠行，呵呵，走得遠遠的，去這世界上某個要過了索維基城門與阿斯卡德隘口才到得了的國度。

「您這話可說得不對，甚至連邊也沒搆著太多。」對傑洛特挖苦人的意見，他如是回應著。「先生，您是從大千世界來的人，我們投散特在您眼裡不過是個鳥不生蛋的小地方。您以爲只要把帽子一扔，就能從這頭城門飛到另一頭城門，而且用的還是頂乾帽子。您這可是大錯特錯啊，因爲從這裡到我們要去的波美若葡萄園，可有一段路好走，要是我們能在正午抵達，那已經算是件了不起的事了。」

「那我們這麼晚才出發，倒是錯了。」獵魔士冷冷說道。

「是啊，也許是錯了，」阿席德斯．費拉布拉斯朝他吹鬍子瞪眼地說：「不過，要您一大清早就起來準備，我以爲不太行，因爲高貴的大爺可不常做這種事。」

「我不是高貴的大爺。上路吧，管理人先生，我們就別浪費時間在無意義的談天上。」

「您這話可說到我心坎裡了。」

爲了縮短路程，他們穿城而行。起初，傑洛特想要抗議，他知道大街小巷裡都是滿滿的人，怕會被卡在裡頭。然而，事實證明，葡萄園管理人費拉布拉斯對這城市的了解更勝於他，知道什麼時候街道會是空的。兩個人就這麼一路暢行。

他們穿出市集，經過斷頭台，還有那絞刑架。

「這事可危險了，」管理人用頭一指。「疊韻腳、唱曲兒，尤其是在公共場所。」

「你們這裡的法官可眞嚴厲。」傑洛特馬上便了解對方所指爲何。「在其他地方，寫諷刺詩，頂多就是被綁在木樁上示眾。」

「這要看諷刺的對象是誰，」阿席德斯・費拉布拉斯冷靜論道。「還有押的是怎樣的韻。我們的好公爵夫人殿下著實受人愛戴，但要是受了誰的刺激……」

「歌曲，正如我的某個熟識所說，是禁不了的。」

「歌曲不行，但唱歌的人當然可以。」

他們從城中央切過，出了貝得娜城門，筆直朝向淙淙琤琤、水流湍急、白沫堆疊的布雷斯爾河所鑿出的河谷去。原野上，只有田壟與低窪處才見積雪，但天候頗爲凍人。

一支騎士隊伍與他們擦身而過，想必是往切爾彎特薩隘口，去戍守邊境崗樓韋得塔。獅鷲、雄獅、心、百合、星、十字、箭頭，以及其他一些不見經傳的紋章，畫在那行人的盾牌上，繡在他們的披風和馬衣上，交織成一片五顏六色。馬蹄達達，旗幟飄飄，歌聲隆隆，那愚蠢曲子裡說的，是騎士的宿命與一名原該等待，卻提前變卦的美麗女子。

傑洛特目送隊伍遠去。這行遊俠騎士令他想起了剛從勤務歸來，甫在城中一名女子懷裡恢復元氣的列那·德布瓦－弗倫。那女子的丈夫已經幾天幾夜沒回家，想必是在路上某處被暴漲的河水，或滿是動物與失常天象的密林給困住。獵魔士壓根沒想過把列那從愛人的懷裡拉出來，卻著實後悔沒把跟波美若葡萄園管理人的約往後延。他與騎士交上了心，想念起對方的陪伴。

「我們走吧，獵魔士先生。」

「走吧，費拉布拉斯先生。」

他們沿著商道往小河的上游騎去。布雷斯爾河蜿蜒輾轉，但上頭布滿橋梁，因此無須繞路。小魚兒與騾子不斷噴著霧白鼻息。

「您覺得如何，費拉布拉斯先生，這冬天會很長嗎？」

「撒奧溫那晚結了霜，而俗話說：『撒奧溫寒酷，得穿暖褲。』」

「我明白了。那你們的葡萄藤呢？不會給酷寒傷著嗎？」

「以前還有過更冷的天呢。」

兩人一路前行，不再有人說話。

「那個，您瞧。」費拉布拉斯出了聲，並用手比著。「那邊，在那山谷裡的村子叫『狐狸洞』。那邊田裡長的東西可是出奇的妙，是鍋子呢。」

「什麼？」

「鍋子，從大地的子宮裡長出來，野生的，十成十的自然傑作，沒有任何人爲介入。別的地方長的是馬鈴薯或白蘿蔔，狐狸洞裡長的是鍋子，各種形狀、樣式都有。」

「眞的？」

「我敢拍胸脯保證。就是因爲這樣，狐狸洞跟邁阿赫特的度德諾村訂了夥伴協議，因爲呀，聽說那邊地上長的全是鍋蓋。」

「各種形狀、樣式都有？」

「您這是一猜就中啊，獵魔士先生。」

他們繼續前行，沒有交談。布雷斯爾河的流水嗚濺濺，在石間沖出了白沫。

□

「而那邊呢，獵魔士先生您瞧，是古時候的敦泰內堡。要是您相信童話，那敦泰內堡可是一幕幕恐怖場景的見證者。人稱大塊頭的瓦格伍斯【註】，在那座城裡用殘酷血腥、百般折磨的手段殺掉

【註】：借自海坤妲與瓦格斯．夫大偉（Helguda i Walgierz Wdały）的波蘭傳說。瓦格斯爲堤涅次（Tyniec）的一方之主，是名孔武有力、身形偉岸的勇猛騎士。他愛上了心有所屬的法國公主，在公主窗下連唱了三天歌，求得公主的歡心。然而瓦格斯費盡心機娶回家的公主，卻耐不住寂寞，在瓦格斯外出踐行騎士使命時，與關在地牢中的囚犯維斯瓦私奔。瓦格斯返家後發現妻子不忠，遂前往維斯瓦的領地維希利查（Wiślica）欲奪回妻子，卻被兩人設計關入牢籠，每晚被迫觀看兩人燕好。維斯瓦之妹以嫁與瓦格斯爲條件，暗地解開他的枷鎖。重獲自由的瓦格斯趁兩人歡好時，將之斬殺。

不貞妻子，還有妻子的情人，還有母親，還有兄妹。然後，他坐了下來，開始大哭，沒人猜得到爲什麼……」

「這我聽說過。」

「您來過這裡？」

「沒有。」

「呵，也就是說，這故事傳得可眞遠。」

「您說的有理啊，管理人先生。」

□

「那邊那座小塔樓，」獵魔士指著。「在那座可怕之堡後頭的那個。那是什麼？」

「那邊？那是座神殿。」

「拜的是什麼神？」

「誰記得住啊。」

「的確，這年頭誰記得住。」

□

時近晌午，他們看見了朝布雷斯爾河緩緩漫下山坡的葡萄園。齊頭修剪的葡萄藤，像刺蝟般密密麻麻地排了滿山，光禿的景象看來頗爲淒涼。而在最高的那座山頭上，不畏風兒頂天立地的，是波美若城堡裡的座座塔樓、雄壯主樓，還有甕城。

傑洛特充滿興味地注意到，通往城堡的道路飽受碾壓，馬蹄與車輪所壓出的印子不會少於主要商道，顯然常有人從商道轉往波美若堡。他在心裡攢著問題，一直等到在城堡腳下看見了十幾輛卸了馬、蓋著帆布、供遠行用的堅固馬車才提出。

「這些是買家。」被問及的葡萄園管理人解釋著。「販賣葡萄酒的商人。」

「商人？」傑洛特吃了一驚。「怎麼會？我以爲山裡隘口都積滿雪，把投散特和外頭的世界隔了開來。這些商人是怎麼進來的？」

「對商人而言，」管理人費拉布拉斯正經地說：「從來沒有不好走的路，至少對那些認眞看待交易的商人來說是這樣。對這些人來說，獵魔士先生，原則只有一個——只要有目標，就一定有達成的辦法。」

「的確，」傑洛特緩緩說道。「這原則很實際，値得仿效，適用於各種情況。」

「確實如此。不過，老實說，有些商人從秋天就被困在這裡了，可是他們沒有因此氣餒，反倒說：『呿，有什麼關係，這樣一來，等春天到了，其他對手還沒到，我們就已經先在這裡了。』他們管這叫『正面思考』。」

「而且也很難說那原則不妥當。」傑洛特點了點頭。「管理人先生，還有一件事讓我頗為好奇。為什麼那些商人都待在這裡，遠離人群，而不去博克勒呢？公爵夫人不會吝於對他們展現慷慨吧？莫非她瞧不起商人？」

「哪有這種事。」費拉布拉斯答道：「公爵夫人殿下每次都邀請他們，但他們都禮貌地謝絕，全住到了葡萄園旁。」

「為什麼？」

「人家說，博克勒就是個大吃大喝、尋歡作樂、醉生夢死的地方；說是人到了那裡，只會頹廢放縱、虛度光陰，不會去思考生意上的事。而人就該思考些真正重要的事，想想眼前的目標，不斷思考，不分散心神去想什麼瑣事。這樣一來，也只有這樣，才能抵達瞄準的目標。」

「確實如此，費拉布拉斯先生。」獵魔士緩緩地說。「我很高興能與您同行。從跟您的交談裡，我學到了很多，真的很多。」

□

與獵魔士的預期相反，他們沒有進入波美若堡，卻是往前再走了些，來到山谷後方的小丘。那兒立著另一座城堡，小了些，而且顯然疏於照料。那座城堡叫祖巴蘭。傑洛特很開心上工的地方就在眼前，烏漆墨黑、有著鋸齒狀斑駁城垛的祖巴蘭，看起來十足十就像受了詛咒，裡頭肯定有魔物鬼怪盪來晃去。

等他到了裡頭的庭院，見到的卻不是魔物鬼怪，而是十來個人專心做著像是滾木桶、刨木板，並把那些木板用釘子釘在一起……諸如此類的迷人工作。空氣中可以聞到新刨的木頭味、剛撒的石灰味、貓兒的騷臭味、發酸的葡萄味，以及豆子湯的氣味。沒多久，豆子湯就上桌了。一路飽經風霜的兩人早已飢腸轆轆，快手快腳便吃了起來，沒有多加交談。陪著他們用餐的還有管理人費拉布拉斯手下，一名喚作西蒙·幾勒卡的男子。爲他們服務的則是兩名紮著兩肘長辮子的金髮女子，兩人拋向獵魔士的眼光露骨至極，讓他當下決定要盡快開工。

關於怪物的長相，西蒙·幾勒卡是二手消息聽來的，他自己沒親眼見過。

「牠渾身烏漆墨黑，」他作勢打了個哆嗦。「像焦油一樣，不過在牆上爬的時候，身子底下的磚頭又看得一清二楚，好像牠是果凍做的一樣，又或者，不好意思，我這麼說，那看起來像鼻涕一樣，您懂的，獵魔士先生。牠的腳掌啊，又長又細，有力得不得了。那勇特克就這麼站著、站著，看著那怪物。最後，他終於大喝一聲：『去死吧！死一死吧！』還加了句驅魔的話：『受死吧，魔物！』然後那怪物就咚、咚、咚地跳走了。大家看到的就這麼多，怪物躲進了大地洞。後來工人們就說：『我們可是在有害健康的環境下工作，既然有怪物，哼，那你們就把工餉拉高，要不然我們就告到工會去。』我向他們說：『你們工會可以給我去……』」

「那怪物最近一次被人看到是什麼時候？」傑洛特截斷了他的話。

「差不多三個星期前，大概是快到尤列節的時候。」

「您說是在收穫節前。」獵魔士看向管理人道。

阿席德斯．費拉布拉斯臉上沒被落腮鬍遮住的地方全紅了，幾勒卡哼了一聲。

「啊，是啊，管理人先生，要是您打算管理我們，就得常到這裡走動些，而不是只待在博克勒的店鋪裡，用屁股把凳子磨到發亮。我是這麼想的……」

「您怎麼想，」費拉布拉斯打斷他：「我沒興趣知道，說怪物的事就好。」

「不過我已經把話說完了啊。原原本本，全都說了。」

「沒有出現犧牲者嗎？沒有任何人遭受攻擊嗎？」

「沒有，不過去年莫名其妙少了一個工人。有人說，他是被那怪物拖到深淵裡殺了。有人說，這不是什麼怪物害的，是因爲那工人欠了賭債跟贍養費，自己捲鋪蓋跑了。您聽仔細了，聽說他玩骰子玩得可兇了，而且還把磨坊家的女兒給搞大了肚子，而磨坊家女兒告到了法官那裡，所以法官就要他付贍養費……」

「那怪物沒有再襲擊任何人？」傑洛特生生打斷了他的話。「沒有其他人看到牠嗎？」

「沒有。」

其中一名女子在爲傑洛特倒當地特產的葡萄酒時，用胸部滑過了他的一只耳朵，然後朝他眨了眼，暗示意味十足。

「我們走吧。」傑洛特飛快地說。「沒必要在這裡浪費時間、浪費口舌，您帶我去地窖吧。」

□

很遺憾地，芙琳吉拉的護身符並沒有發揮預期的功效。對於這塊鑲銀抛光的綠瑪瑙，可以代替他的狼頭獵魔士徽章這件事，傑洛特一刻也沒相信過。話說回來，芙琳吉拉從來也沒這麼保證過。然而，她說過——而且是信誓旦旦地說——當護身符與他的心智合一，就可以發揮各種功能，包括危險警示。

因此，不是芙琳吉拉的咒術失敗，就是傑洛特與護身符在什麼是危險、什麼不是這個問題上，有所分歧。在往地窖的路上，他們擋住庭院裡一隻高舉尾巴、四處走動的大紅貓去路，綠瑪瑙以幾乎難以察覺的程度震了一下。話說回來，那貓想必收到了護身符發出的某種訊號，因爲牠尖叫著逃竄而去。

等獵魔士下到了地窖，那徽章又惱人地不斷震動，就算是在那些乾燥、整齊又乾淨的地下室裡也一樣，裡頭唯一的威脅只有裝在大木桶裡的葡萄酒。只有自暴自棄，把嘴湊到酒桶塞下張得老開的人，才有酩酊大醉的危險。僅此而已。

不過，當傑洛特離開仍在使用的地下室，沿著階梯與平坑繼續往下走時，徽章並沒有震動。獵魔士很久以前便已察覺，投散特大部分的葡萄園下方都有年代久遠的礦坑。這一定是因爲當地人們種植的葡萄樹結了果後，開始帶來更高的利潤，便停止採礦了，礦坑也隨之荒廢，只有部分的礦坑走廊與通道被拿來當作葡萄酒舖與酒窖。波美若與祖巴蘭這兩座城堡的底下是板岩礦，裡頭平坑、洞穴縱橫交錯，只稍一不留神，就得守著複雜性骨折，在某個深底裡等待長眠。部分洞穴上頭蓋著腐爛的木板，而木板上頭覆滿石板灰，與地面幾乎沒有兩樣。遇上這種木板，哪怕只是輕輕一踏，便馬上身陷險境，因此徽章理當發出警示。但是，徽章沒有發出警示。

一個模糊的灰色身形從傑洛特前方約十步的板岩殘堆裡竄出，以爪子抓耙坑道底板，接著在空中一個大迴旋，發出一聲刺耳長嚎後，便尖笑著沿走道衝去，潛入牆上其中一處壁龕。這一回，徽章也沒有發出警示。

獵魔士咒罵了聲。這個魔法玩意兒對紅貓有反應，對小妖精卻沒有反應。這個問題得和芙琳吉拉好好談談，他一邊往妖精消失的洞穴走去，一邊心裡如是想著。

徽章猛烈震了起來。

馬後炮，他心裡這麼想著，但隨即決定繼續往裡頭走。說到底，這徽章或許也沒那麼蠢。小妖精最常、也最喜歡玩的把戲，就是先逃跑再埋伏，然後出其不意地用鐮刀似的爪子攻擊追趕牠的人。小妖精可能就等在那片黑暗之中，而徽章正警告著這一點。

他屏息傾聽，等了許久。護身符靜靜躺在他的胸口，動也不動。洞裡傳出令人難以忍受的惡臭，但仍舊死寂一片。沒有一個小妖精能忍耐這麼久，而沒有絲毫動靜。

於是，他不假思索便鑽進洞裡，背頂粗糙岩石，手腳並用地往前爬，不過並沒有爬得太久。

脆裂聲響起，接著一陣窸窣，地板破了開來，獵魔士與好幾箂那爾的沙土與石礫一起掉了下去。所幸，掉落的時間不是太長，在他下方的也不是無底深淵，而是普通的地窖。他像污水管裡的屎糞一樣衝了出去，砰一聲摔在一堆腐木上。他甩開臉上的頭髮、吐掉嘴裡的沙土，非常難聽地咒罵了聲。護身符不斷震動，一直拍打著他的胸口，好似裡頭塞了隻麻雀一樣。獵魔士忍住想把護身符扯下來捏個粉碎的衝動，一來是因爲芙琳吉拉知道後肯定會氣瘋，二來則是因爲這塊綠瑪瑙似乎還有別的力量。傑洛特希望那些力量不會又教人失望。

就在他打算起身之際，摸到了一個圓形顱骨。當下，他明白自己根本不是躺在木堆上。他站了起來，隨即看見一座堆成小山的骨頭。全都是人骨。那些人在斷氣的那一刻全都上著枷鎖，而且很有可能都裸著身子。骨頭全是碎的，有啃咬痕跡。骨頭受到啃咬的時候，那些人可能已經死亡，不過無法斷定。一條筆直如飛箭的走道將他帶出平坑。板岩壁面被磨得頗爲平滑，此處看來已不似礦坑。

突然，他走出了狹隘的空間，來到一個上方不見洞頂，只有漆黑一片的大溶洞。洞穴中央是深不見底的巨大黑洞，而黑洞上方懸著一條看來不甚安全的細窄石橋。

水珠從牆面落下，聲響不斷迴盪。寒涼而惡臭的風自黑洞吹出。護身符沒有絲毫動靜。傑洛特踏上窄橋，小心翼翼，屏氣凝神，盡量與搖搖欲墜的扶欄保持距離。

橋的另一端，又是一條走道。他注意到在抛光的牆面上都有生鏽的火把架。這裡也有壁龕，有些裡頭站著小型砂岩雕像，然而上方經年累月落下的水滴將它們溶洗爲一個個不成形的雪人。牆面上也崁著一片片浮雕，用的是比較耐久的材料，因此上頭的形狀較爲清晰可辨。傑洛特可以看得出一名頭上有著不只一支月形彎角的女子、一座塔、一隻燕子、一隻山豬、一隻海豚，以及一隻獨角獸。

他聽見聲響。

他屏息佇立。

護身符震動了起來。

不，那不是錯覺，不是板岩移動的聲音，也不是滴水的回音。那是人的聲音。傑洛特閉上眼，將注意力全放到耳朵上，辨出了方位。

獵魔士敢用人頭擔保，那聲音來自前頭的壁龕，來自一尊小型雕像後方。那雕像雖也受滴水溶洗，但還不至於失了原本圓滾滾的女性樣貌。這一回，護身符是克盡職責了。一道亮光發出，傑洛特突然瞧見牆面上有金屬反光。他緊緊抱住那尊女性雕像，大力一轉。巨大聲音響起，整個壁龕在鋼製鉸鏈上旋轉，露出一道螺旋階梯。

聲音再度從階梯上方傳來。傑洛特沒有多加思索，便拾級而上。

他在上方找到一扇門，而且一推就開，甚至沒有發出任何聲響。門後是個小巧的拱形空間。牆上凸著四根大型銅柱，柱子末端逐漸寬闊，看來宛如喇叭。這些喇叭的正中間擺著一張扶椅，上頭坐著一副骷髏。骷髏的頭顱上有垂至齒間的貝雷帽遺骸，身上有著曾經華麗的殘縷，頭上掛著一條金鍊，腳上則套著被鼠群咬過、頭部已經磨損的山羊革鞋。

一道響亮的噴嚏聲倏地從其中一個喇叭傳出，把獵魔士嚇得跳了起來。接著，有人擤了鼻子，那聲音透過銅管傳來，反倒化作一圈又一圈的磨人回音。

「保重。」聲音從銅管中傳出。「您的鼻涕還眞多啊，斯凱蘭。」

傑洛特把骷髏推下椅子，還不忘拿下那條金項鍊收進口袋裡，然後自己坐上了竊聽的位置，也就是喇叭的開口處。

□

他所竊聽的對象中，有一人的聲音低沉有力，說話時，連銅管都會震動。

「您的鼻涕還眞多啊，斯凱蘭。您是在哪染上的風寒？又是什麼時候染上的？」

「說了也是白說。」擤鼻者頂著濃濃的鼻音答道。「這該死的風邪染上了我，纏著不放。每次病剛好，就立刻又染上，就連魔法也幫不了我。」

「所以也許您該換個魔法師？」另一道聲音響起，又緊又破，宛如生了鏽的舊鉸鏈。「到目前爲止，這個維列佛茲沒有辦成幾件能讓他自豪的事，對。要我說……」

「這件事我們暫且按下吧。」某人插了話，這人說話時會特別拉長音節。「我們到這裡，到這投散特，到這世界的盡頭碰面，不是爲了這件事。」

「是盡頭的盡頭！」

「這世界的盡頭，」鼻音濃厚的那人說：「是我所知道的，唯一沒有自家情報人員的國家，是帝國裡唯一沒有被瓦鐵·德里多的特務竊聽的角落。這個無時無刻都狂歡縱飲的公國，被所有人當成笑話，沒人認眞看待。」

「像這樣的國度，」習慣拖長音節的那人說：「對間諜來說，永遠都是天堂，是他們最喜歡的聚會場所。所以，反間諜組織和間諜，以及其他進行監視、監聽的行家也會到這裡來。」

「以前或許是這樣，不過自從這裡由婆娘當家後，情況就不一樣了，而投散特由婆娘當家已經近一百年。我再重申一次，我們在這裡很安全。這裡沒有人會跟蹤我們，也沒有人會監聽。我們可以扮成商人，放心去談一些特別是對公爵殿下你們，對你們的私人財富與領地來說，至關重要的問題。」

「我管他什麼私人財產，對！」聲音又緊又破的人不認同道。「我來這裡，不是爲了自己！我關心就只有帝國的前途。各位先生，帝國要好，首先王朝要強盛！要是王位上坐的是個雜種，是劣等血緣的後代，是北方那些身心都有病的小王、小侯子孫，那對帝國來說就是災難、大禍害。不，各位先生！我，來自戴維特公國的戴維特，以偉大的太陽起誓，絕對不會眼睜睜看這種事發生！而且我的女兒已經差不多要得到……」

「你的女兒？」聲音低沉有力的那人大吼。「戴維特，那我又該怎麼說？這個當年支持恩菲爾那小鬼，與篡位者敵對的我？那票浩浩蕩蕩往宮殿去的軍校學生，可是從我府邸出發的啊！還有再之前呢？嗯？他可是一直躲在我這裡啊！那時候，那小滑頭可是眼巴巴地盯著我的艾依蘭看，對著她傻笑，說盡甜言蜜語，而且我知道，他躲在窗帷後捏過她的奶子。結果現在咧……帝后換人當？如此羞辱？如此蔑視？萬世帝國的帝王把一個從琴特拉流浪來的小孤女，給擺到了古老家族出身的女子們頭上！嗯？他靠我的施捨坐上了王位，卻不把我的艾依蘭當一回事？不，這我無法忍受！」

「我也是！」一個高而情緒化的聲音接著嚷道。「他也不把我當一回事！爲了那個琴特拉的小孤女，把我妻子給拋棄了！」

「幸好，」習慣拖長音節的那人說：「小孤女已經讓人送到另一個世界了——這是按斯凱蘭先生的報告得出的結論。」

「那報告我聽得可仔細了，」聲音又緊又破的人說。「而我得出的結論是，那報告除了提到小孤女消失外，其他什麼也沒有。既然她消失了，那就有可能再度出現。從去年到現在，她消失又出現了好幾次！說實話，斯凱蘭先生，您眞是太讓我們失望了。您和您的那個巫師維列佛茲都太讓人失望了！」

「現在不是說這個的時候，尤阿希姆！不是互相指責、怪罪，分化彼此的時候。我們必須堅強團結，而且要有堅定的決心，因爲那琴特拉女是死、是活，都不重要。大帝既然已肆無忌憚地蔑視古老家族一次，就會再有第二次！琴特拉女消失了又怎樣？幾個月後，他又會介紹澤利堪尼亞或扎格維巴來的帝后給我們！不，我以偉大的太陽起誓，我們絕不讓這種事發生！」

「絕不讓這種事發生，對！阿爾達，你說得對！恩瑞斯家族辜負了我們的期待，只要恩菲爾在王位上多坐一天，對帝國的傷害也多添一分，對。帝王寶座可不乏人選，年輕的伍爾西斯……」

一道噴嚏聲響起，接著是響亮的擤鼻聲。

「君主立憲。」打噴嚏的那人說。「是時候行君主立憲了，改成較爲先進的體制。然後是民主……人民掌權……」

「伍爾西斯大帝。」聲音低沉的那人用力地重申一次。「伍爾西斯大帝，史帝芬．斯凱蘭。他會和我的艾依蘭或尤阿希姆的哪個女兒結婚，而到那時候，我會是皇家大首相，戴維特是陸軍元帥。而您呢，斯凱蘭，會是伯爵兼內政大臣。又或者您會以那個什麼人民任命的信徒自居，宣布放棄這些頭銜和地位，如何？」

「我們姑且別去叨擾歷史的進程吧。」鼻音濃厚的那人妥協道。「反正該來的，擋不了。至於今天，皇家大首相阿波．達西大人，要說我對伍爾西斯王子本人有任何意見，主要因爲他是個性格如鋼的人，驕傲而不屈，要影響這種人，不是易事。」

「請容我說句話。」習慣拉長音說話的那人出了聲。「伍爾西斯王子有個年紀還很小的兒子莫夫蘭，絕對會是更好的人選。第一，不管是看他的父族或母族，他的繼位血統都要名正言順得多。第二，他還是個孩子，所以攝政委員會，也就是我們，會代他掌權。」

「說什麼蠢話！就算是他父親，我們也應付得來！我們會找到辦法！」聲音低沉的人道。

「我們可以送他，」情緒化的那人提議道：「我的妻子。」

「您就別出聲了，布洛伊內伯爵，現在不是說這個的時候。各位先生，我們還有別的事該討論一下，對。我想指出的是，現在當家的還是恩菲爾．法．恩瑞斯。」

「不然呢？」鼻音濃厚的那人大聲擤著鼻子表示同意。「他人活得好端端的，國家也在他手裡管，不管身子還是腦子，一切都好得很，尤其是後者。在他把兩位，和可能對兩位效忠的軍隊都趕出尼夫加爾德後，這點更是無庸置疑。那麼，阿爾達公爵殿下，您打算如何發動政變呢？畢竟，您馬上就要帶領東軍上戰場。而尤阿希姆公爵大概也應當待在自己的軍隊裡，和維爾登特殊行動部隊在一起。」

「史帝芬．斯凱蘭，不要這麼張牙舞爪，也不要露出那種表情，除了你，不會有人覺得這樣讓你看起來像你的新主子——巫師維列佛茲。還有一點你也要知道，夜梟，既然連恩菲爾也起了疑心，那麼過錯就是由你們——你和維列佛茲來承擔。承認吧，你們本來想抓住琴特拉女去交易，要用她去換恩菲爾的恩寵？現在那女孩死了，你們也就沒東西好換了，對吧？恩菲爾會把你們五馬分屍。不管是你，還是你勾結來與我們作對的魔法師，都再也抬不起頭！」

「我們之中沒有人抬得起頭，尤阿希姆。」聲音低沉的人插話。「我們得面對現實。我們的情況與斯凱蘭比起來，壓根沒有好到哪裡去。當前的情勢走向，讓我們所有人都搭上了同一條船。」

「可是，是夜梟把我們所有人都放到了這條船上！我們本來該暗中行事，結果現在呢？恩菲爾全都知道了！整個帝國裡都有瓦鐵．德里多的特務在找夜梟！而我們，爲了要擺脫我們，就把我們趕去打仗，對！」

「這一點，」習慣拉長音節的人說：「我倒是覺得慶幸，很樂意利用這個機會。我向各位先生保證，現在正在持續的這場戰爭，已經讓大家都受夠了。軍隊、老百姓，尤其是商人和企業家。不管最後結果如何，光是戰爭要結束這個事實，就已經夠讓整個帝國上下歡天喜地去接受。再說，各位先生身爲軍隊的領袖，對於戰爭結果的影響力，我這麼說吧，一直都成竹在胸。有什麼比終結武裝衝突，戴上勝利的桂冠還要簡單？就算是輸了，不也還可以成爲挺身談判，不再讓山河喋血的救世英雄嗎？」

「的確。」聲音緊破的人隔了一會兒後說。「我以偉大的太陽起誓，情況的確如此。雷伍瓦登先生，您說得很對。」

「恩菲爾，」聲音低沉的人說：「派我們上戰場，等於是把絞索套到了自己脖子上。」

「恩菲爾，」情緒化的那人說：「還活著，公爵殿下。他還活著，活得好好的。熊都還沒倒下，我們先別急著瓜分熊皮吧。」

「不。」聲音低沉的人說。「我們要提早把熊殺了。」

□

好一段時間，在場沒有任何人出聲。

「所以我們要行刺他，殺了他。」

「殺了他。」

「殺了他！」

「殺了他，這是唯一的解決辦法。只要恩菲爾活著的一天，就會有他的信徒存在。要是恩菲爾死了，所有人都會支持我們。貴族會站在我們這邊，貴族就是我們，而貴族的力量就在於團結。大多數軍隊也會站在我們這邊，尤其是軍官團。索登敗仗之後，恩菲爾對他們的清算，他們可是記得一清二楚。還有人民也會站在我們這邊……」

「因爲人民都是盲目、愚蠢又容易受人煽動的。」剛擤完鼻子的斯凱蘭把話接完。「只要大喊：『萬歲！』找上議院層級的人發表聲明、開監獄、降稅金，就足以應付。」

「伯爵大人，您說得一點也沒錯。」說話的是習慣拉長音節的那人。「現在我知道您爲什麼老是把民主掛在嘴邊了。」

「我先提醒大家，」名喚尤阿希姆的那人用又緊又破的聲音說：「事情不會那麼順利，各位先生。我們這一整個計畫是建立在恩菲爾會死的基礎上，但恩菲爾有許多支持者、有內部軍隊、禁衛軍，我們不能無視這個事實。要突破禁衛軍『治』不是簡單的事，而這支軍隊，你們也別自欺欺人，絕對會戰到最後一兵一卒。」

「所以在這一點上，」史帝芬．斯凱蘭出了聲：「維列佛茲會爲我們提供幫助。我們不用包圍宮殿，也不用突破『治』軍。這件事會由一名有魔法結界保護的刺客解決，就像塔奈島的魔法師叛變爆發前夕，在特雷托格裡發生的那樣。」

「拉多維達．雷達尼亞國王。」

「正是。」

「維列佛茲手底下有這種刺客嗎？」

「有。各位男士，爲了取信於各位，我就告訴你們，這名刺客是誰——目前被我們囚禁的女巫葉妮芙。」

「被你們囚禁？我聽說葉妮芙是維列佛茲的同夥。」

「她是他的囚犯。她會被下咒、催眠、改造成一名刺客，然後在事成之後，自我了結。」

「什麼被下咒的巫婆，我想這不太合適。」習慣拉長音節的人如是說著。由於他不甚喜歡這計畫，話音便拖得更長了。「要是有個英雄，會比較好，一個燃燒自己去照亮他人的理想主義者，一個復仇者……」

「女性復仇者。」斯凱蘭更正道。「這計畫再合適不過了。葉妮芙會向對她造成傷害的暴君復仇。恩菲爾迫害、殺害她看護的對象——一個無辜的孩子。這個殘忍的獨權者，這個變態，不去關心帝國與人民，卻去迫害、殘殺孩童。復仇之手為此找上他……」

「對我來說，這計畫非常好。」阿爾達．阿波．達西用低沉的嗓音宣告著。

「對我來說也是。」聲音又緊又破的尤阿希姆．戴維特說。

「棒極了！」情緒化的布洛伊內伯爵大叫著。「復仇之手會以強暴他人妻子的罪名，找上暴君與變態。棒極了！」

「不過，還有一件事。」雷伍瓦登拖著語調說。「為了證明您的可信度，斯凱蘭伯爵，請向我們透露維列佛茲先生目前的所在處。」

「各位男士，我……我不能……」

「這不過是一種保證，證明你的坦承與決心。」

「史帝芬，你不用怕告訴我們。」達西也跟著說。「在場不會有人把事情洩露出去。這確實是個矛盾的情況。在別的情況下，我們之中或許會有人想靠出賣他人來換取性命，但是我們所有人都再清楚不過，背信棄義沒辦法為我們換來任何東西。恩菲爾．法．恩瑞斯從來不會手下留情，不懂饒恕是何物。裝在他胸膛裡的不是一顆心，而是塊冰。也因為這樣，他必須死。」

史帝芬．斯凱蘭不再躊躇。

「那好吧。」他說。「就讓我展現誠心吧。維列佛茲是躲在……」

□

坐在喇叭口的獵魔士將拳頭握得死緊，甚至發痛。他加強聽力，也加強了記憶力。

□

對於芙琳吉拉給的護身符，獵魔士的質疑並不正確，而且轉瞬間便煙消雲散。當他進到大洞穴，靠近掛在黑色深淵上的窄石橋時，徽章大力扯了他一下，在他頸上不斷拍動，那程度已不似麻雀，而是隻好戰且強壯的鳥兒，姑且就說，是隻禿鼻鴉吧。

傑洛特定住了腳步，將護身符安撫下來。他動也不動，免得有任何聲響，甚至是大一點的吐息，亂了他的聽覺。他靜靜等著，知道在深淵的另一頭、石橋的另一端，有某個東西存在，那東西正窺視著他，隱在黑暗之中。他也不排除可能有東西躲在他背後，而石橋彼端是個陷阱。他不打算讓自己被陷阱抓住。他就這麼等著，也讓他等到了。

「你好啊，獵魔士。」一道聲音傳來。「我們早就在這裡等你了。」

這黑暗中傳來的聲音，聽來頗爲怪異。然而，傑洛特已經聽過這樣的聲音，知道這聲音爲何如此。這是不習慣以言語對話的生物所發出的聲音。儘管這些生物會使用肺葉、橫膈膜、氣管和喉頭，卻無法完全掌控發音部位，即使牠們的嘴唇——還有舌頭大概也是——形狀與人類近乎相同也一樣。這種生物說出來的話語，除了腔調怪異，還充滿了人耳聽來極不舒服的聲音——從僵硬且十分難聽的吠叫，到軟而黏滑的嘶聲都有。

「我們早就在這裡等你了。」那聲音又重複了一次。「我們知道只要放出傳言，你就會來，會來到這裡，到地底下來，好追捕、迫害和謀殺我們。你已經出不去了，再也看不到你那麼喜愛的太陽了。」

「現身吧。」

窄橋彼端的黑暗中，有某個東西動了一下，慢慢在某處聚成一團黑影，貌似人形。看起來，那生物沒有一刻維持同一個姿勢與位置，而是藉由快速、緊湊且飄忽的動作不斷改變。獵魔士早已見識過這種生命體。

「換形怪。」他冷冷地說。「我早該猜到在這裡的，是像你這種人物。我甚至感到奇怪，直到現在才碰見你。」

「了不起，了不起。」變動生物的聲音中帶著冷嘲。「這裡烏漆墨黑，你卻能認出來。那這個你認得嗎？還有這個呢？這個呢？」

黑暗中又出現了三個生物，無聲無息，宛如鬼魅。其中一個鬼鬼祟祟地從換形怪背後探視，形體、樣貌大致看來也像人類，但矮了些、佝僂了些，與猴子較爲相似。傑洛特知道，那是奇姆力斯。

再過去的兩隻怪物，正如他所想的一樣，躲在橋頭，打算等他上橋後，截斷他的退路。第一隻怪物，也就是靠左邊的那隻，先是像巨型蜘蛛般揮了揮爪子，然後停在原地，輪番磨起爲數眾多的腳。那是蜘蛛腳普利斯。第二隻生物模樣大致像燭台，看來好似直接從碎裂的板岩礦中探出一樣。傑洛特無法猜出那是什麼，不管是哪本獵魔士書籍，都沒有記載這樣的怪物。

「我不想動手。」他說，對眼前的形勢抱有一絲希望，畢竟這些生物是以談話作爲開場，而不是像平常那樣，直接從黑暗中跳出來攻擊他的背頸。「我不想和你們動手，但如果有必要，我會保護自己。」

「這點我們已經料到了，」換形怪嘶聲坦言。「所以我們有四個，所以我們把你引到這裡。不要臉的獵魔士，你毒害了我們的生活。這裡的洞穴都是世界這頭最美的，是理想的過冬地點，我們從歷史曙光乍現之初，就在這裡過冬，而現在你爬進這裡來狩獵，這很不道德。你爲了錢追捕我們、獵殺我們，一切到此爲止了，你也是。」

「聽我說，換形怪……」

「禮貌點。」那生物低吼道。「我無法忍受無禮的態度。」

「那我該叫你……」

「史衛札先生。」

「那麼，史衛札先生，」傑洛特說，一臉順從與謙遜。「事情是這樣的，我不會掩飾自己之所以進到這裡來，是以獵魔士的身分，來執行獵魔士的任務。這件事，我提議我們就靜靜帶過吧，因爲在這地底世界發生了一件事，讓目前的情況有了一百八十度的大轉折。我得知一件對我來說異常重要的事，那是足以改變我整個人生的事。」

「而這件事會導致某種結果？」

「我必須馬上回到地面，」獵魔士一派平和而耐心地說。「是馬上，一刻也不能拖延，我必須踏上一段遙遠的旅途。這趟旅途可能是條不歸路，我很懷疑自己會不會再往這邊回來……」

「你想用這種方式贖回性命嗎？獵魔士。」史衛札先生斷斷說道。「沒有用的，你再怎麼哀求都沒有用。你中了我們的圈套，我們不會讓你脫身的。我們會殺了你，不光是爲了我們自己，也是爲了我們一族，爲了——我這麼說吧，我們和他們的自由。」

「我不只不會再回到這裡，」傑洛特耐心地說：「而是再也不會以獵魔士的身分繼續這種工作。我不會再殺你們任何一個……」

「你說謊！你是怕了才說這種謊話！」

「不過，」傑洛特這回不讓人插話。「就像我剛剛說的，我必須盡快離開這裡。所以，你們有兩條路可選。一，是相信我的坦誠，然後我離開這裡。二，是我踏著你們的屍體離開這裡。」

「三，」換形怪粗嘎地說：「會變成屍體的只有你。」

獵魔士唰地一聲，抽出了收在背上劍鞘裡的劍。

「不只一個。」他不帶感情地說。「一定不會只有一個，史衛札先生。」

換形怪沉默了一段時間。待在他背後的奇姆力斯左右搖擺、發出低吼，蜘蛛腳普利斯則是把腳又伸又縮。燭台怪也不斷變換形體，現在看起來像棵歪七扭八的聖誕樹，上頭掛著兩顆磷光似的大眼珠。

「拿出證據證明你的坦誠與善意。」換形怪終於開口。

「怎樣的證據？」

「你的劍。你說你不會再當獵魔士，而獵魔士的劍就是他的命。把劍丟進深淵，不然就折斷，這樣我們就會讓你離開。」

傑洛特一動也不動地站了一會兒，現場一片寂靜，只聽得見水珠從岩洞頂端及壁面滴落的聲音。接著，他緩緩、沒有絲毫急躁地，筆直將劍插進岩縫深處。然後，他大腳用力一踹，踢斷了劍身。長劍應聲腰斬，清脆的聲音在各個岩洞中不斷迴盪。

牆面上的水珠不斷滴落，好似那上頭流的是眼淚。

「我眞是無法相信，」換形怪緩緩地說：「我眞是無法相信，竟然會有人笨成這樣。」

頃刻間，牠們全都往他攻去，沒有大喝、口號或命令。史衛札先生頭一個發難，張開利爪，露出與狼相比也毫不遜色的獠牙，跳過窄橋。

傑洛特讓牠近身，然後腰部一轉，斬斷牠的下頷與喉嚨。下一刻，他已人在橋上，反手一揮，將奇姆力斯劈開。接著他身子一縮，趴向地面，時間抓得剛剛好，朝他跳過來的燭台怪從上方飛過，利爪微微抓破他的外套。獵魔士從蜘蛛腳普利斯面前跳開，從牠如風扇葉片擺動的細腳前跳開。其中一隻腳踢中他的頭側，傑洛特一個舞動，同時做出假動作，並用大幅度的揮斬包圍自己。蜘蛛腳普利斯再度跳起，但沒有命中。牠撞向橋欄，與破裂的欄杆及石礫一起跌入深淵。到目前為止都沒出過聲的牠，如今，在掉落深淵的這個當口，牠尖叫了起來。那尖叫過了許久才止息。

牠們從兩頭攻向他——一邊是燭台怪，另一邊是淌血的奇姆力斯，後者雖受了傷，卻還是能站起身。獵魔士跳上窄橋欄杆，感到腳下的石塊不太穩定，而整座石橋也在晃動。他一邊保持平衡，一邊閃出燭台怪的尖爪攻擊範圍，來到奇姆力斯背後。奇姆力斯沒有脖子，傑洛特砍向牠的太陽穴。不過那怪物的頭骨和鐵板一樣硬，讓他得再砍下第二劍。這有點浪費了太多時間。

他被打中頭部，痛楚馬上蔓延整個頭骨與眼睛。一個旋身，他在周遭劃出寬闊的防禦空間，同時也感覺鮮血從頭髮底下急遽滲出，試著理清眼前的情況。他奇蹟似地閃過第二波尖刺攻擊，同時理出了頭緒。燭台怪改變了形態，改用長得令人難以置信的爪子攻擊。

這種形態自有其缺點，中心笨重，不易平衡。獵魔士壓低身子，潛到長爪下方，縮短了雙方距離。燭台怪知道對方的意圖，便以背著地，舉起與前爪同樣尖銳的後爪。傑洛特跳到牠的上方重重一擊。他感覺到劍身切過怪物身體，隨即一個後空翻，再下一擊，單膝落地。怪物發出淒厲的吼聲，猛力將頭往前甩去，尖牙不斷粗暴地張咬，與獵魔士的胸口僅有咫尺。牠的大眼在黑暗中發光。傑洛特用劍首大力一撞，將牠撞開，近距離再砍一劍，把牠的頭顱掀了個半開。即使少了那一半頭顱，這不管是任何一本獵魔士書籍都沒有記載的奇怪魔物，還是不斷開闔利牙，張咬了十幾秒之久。之後，牠發出嚇人卻似人的可怕嘆息後，斷了氣。

換形怪躺在血泊中不斷痙攣抽搐。

獵魔士來到牠身邊。

「我無法相信，」他說：「有人會笨成這樣，被折劍這種簡單障眼法給騙過。」

他不確定換形怪的意識是否還夠清楚，能了解自己在說什麼。不過，這對他其實沒有任何分別。

「我警告過你們。」他一邊抹掉流滿一側頰面的鮮血，一邊說著：「我說過了，我得離開這裡。」

史衛札先生劇烈地抖著身子，喉頭不斷哽咽，抽了口氣，發出刺耳聲音。之後，牠靜了下來，動也不動。

水珠依舊從岩洞的頂端與壁面不斷滴落。

□

「現在你滿意了嗎？雷吉思。」

「對，現在滿意了。」

「那麼，」獵魔士站了起來。「來吧，趕快去打包，動作快。」

「這不會花我太多時間。歐姆尼呀沒阿摩粗姆波爾頭。」

「什麼？」

「我沒有太多行囊。」

「那更好，半個鐘頭後城外見。」

「我會到的。」

□

他低估了她，被她逮到，而這只能怪他自己。他原可不要那麼匆忙，而是騎馬繞到宮殿後方，把小魚兒留在那間較大的馬廄裡。那裡是給遊俠騎士及宮殿裡的人員、侍僕專用，而他的隊友也將坐騎擱在裡頭。然而，他並沒有這麼做，因爲趕時間，也因爲習慣，他用了公爵夫人的馬廄。而他早該想到公爵夫人的馬廄裡，一定會有人去打小報告。

她踢著腳下的稻草，走過一道又一道的隔間。她身上穿著狐狸皮短裘、白色緞面上衣、騎馬用的黑短裙及高筒靴。馬群感受到她身上散發的怒氣，紛紛噴起鼻息。

「哎呀呀，瞧瞧。」一見到他，她便彎著手中的馬鞭說：「要走了呀！沒有任何道別。只在桌上留封信，這算得上是哪門子道別。在我們之間發生了這樣的事後，我無法接受這種做法。我想，你這舉動，一定有異常重大的理由來說明和解釋吧。」

「那些理由確實是能說明和解釋。抱歉，芙琳吉拉。」

「抱歉，芙琳吉拉。」她複述他的話，氣得嘴都歪了。「還眞是簡短，還眞是扼要，還眞是直白啊，連文體都注意到了。我敢拿人頭擔保，你留給我的那封信，在編排上一定也同樣優美。至於墨水，一定也沒有多餘的污漬。」

「我得走了。」他困難地說。「爲什麼？爲了誰？原因妳應該能想見。原諒我，拜託。我本來打算要快速、靜悄悄地走，因爲……我不想妳有跟我們走的打算。」

「你這顧慮是多餘的。」她說得咬牙切齒，手上的馬鞭都彎成了拱形。「我不會跟你走，就算你趴在腳邊求我也一樣。不可能的，獵魔士。要走你自己走，自己去找死，去凍死在隘口。我對奇莉沒有任何義務，而對你呢？你知道你所擁有的，是多少人求也求不來的？還有你現在隨隨便便就想拋掉、塞進角落的東西？」

「我永遠不會忘記妳。」

「哦。」她從牙縫裡擠出了單音。「你都不知道，我有多麼想讓這情況眞的發生。就算不是用魔法，用這條鞭子也行！」

「妳不會這麼做的。」

「你說的對，我不會。我做不來。我會乖乖的，像個被忽視、拋棄的情婦該有的樣子。經典的樣子。我會抬起頭，轉身離開，帶著驕傲與自尊，把眼淚吞下肚。然後，我會把頭埋在枕頭裡大哭。然後，我會再去找下一個！」

說到最後，她幾乎是用吼的。

他什麼也沒說，她也不發一語。

「傑洛特。」她總算開口，聲音卻變了。「留下來跟我一起。」

「我想，我是愛你的。」見他躊躇，她如是說著。「留下來跟我一起。求你。我從來沒有求過任何人，也不認爲自己會有求人的一天。求你。」

「芙琳吉拉，」他隔了一會兒才出聲回應：「妳是男人夢寐以求的女人，但我沒有夢想家的天性，錯的人是我，都是我的錯。」

「你就像一彎魚鉤，」她咬著唇，隔了片刻才開口。「一旦被你勾上了，非得血肉模糊才拿得下來。唉，這都要怪我自己，我知道自己在玩一場危險遊戲。所幸，我也知道該怎麼面對後果。這一點，我比其他女性強多了。」

他沒有給予任何評論。

「反正，」她接著說：「心碎掉，雖然很痛，比手碎掉還要痛得多，卻也很快能長回來，快多了。」

這一回，他也沒有給予任何評論。芙琳吉拉看了看他臉上的瘀青。

「我的護身符怎樣？有好好發揮功用嗎？」

「那是個再棒不過的東西了，謝謝妳。」

她點了點頭。

「你要去哪裡？」她問道，聲音和語調完全變了樣。「你知道了什麼？你知道維列佛茲躲在哪了，對吧？」

「對。別要求我告訴妳他在哪裡，我不會說的。」

「我會用買的。一物換一物。」

「喔，是嗎？」

「我有一則消息，」她說：「很寶貴。而對你來說，這消息根本無價。我會把它賣給你，來換取……」

「良心的平靜。」他看著她的眼睛，替她把話接完。「換取我交付在妳身上的信任。剛剛才講到愛，而現在我們開始說起買賣了？」

她先是沉默了許久，然後突然將馬鞭用力打在鞋筒上。

「葉妮芙，」她一股腦飛快說著：「這個你在夜裡，在歡愉到忘我的時刻，幾次對我喊出的名字，她從來沒有背叛過你，也沒有背叛過奇莉。她從來就不是維列佛茲的同夥。為了救奇莉拉，她勇敢走向了前所未聞的險境，但失敗了，落入了維列佛茲手裡。去年秋天，他們為了進行掃描，想必用了酷刑好逼她就範。現在，她生死未卜。我所知道的就這麼多，我發誓。」

「謝謝妳，芙琳吉拉。」

「走吧。」

「我相信妳。」他說，沒有轉身離開。「我也永遠不會忘記我們之間發生的事。我相信妳，芙琳吉拉。我不會留下來跟妳一起，但我大概也是愛妳的……用我自己的方式。我請求妳將等一下會聽到的事，藏到祕密的最深處。維列佛茲躲藏的地點是……」

「等等。」她打斷他的話。「你晚一點再告訴我，晚一點再說給我聽。現在，在你離開之前，向我道別吧。用你該用的方式。不是用書信，不是用含糊不清的道歉，而是用我渴望的方式向我道別吧。」

她把狐裘褪下，丟進稻草堆，然後將上衣猛力扯開，裡頭一絲不掛。她拉著他一同倒向裘皮，讓他壓向自己。傑洛特扣住她的後頸，拉高她的裙襬，霎時意識到自己沒時間拖下手套。所幸，芙琳吉拉沒戴手套。她甚至連內褲也沒穿。更令人慶幸的是，她沒套上馬刺，因爲不一會兒，她的馬靴鞋跟便到處亂揮，一點都不誇張。要是她套上了馬刺，光是想像那後果就教人害怕。

在她高喊出聲時，他吻住了她，蓋掉尖叫。

馬群感受到他們之間的瘋狂激情，紛紛嘶鳴踏蹄碰撞隔間，把天花板上的灰塵與乾草都震了下來。

□

「城塞萊斯盧恩，位在納澤爾，慕瑞達湖湖畔。」芙琳吉拉・薇果得意地說。「那是維列佛茲的躲藏地。這是我在獵魔士離開前，從他身上挖出來的。我們有足夠時間超越他，他不可能有辦法在四月前抵達那裡。」

聚在孟特卡佛堡圓柱大廳中的九名女子紛紛點頭，給予芙琳吉拉十分認同的眼神。

「萊斯盧恩。」菲莉帕・愛哈特重複了一次，露出一個看得見牙齒的陰鷙笑容。「萊斯盧恩在納澤爾。那麼，我們很快會見面了，維列佛茲先生……很快就要見面了！」

「等獵魔士到達那裡，」凱拉・梅茲咬牙切齒地說：「只會看到一堆廢墟，甚至已經聞不到燒焦的味道了。」

「也聞不到屍體的味道。」莎賓娜・葛雷維席格笑得很是迷人。

「了不起，薇果小姐。」夕樂・德唐卡維勒點了點頭。芙琳吉拉從來沒想過會受到這位知名女巫的讚賞。「做得非常好。」

芙琳吉拉點了點頭。

「了不起。」夕樂又說了一次。「在投散特待了三個多月……不過應該算值得了。」

芙琳吉拉・薇果掃視了坐在桌前的女巫一圈。她看向夕樂、菲莉帕、莎賓娜・葛雷維席格，看向凱拉・梅茲、馬格麗塔・老克斯安提列和特瑞絲・梅莉戈德。她看向法蘭西絲・芬妲芭兒，以及畫了濃烈的精靈彩妝，但一雙眼看不出任何情緒的依達．艾曼。最後，她的目光來到眼中透露不安與擔憂的阿西蕾．法．阿娜西得。

「確實値得。」她坦承道。

她的語氣很眞誠。

□

天色由深藍慢慢轉黑，凍人的寒風在葡萄園間流竄。傑洛特扣好狼裘，並用毛料圍巾圍住脖子。他覺得自己當前的狀態好極了。一如以往，性愛讓他不管在生理上、心理上或道德上都氣力全滿，讓他抹去一切懷疑，思緒清明活絡。他唯一遺憾的只有一點，就是他將有好一段時間，不會再有這樣美好的萬靈丹。

列那．德布瓦—弗倫的聲音將他從思緒中拉回。

「看來天色要變了。」遊俠騎士看著狂風吹來的東方說。「你們動作得快點。要是這陣風挾帶霜雪，又在馬赫烏隘口趕上你們，你們就會被困住了。到那時候，你們就得求神，請所有你們聽過或沒聽過的神明保佑，讓你們有解凍的一天。」

「我們明白了。」

「頭幾天，三斯雷托爾河會爲你們帶路，你們就跟著這條河走。過了獵人市集，你們會到達三斯雷托爾河右邊支流的匯流處。別忘了，是右邊的支流。那條支流會替你們指出通往馬赫烏隘口的路。就算天意讓你們成功越過馬赫烏，也別高興得太早，因爲前頭還有三斯麥齊和莫布朗克兩個隘口在等著你們。等你們成功通過那兩個隘口後，就會抵達蘇度士谷。蘇度士當地的氣候自成一格，較爲溫暖，跟投散特差不多。要不是那邊的土地太貧瘠，他們也會種葡萄……」

一雙雙責難的眼神讓他打住了原本要說的話。

「對，」他清了清嗓子。「說重點。蘇度士谷的谷口有座小鎮叫卡拉維斯塔，我的表親古伊・德布瓦－弗倫住在那裡。你們去找他，報上我的名字。要是他已經死了，或是痴呆了，記住，你們接下來的方向是瑪格戴拉平原，也就是西勒特河的河谷。接下來，傑洛特，就跟你找當地繪圖師畫出來的那張地圖一樣。既然說到地圖，我不是很明白，你當時跟他問的那些城堡……」

「列那，忘了那件事。根本就沒有那件事。你什麼都沒聽到，也沒看到，就算有人拷問你也一樣，明白了嗎？」

「明白。」

「有人來了。」卡希一面穩住騷動的公馬，一面出聲警告。「有一個人騎馬從宮殿那頭朝我們衝過來了。」

「如果只有一個，」安古蘭露出整排牙齒，摸著掛在鞍旁的斧頭說：「那問題就不大。」

結果，那名騎士是馬不停蹄趕來的亞斯克爾。詭異的是，他騎的是飛馬，也就是詩人的坐騎，那匹不愛，也不習慣馳騁的馬。

「呼。」吟遊詩人上氣不接下氣，好像是馬騎他，而不是他騎馬似的。「呼，趕上了。我本來還怕趕不上你們。」

「你可別說你決定跟我們一起走了。」

「不，傑洛特。」亞斯克爾垂下了腦袋。「我不走。我要留在這裡，留在投散特，和小伶鼬一起。我是說，和安娜莉夜塔一起。可是，我不能不向你們道別呀。祝你們一路順風。」

「幫我們向公爵夫人道謝，謝這裡所有的一切。還有，幫我們和她解釋，說事出突然，所以來不及向她道別，反正你想個說辭就是了。」

「我就說你們發過騎士之誓就好了。投散特裡的每一個人，包括小伶鼬，都會理解這種事的。這個……給你們，當作是我的心意。」

「亞斯克爾，」傑洛特從詩人那裡接過一個沉甸甸的小袋子。「我們不缺錢，你不用……」

「就當作是我的心意。」吟遊詩人重申了一次。「錢總是不嫌多。再說，這不是我的，這些錢幣是我從小伶鼬的私人寶箱裡拿的。你們做什麼這樣看我？女人不需要錢，她們拿錢做什麼？她們不喝酒、不玩骰子，反正女人就是這樣。好了，再會了！你們走吧，不然我要哭了。等一切都結束了，你們要再回來投散特，把一切都說給我聽。還有，我想抱抱奇莉。就這麼說定囉，傑洛特？」

「就這麼說定了。」

「那麼，再會了。」

「等等，」傑洛特將馬掉頭，往飛馬靠近了些，暗暗從懷裡拿出一封信。「想辦法把這封信送到……」

「芙琳吉拉‧薇果手裡？」

「不，戴斯特拉。」

「搞什麼呀，傑洛特？依你看，我要怎麼把信送到？」

「你想辦法，我知道你行的。現在，再會了。把臉湊過來道別吻吧，老兄。」

「把臉湊過來吧，兄弟。我等你們回來。」

他們目送他騎著馬兒，小蹽步往博克勒宮殿去。

天色已然轉暗。

「列那，」坐在鞍上的獵魔士轉過身。「跟我們一起走。」

「不，傑洛特。」列那‧德布瓦—弗倫在過了一會兒後，才如是答道。「我雖然四處漂泊，卻不是瘋子。」

□

孟特卡佛堡的圓柱大廳裡充斥著一股異常的興奮情緒。這裡通常由燭台聚成的柔和照明，今天卻讓一個巨型魔法光幕所發出的乳白光亮給取代。光幕上的影像不斷閃爍，時有時無，不斷加重現場的興奮情緒與張力，還有緊張感。

「哈。」菲莉帕・愛哈特帶著陰鷙的微笑說：「可惜我不能親自到那邊，稍微活動一下筋骨，還有分泌一些腎上腺素，那對我有益。」

夕樂・德唐卡維勒厲眼看向她，什麼也沒說。法蘭西絲・芬妲芭兒及依達・艾曼用咒語穩住了影像，並把它放大到整個牆面。她們看到了藏青天幕襯托下的清晰峰巒，湖面上倒映的點點繁星，以及一個黑黑、方方的小型城堡輪廓。

「我還是不太確定，」夕樂出了聲。「讓莎賓娜和年紀尚輕的梅茲帶領攻擊人馬的這個決定正不正確。凱拉在塔奈島上讓人打斷了肋骨，可能會想要復仇。而莎賓娜……唉，這女人對攻擊與腎上腺素的喜好有些太過了，不是嗎？菲莉帕。」

「這件事我們已經談過了。」菲莉帕爲討論畫下句點，而她口氣中的酸味比之梅子釀，可謂不相上下。「該安排的我們都已經安排好了，沒有人會平白送命。莎賓娜和凱拉那組會像老鼠一樣，踮著腳尖，悄悄進入萊斯盧恩，三兩下把維列佛茲拿下，不會有一絲掛彩，不會有一絲抓傷。這我們已經都計畫好了。雖然我還是覺得該給個示範，好讓那城堡裡能在這夜存活下來的少數人，這一輩子，只要夢到這一夜，都會尖叫著驚醒。」

「只有對平庸、軟弱又渺小的心靈來說，」來自科維爾的女巫說：「報復才是一種歡愉。」

「或許是這樣沒錯。」菲莉帕掛著一抹無所謂的微笑，贊同道。「不過，這股歡愉卻永不止息。」

「我們先別管這個吧。」馬格麗塔・老克斯安提列舉起了酒杯，裡頭的葡萄酒不斷冒泡。「我提議向芙琳吉拉．薇果小姐敬一杯，多虧有她的努力，才能找出維列佛茲的躲藏地點。說真的，芙琳吉拉小姐，這件事妳辦得太好了，堪稱典範。」

芙琳吉拉以鞠躬回應敬酒。她在菲莉帕的一雙黑眸中，看見了某種像是嘲諷的東西，而在特瑞絲．梅莉戈德的湛藍雙眼中則寫著不情願，但她解讀不出法蘭西絲與夕樂笑容中的含義。

「她們開始了。」阿西蕾．法．阿娜西得指著靠魔法映出的影像說。

她們舒舒服服地坐了下來。爲了能看得更清楚，菲莉帕施展咒語，將照明變暗了些。

她們看見磐石上出現幾道快速的黑色形影，沒有發出任何聲響，宛如蝙蝠般靈巧，然後俯衝飛行，降落在萊斯盧恩堡的城垛與堞口。

「我大概已經有一世紀，」菲莉帕喃喃道：「都沒有把掃帚夾在腿間。再過不久，我都要忘了怎麼飛行。」

夕樂緊盯著影像，不耐煩地噓了聲，要她安靜。

城堡的黑色建築群窗內，短暫亮起了火光。一次、兩次、三次。她們知道那是什麼。一道道上了栓的門扉與內鎖，被電光球打了個粉碎，飛散四地。

「她們在裡面了。」阿西蕾．法．阿娜西得靜靜出了聲。她是唯一沒有盯著光幕，而是看著桌上水晶球的人。「攻擊隊已經在裡面了。不過，事情有點不對勁，不應該是這樣……」

芙琳吉拉感覺血液從心臟流到下腹，她已經知道是哪裡不對勁了。

「葛雷席維格小姐開啓了直接通話。」阿西蕾再度報告著。

大廳的圓柱之間突然發出亮光，形成一個橢圓，她們在那當中看到了莎賓娜．葛雷席維格。她身著男裝，額前綁了條薄紗巾固定頭髮，臉上用黑顏料畫了好幾道線條偽裝。女巫的背後看得出是一面面污黑石牆，上頭掛著殘縷破布，看得出那曾經是一條條掛毯。

莎賓娜往她們伸出一隻手，而手套上還纏著一串長長的蜘蛛絲。

「這裡只有這個東西！」她揮著激動的手勢說：「只有這個！該死的，真是有夠愚蠢……真是有夠丟臉……」

「把話說清楚些，莎賓娜！」

「什麼？說清楚些？」來自喀艾德的女術士大吼。「這裡還有什麼好說清楚的？妳們沒看到嗎？這裡就是萊斯盧恩！空的！空蕩蕩又髒兮兮！是個該死的廢墟！這裡什麼都沒有！沒有！」

凱拉．梅茲自莎賓娜肩後現身，臉上的偽彩讓她看起來活生生像剛從地獄裡爬出來。

「這座城堡裡什麼都沒有，」她冷靜地確認道。「也沒有人來過的痕跡。大概空了有五十年。如果不算蜘蛛、老鼠和蝙蝠的話，這裡差不多五十年來，都沒有任何會動的東西出現過。我們完全突襲錯地方了。」

「那邊是不是有幻象，妳們查過了沒？」

「妳把我們當三歲小孩嗎？菲莉帕。」

「妳們兩個聽著，」菲莉帕．愛哈特焦躁地用手扒過髮絲。「跟傭兵和學徒說這只是演習。妳們付錢給她們，然後回來。要馬上回來，臉上表情也別露了餡，聽到了嗎？妳們要把神色穩住！」

通信橢圓消失，牆面的光幕上只留下一個景象——以繁星閃爍的黑暗夜空爲背景的萊斯盧恩堡，還有一座倒映繁星的湖泊。

芙琳吉拉・薇果看著桌面，覺得不斷脈動的血液等等就會充斥她的雙頰。

「我……眞的……我……眞的不明白……」她終於開口，再也無法忍受籠罩在孟特卡佛圓柱廳裡的那片沉默。

「而我明白。」特瑞絲・梅莉戈德說。

「這座城堡……」浸淫在沉思之中，完全沒有理會同伴的菲莉帕說：「這座城堡……萊斯盧恩……得把它毀掉。要毀得乾乾淨淨。如果這件事開始變成神話和傳說，就得仔仔細細地審查一番。妳們明白我在想什麼嗎？」

「非常明白。」到目前爲止都保持沉默的法蘭西絲・芬妲芭兒點了點頭，一直默默無語的依達・艾曼則是哼了一聲，其中的意涵頗多。

「我……」芙琳吉拉・薇果依舊一臉呆滯，「我眞的不明白……怎麼會這樣……」

「唉。」夕樂・德唐卡維勒在沉默了許久後，說：「這沒什麼，薇果小姐。沒有人是完美的。」

菲莉帕低低哼了一聲。阿西蕾・法・阿娜西嘆了口氣，抬眼看向天花板。

「說到底，」夕樂吹了下雙唇，補充道：「我們這裡的每個人，都碰過這種事。我們坐在這裡的每一個人，都曾經讓某個男人欺騙、利用和愚弄過。」

「我愛你，你美麗的身形誘惑著我；
若你不心甘情願，我會逼你就範。」
「父親啊，父親啊，現在我被他抓住，
赤楊王讓我萬分痛苦！」

——約翰．沃夫岡．歌德

這一切早已存在，這一切早已有過，而這一切也早已記載於文獻之中。

——來自克爾沃的維索戈塔

第五章

正午將燠熱漫進林中。不久前還暗如玉石的平滑湖面，燃起了金色火焰，搖曳出無數道光影。水面反射出的亮光讓人無法視物，瞳孔與太陽穴都發起疼來，奇莉不得不舉起一隻手遮在眉梢。

她策馬穿過湖畔樹叢，要凱爾佩進到湖裡，入水之深，甚至超過了母馬膝頭。湖水是如此清澈，高高坐在馬鞍上的奇莉，甚至可以透過投射在水面上的馬兒倒影，看見色彩繽紛的河底、河蚌，以及不斷搖曳的羽毛水草；看見一隻小龍蝦，昂首闊步地在小石子間行走。

凱爾佩發出一聲嘶鳴。奇莉扯過韁繩，回到淺水處，但還不到湖岸，因爲那是砂岸，而且布滿石礫，無法快速奔馳。她駕著馬兒慢步在水線上，好讓牠能踏在水底的堅硬礫石上，但她幾乎又馬上轉爲快步，因爲凱爾佩快得就像是一匹眞正的快步馬。牠不是被訓練來配馬鞍的，而是要拉雙輪車或四輪車。然而，她很快便覺得快步的速度還是不夠，腳跟一敲，大喝一聲，促使母馬拔腿起跑。她們一路馳騁，周遭濺起的水花在陽光照射下，有如一顆顆融化的銀珠。

即使看見那座高塔，她也沒有慢下速度。她一路飛奔，速度之快，尋常的馬兒大概會累倒在地。可是，凱爾佩的吐息甚至沒有透出一絲紊亂，馳騁的速度也依舊輕快自如。

她以全速之姿，挾帶隆隆蹄聲，闖入內庭，而她扯住母馬的力道之猛，讓馬蹄在地磚上尖聲滑行了一小段，一直到等在塔下的一群精靈女子跟前，才停了下來，恰恰就在她們的鼻子底下。她打從心底感到滿意，因爲她們當中，有兩個平常總是一副不動如山又事不關己的態度，此刻卻不由自主地往後退了。

「不用怕。」她輕蔑地說。「我不會從妳們身上踏過去！不過要是我想，那就另當別論了。」兩名精靈女子很快穩住心神，臉上再度恢復一派平靜，眼神中又是那毫無所謂的冷淡。

奇莉跳下馬，或者該說是用飛的。她的眼神中有著挑戰意味。

「好極了。」一名三角臉的淺髮精靈從拱廊中現身。「挺不錯的出場，洛克萊絲。」

那時候他也是這樣和她打招呼。在她進到燕子塔，發現自己置身繁花盛開的春天時。不過那是很久以前的事了，奇莉不再會爲這種事大驚小怪。

「我不是什麼湖之主。」她粗著嗓子吼：「我是這裡的囚犯！而你們在這裡就只是看守者！不用這麼拐彎抹角！」

「來！」她把韁繩丟給其中一名精靈女子。「這馬要洗乾淨，等牠身上的熱氣散了，餵牠吃東西，總之要好好照顧牠！」

淺髮精靈勾起了一抹極淺的微笑。

「就是啊。」他說，並看著那群精靈女子不發一語地將母馬牽到馬廄。「妳在這裡是個受到迫害的囚犯，而她們是嚴厲的看守者。這情形眞是一目了然。」

「所謂一報還一報！」她雙手扠腰、揚起下巴，毫無畏懼地看著他那雙有如海藍寶石，且頗爲柔和的淡藍眼睛。「我只是用她們對待我的方式，對待她們！監獄就是監獄！」

「妳眞是令我吃驚啊，洛克萊絲。」

「而你則把我當成了笨蛋，甚至沒有自我介紹。」

「抱歉。我是克雷凡．艾斯帕內．阿波．卡歐姆罕．馬哈，是阿恩瑟分，不曉得妳知不知道這是什麼意思。」

「我知道。」她看著他，眼中有來不及隱藏的欽佩。「是智者，精靈巫師。」

「也可以這麼說。爲了方便起見，我都用別名阿瓦拉賀，妳也可以這麼叫我。」

「誰告訴你，」她一臉的老大不高興。「我有和你說話的興致？管你是不是智者，都是個看守者，而我……」

「是個囚犯。」他嘲諷地替她把話說完。「妳已經說過很多次了，而且還是個受到差勁待遇的囚犯。妳騎馬到這附近繞了那麼多次，一定也是受到逼迫。妳背上揹的劍，是對妳的懲罰。同樣地，妳那一身高雅且看似昂貴的服飾，也是對妳的懲罰，不過這些比妳當初來這裡時，身上所穿的要有品味了些、乾淨了些。妳用尖刻的語言來報復妳所謂的傷害，也用無比的勇氣與衝勁，打破了一面面藝術品等級的鏡子。」

她紅了臉，氣極了自己。

「哦。」他飛快開口。「妳想打破幾個，就打破幾個，說到底，這些不過是物品，就算是七百年前做的又怎樣。妳想隨我到湖畔散散步嗎？」

一陣風吹起，稍稍緩和了炙熱的天候。此外，巨大的樹群與那座高塔，也提供了遮蔭。湖水混綠，一片片萍蓬草葉子鋪在上頭，加上零散立於葉片之上的黃色花苞，看來就像是片草原。紅冠水雞一邊點著短喙，嘰嘰叫著，一邊活潑地在葉間迴游。

「那面鏡子……」奇莉咕噥道，並把鞋跟不斷地往潮濕的礫石裡鑽。「抱歉，我那時心情不好，就這樣。」

「噢。」

「她們都不把我當一回事。那些精靈。我跟她們說話的時候，她們都假裝聽不懂；她們對我說話的時候，又故意說得讓我聽不懂。她們故意羞辱我。」

「我們的語言妳說得很好。」他心平氣和地解釋：「不過這對妳來說畢竟是外來語言。再說，妳用的是恆林格，而她們是艾里隆。這兩者雖差異不大，終究有別。」

「你說的話我就懂，每個字都懂。」

「我跟妳說話的時候，用的是恆林格，也就是妳那個世界的精靈語。」

「那你呢？」她轉過身。「你是從哪個世界來的？我不是小孩，只要在夜裡往上看就知道了，這裡沒有任何一個星座是我認得的。這裡不是我的世界，這裡不是我本來的地方。我意外闖進了這裡……我想從這裡出去，我想離開。」

她彎下身，拾起一顆石子，然後身形一動，似是想隨意將它往湖中的紅冠水鴨扔，卻在他的注視下打消了主意。

「我每次都騎不到一頃地，」她毫不掩飾心中的苦澀。「就又到了湖邊，又看到這座塔。不管走哪一邊，轉哪個方向，每次都是這座湖跟這座塔，每次都是，根本沒有辦法離開。所以，這是一座監獄，比地牢還糟，比黑牢還糟，比只有一扇上了鐵窗的房間還要糟的監獄。你知道爲什麼嗎？因爲這樣更加羞辱人。不管什麼艾里隆不艾里隆，只要有人嘲笑我，不把我當一回事，就讓我生氣。對，對，你不用露出這種眼神。你也不把我當一回事，也一樣嘲笑我，然後你覺得我這樣抓狂很奇怪？」

「就是這點讓我覺得奇怪。」他張大了眼睛。「非常奇怪。」

她嘆了口氣，聳了聳肩。

「我是一個多禮拜前進到這座塔的。」她說道，並努力穩住情緒。「我闖進了另一個世界。你早就坐在那裡，一邊吹著排笛，一邊等著我。你甚至覺得奇怪，爲什麼我拖了那麼久才來。你開口就喊出我的名字，然後才開始『湖之主』這整件蠢事。之後，你沒有半句說明就消失了，把我留在監獄裡。隨便你叫這什麼，不過依我說，這是嘲笑人又可惡的蔑視。」

「奇來亞，這只不過是八天的光景。」

「喔。」她皺起眉頭。「也就是說，我很幸運囉？因爲一個弄不好，也可能是八個禮拜？或是八個月？或八……」

她沉默了下來。

「妳和拉拉·多倫離得太遠了。」他輕聲說。「妳遺落了自己的童年，失去了與自己血緣的連繫。那些女子不懂妳，而妳也不懂她們，這一點也不奇怪。不光是妳的語言，就連妳的思考方式也不一樣，截然不同。八天或八個禮拜是什麼？時間是沒有意義的。」

「好！」她怒吼道。「我同意，我不是聰明的精靈，我是愚蠢的人類。對我來說，時間有意義，我會數日子，甚至數每個鐘頭。而我數出來的結果是不管哪一種，都已經過了很久。我已經不想從你們身上得到什麼，我要就這麼不明不白地離開，不管爲什麼這裡是春天，爲什麼這裡有獨角獸，爲什麼夜裡的星座和我那個世界的都不一樣。我一點都不想知道你從哪裡得知我的名字，又是用什麼方法知道我會在這裡出現。我想要的只有一個。我要做回自己，要回到自己的世界。回到人類那裡！回到思考方式和我一樣的那些人那裡！和我一模一樣的人那裡！」

「妳會回到他們那裡，不過要等一段時間。」

「我現在就要！」她大叫了起來。「不要等一段時間！因爲這裡的時間永無止盡！你們憑什麼把我關在這裡？爲什麼我不能離開這裡？我是自己進來這裡的！是憑我自己的意志！你們沒有權力對我做任何事！」

「妳是自己進來這裡的，」他心平氣和地說：「不過不是憑妳自己的意志。是命運把妳帶來這裡，我們不過是幫了一點忙。因爲，大家已經等妳很久了——太久了，就算是按我們的算法，也太久了。」

「我一點都不明白。」

「我們等了很久，」他沒有理會她。「擔心的就只有一件事——妳是否有辦法進來這裡。妳辦到了，妳證明了自己的血緣、自己的出身。意思就是，這裡，才是妳應該待的地方，不是跟都因在一起。妳是拉拉・多倫・阿波・夏得哈兒的女兒。」

「我是芭維塔的女兒！我甚至不知道你的拉拉是誰！」

他嘆了口氣，很輕，幾乎難以察覺。

「既然如此，」他說：「最好的辦法，就是我來跟妳解釋我的拉拉是誰。因爲時間不多，我希望可以在路上說，不過呢，妳爲了那不明智的意氣用事，差點將馬累壞了……」

「我把馬累壞了？哈！你還不知道那匹母馬的能耐呢。我們要去的地方是哪裡？」

「這一點，如果妳允許，我一樣在路上解釋給妳聽。」

□

奇莉停下了不斷喘息的凱爾佩，知道狂奔沒有任何意義，也沒有任何幫助。

阿瓦拉賀沒有說謊。在這裡，這一片開闊的土地上，在這些到處立著石柱的草原和石楠原上，有一股與托爾奇來亞底下一樣的力量。她可以隨便挑個方向不要命地一路狂奔，但不用跑到一頃地，某種無形的力量就會讓她兜起圈子。

凱爾佩不停喘氣，奇莉一邊拍著牠的脖子，一邊看著平靜騎在馬上前進的那群精靈。不久前，當阿瓦拉賀總算告訴她，他們想從她那裡得到什麼後，她便拽著馬飛奔而去，好逃離他們，把他們丟在身後，把他們和他們那令人難以置信的要求，都拋得越遠越好。

現在，他們又跑到了她的前頭，距離大概一頃地。

阿拉瓦賀沒有說謊。她確實沒辦法逃走。

這場馳騁唯一帶來的好處，就是讓她的腦子冷了下來，讓她的滿腔怒火冷了下來。她已經冷靜多了，不過身子依舊氣得發抖。

看我做的好事，她心想。我幹嘛跑到這座燕之塔裡？

回想到一半，她打起了冷顫。她想起了邦哈特，想起他在冰上騎著口冒白沫的棗馬，往她的方向追過來。

她的身子抖得更加厲害，但她冷靜了下來。

我還活著，她對著自己左瞧右看，心裡這麼想著。這還不是戰鬥的結束。只有死亡才能結束戰鬥，其他東西都只會打斷戰鬥。在卡爾默罕裡，他們是這樣教我的。

她趕著凱爾佩溜蹄起走，見母馬仍遊刃有餘地高揚馬首，便要牠轉爲快步。她沿著成排林立的石柱前進，一路上的綠草、石楠高達馬鐙。

沒多久，她便趕上了阿瓦拉賀和三名精靈女子。智者掛著淺淺微笑，將他那雙帶有詢問的海藍寶石眼睛轉向了她。

「拜託，阿瓦拉賀。」她清了下喉嚨。「告訴我，這只是個不好笑的笑話。」

他臉上閃過了某種像是陰影的東西。

「我通常不會開這種玩笑。」他說。「既然妳認爲這是個玩笑，那我就用十二萬分嚴肅的態度再和妳說一次，燕子——拉拉·多倫的女兒——我們想要妳的孩子。等到妳把孩子生下來，我們才會讓妳離開這裡，回到原本的世界。當然，決定權在妳。我想，妳剛剛的瘋狂跑馬，已幫助妳下了決定。妳的回答是什麼？」

「我的回答是，不要，一百個不要，一千個不要。我不同意，就這樣。」她冷硬答道。

「那也沒辦法。」他聳了聳肩。「我承認，我很失望。不過呢，這是妳的選擇。」

「怎麼會有人提出這種要求？」她抖著聲音大吼。「你怎麼敢？你憑什麼？」

他心平氣和地看著她。奇莉還感受到了其他精靈女子的目光。

「我認爲，自己已經仔細向妳解釋過妳的家族歷史。」他說：「妳看來很能理解的樣子。所以，妳的問題讓人很不解。我們有權，也可以做出這樣的要求，燕子。妳的父親可雷給南把孩子從我們身邊帶走，妳要還一個給我們。妳要償還欠債。我以爲這很合乎邏輯，也很公平。」

「我的父親……我不記得我父親，不過他叫杜尼，不是可雷給南。這我已經和你說過了！」

「而我也已經回答妳，這些可笑的人類世代，對我們來說沒有任何意義。」

「可是我不要！」奇莉吼出的音量之大，讓身下的馬兒跳了一下。「我不要，你懂不懂？我——不——要！眞是教人想到就覺得噁心，竟然要某個該死的寄生蟲黏到我身上，眞是教人想吐，一想到這個寄生蟲會在我的身體裡長大，會……」

她看到那些精靈女子的面孔，突然打住。其中兩個一臉無比訝異，第三個則是一臉無比厭惡。

阿瓦拉賀暗示性地咳了一聲。

「我們往前騎一點，單獨談談吧。」他冷冷地說。「燕子，妳的觀點有些太過偏激，不適合在有聽眾的時候說。」

她聽了他的話。兩人不發一語地騎了許久。

「我會從你們手中逃跑。」奇莉率先開口。「你們沒辦法違背我的意志，把我留在這裡。我從塔奈島逃了出去，我從追捕者和尼夫加爾德人手裡逃了出去，我從邦哈特跟夜梟手裡逃了出去，我也會從你們手裡逃出去。我會找到對付你們的辦法和咒語。」

「我以爲妳會更看重朋友，例如：葉妮芙、傑洛特。」他過了一會兒後才如是回應。

「你知道？」她驚呼。「對啊，確實如此，你是智者嘛！所以你也應該知道我正好在想他們。現在，在我的世界裡，他們正遭遇危險，就是現在。而你們卻想把我關在這裡……呃，至少九個月。你自己也知道，我沒得選擇。我知道這個孩子、這個上古之血對你們來說很重要，但我做不到，就是做不到。」

精靈沉默了一會兒。騎在馬上的他跟她是如此靠近，不斷碰著她的膝蓋。

「就像我說的，決定權在妳。不過，有一件事妳應該知道，不然對妳不公平。燕子，妳不可能逃得出去，所以要是妳拒絕和我們合作，就會永遠待在這裡，再也看不到妳的朋友與妳的世界。」

「眞是下流無比的威脅！」

「不過，」他對那吼叫毫不在意。「要是妳同意我們的請求，我們會向妳證明，時間一點意義都沒有。」

「我不懂。」

「這裡的時間流動跟那邊不一樣。如果妳對我們付出，我們會報答妳。妳待在我們這裡，待在赤楊族裡所損失的片刻，我們會讓妳拿回去。」

她沒有說話，兩眼釘在了凱爾佩的黑色鬃毛上。拖延戰術，她想。就像維瑟米爾在卡爾默罕裡說的：「如果有人要把妳上吊，就向他們要杯水。因爲妳永遠不會知道，在他們把水拿來之前，可能發生什麼事……」

其中一名精靈女子突然大叫，發出哨音。

阿瓦拉賀的馬嘶鳴一聲，原地踏起碎步。精靈穩住牠，對那些精靈女子喊了一句。奇莉看到其中一名精靈女子從掛在鞍旁的匣子裡拿出了一張弓，接著站到馬鐙上，一手遮在眼睛上方。

「冷靜。」阿瓦拉賀厲聲說道。奇莉發出了一聲驚嘆。

離他們約莫兩百步的石楠原上，有群獨角獸正在奔馳。那是一整群，至少有三十頭。

奇莉先前就已經看過獨角獸，有時，尤其是在清晨時分，牠們還會走到燕之塔下的湖畔。然而，牠們從不讓她靠近，總是像鬼魂一般消失。

領頭的是頭十分巨大的公獨角獸，毛色竟是紅的。牠突然停了下來，長聲嘶鳴，揚起前蹄。牠用一種沒有任何一匹馬辦得到的方式，一步一步踩著後蹄，前腳也跟著在空氣中比畫。

奇莉驚覺，阿瓦拉賀和那三名精靈女子正喃喃發出聲音，一同哼起一種奇怪而單調的旋律。

妳是誰？

她甩了甩頭。

妳是誰？那提問的聲音再度在她腦中出現，衝擊著太陽穴。哼曲的精靈突然將音調拉高一階。紅獨角獸發出了一聲刺耳嘶鳴，一群同伴也以嘶鳴回應。那聲音傳了開來，連地面也跟著震動。阿瓦拉賀與精靈女子的歌聲突然打住。奇莉看到智者暗暗抹去眉梢的汗珠。精靈以餘光瞥了她一眼，知道剛剛的動作被她瞧見了。

「這裡的一切，並不都像表面看起來的那麼美好。不是一切都那麼美好。」他冷冷地說。

「你們怕獨角獸？牠們可都是既聰明又友善啊。」

他沒有回應。

「我聽說，」她沒有打退堂鼓。「精靈和獨角獸是相親相愛的。」

他轉過了頭。

「那麼，妳就把剛才看到的，當作是愛人間的爭吵吧。」他冷冷地說。

她沒有再提出任何問題。

她要煩心的事已經夠多了。

□

一座座的山丘頂端，有著石圈與支石墓，那景象讓奇莉想起艾蘭德近郊的一塊石頭。葉妮芙在那塊石頭旁，教了她什麼是魔法。不過那已經是很久以前的事了，她想。八百年前的事了……

其中一名精靈女子再度尖聲一叫。奇莉看往她指的方向。她還來不及察覺紅獨角獸帶領的那群獨角獸掉頭回來，第二名女精靈也跟著叫了起來。奇莉在馬鐙上站起身。

小山丘的另一頭，出現了第二群獨角獸，領頭的毛色近乎灰白，身上有著較毛色深的花斑。

阿瓦拉賀快速說了幾句。那是對奇莉來說困難的艾里隆語，但她卻明白了。再者，女精靈都像是收到命令般，紛紛拿起了弓。阿瓦拉賀把臉轉向奇莉，她便覺得腦中開始一片轟隆隆。那隆聲與把海螺貼在耳朵時所聽到的聲音十分相像，但要強烈許多。

不要抗拒。她聽見一道聲音。不要反抗。我必須跳躍，我必須把妳移到別的地方。這裡有致命的危險在威脅著妳。

哨音從遠處傳來，那是長長的尖嘯。過了一會兒，地面在鐵蹄之下開始震動。

山丘後頭出現了一群騎士，那是一整支軍隊。

馬匹身上都披著馬衣，騎士頭上則戴了插有整排羽毛的頭盔。他們在馳騁的時候，肩上由棕紅、莧紅與赤紅組成的三色披風不斷飛揚，映在西落夕陽下，像是滿天火光。

哨音，叫囂。那群騎士以緊密的橫排隊形往他們衝了過來。

他們還沒跑到半頃地，獨角獸便已不見，消失在草原上，徒留身後一團煙塵。

□

帶領那群騎士的是個黑髮精靈，他騎在一匹巨大如龍的棗黑公馬上。那匹馬與隊伍裡的其他馬匹一樣，也披著繡了龍鱗的馬衣，但頭上還戴了惡魔味道十足的雙牛角裝飾。黑髮精靈像其他精靈一樣，在棕紅、莧紅、赤紅組成的三色披風下穿了鎖子甲，甲上的鐵環直徑異常地小，因此穿在身上十分柔軟，宛若以毛線織成。

「阿瓦拉賀。」他說，同時行了一個禮。

「厄瑞丁。」

「你欠我一次。哪天我要討債了，你得還我。」

「哪天你要討債了，我會還你。」

黑髮精靈下了馬。阿瓦拉賀也下了馬，並要奇莉跟著照做。他們走上山丘，來到白色岩石間的一處空地，那些岩石形狀怪誕，長滿了衛矛與花朵盛開的低矮香桃木叢。

奇莉看著兩人，他們的身高一致，也就是說，兩人都異常地高。然而，阿瓦拉賀的臉部線條比較柔和，而黑髮精靈的臉則會讓人聯想到猛鷲。一白一黑，她想著，一善一惡，光明與黑暗……

「奇來亞，請容我介紹一下，厄瑞丁·北亞·葛拉斯。」

「很高興認識妳。」精靈鞠了一個躬。奇莉回禮，但有些僵硬。

「你怎麼知道我們碰到了危險？」阿瓦拉賀問。

「我根本不知道。」精靈仔細看著奇莉。「我們在巡視平原，因爲有消息說獨角獸變得不安、有攻擊性，原因不明，不過現在已經清楚了。很明顯，是因爲她。」

阿瓦拉賀沒有附議或反駁。奇莉則是用頑強的目光迎向黑髮精靈的注視。有一會兒，他們彼此看著對方，卻沒有誰打算先移開眼光。

「所以這就是那上古之血。」精靈說。「阿因恆伊凱爾 。夏得哈兒與拉拉．多倫的繼承人？我不是很想相信。這明明就是一個年紀還小的普通都因，女性人類。」

阿瓦拉賀沒有回應，一臉無動於衷與漠然。

「我想，」黑髮精靈說：「你沒弄錯。哈，我可以很肯定，就是這樣。說到底，你就像傳言那般，從不出錯。在這個生物體內，深深藏著拉拉的基因。是的，如果仔細去看，可以在這個小女孩身上看見某些特徵，證明她的出身。她的眼中確實有某種東西，會讓人想到拉拉．多倫。是這樣吧？阿瓦拉賀，除了你，還有誰更有資格做這樣的評估呢？」

這一回阿瓦拉賀同樣沒有回應，然而奇莉注意到他蒼白的臉上，出現淡淡的紅暈。這令她非常驚訝，也十分不解。

「總結來說，」黑髮精靈撇了下嘴角。「在這小小的都因身上，有某種具有價值的東西，某種美麗的東西。這點我可以看得出來。我也覺得自己好像在一坨堆肥裡看見了一塊金子。」

奇莉眼中迸出怒意。阿瓦拉賀緩緩轉過了頭。

「厄瑞丁，你說話的方式，就和人類一樣。」他慢條斯理地說。

厄瑞丁．北亞．葛拉斯咧嘴一笑，露出兩排牙齒。這種牙齒，奇莉見過，很白、很小，也很不像人類，整齊得像用磨石磨過，沒有虎牙。這種牙齒，她在喀艾德庭院裡的成排守衛屍體身上看過。這種牙齒，她在星火身上看到不想再看，可是這種牙齒在星火的笑容裡是好看的，在厄瑞丁的身上卻讓人毛骨悚然。

「這個正用目光殺我的小姑娘，」他說：「已經知道自己在這裡的原因了嗎？」

「當然。」

「那她已經準備好與我們配合了嗎？」

「她還沒完全準備好。」

「還沒完全準備好。」他複述了一次。「哈，這可不妙了。因爲所謂的合作，就是要完完全全地配合。如果沒辦法做到這點，怎樣都不會成功。到提爾納里亞，騎馬得花上我們半天時間，所以我們最好弄明白眼下的情況。」

「何必這麼不耐煩呢？」阿瓦拉賀微微噘嘴。「我們這麼急又能換來什麼？」

「永恆。」厄瑞丁・北亞・葛拉斯的態度轉爲嚴肅，綠眼中閃過了某種東西。「不過，阿瓦拉賀，你才是專家。這是你的專長和你的責任。」

「你還眞敢說。」

「我是敢說。現在呢，請你們見諒，我的任務在召喚我了。我會把護衛留給你們，以策安全。建議你們在這座山頭過夜，要是你們明天破曉出發，到提爾納里亞的時間會剛剛好。瓦法爾。對了，還有一件事。」

他彎身折下一枝開了花的香桃木湊到臉前，然後鞠著躬交給奇莉。

「很抱歉。」他簡短說道。「我為那些未經思索的話語向妳道歉。瓦法爾，路內得。」

他快速走開，不一會兒便帶著部分隊伍離開。地面在獸蹄踩踏下隆隆震了起來。

「你可別跟我說，」她沒好氣地說，「我得跟他……就是他……如果是他，這輩子都不可能。」

「不。」阿瓦拉賀緩緩否定。「不是他，放心吧。」

奇莉把香桃木湊到面前遮住臉，不讓他瞧見席捲而來的興奮與陶醉。

「我才不擔心。」

□

原野上風乾的薊草與石楠，換成了茂盛的綠草與濕潤的蕨類，這片沼澤地讓毛茛和魯冰花染得又黃又紫。沒多久，他們在成排白楊間，看見了一條懶懶流動的河流。河水雖然晶瑩剔透，顏色卻偏棕，發出泥炭的氣味。

阿瓦拉賀用排笛吹出各種跳躍的旋律。奇莉皺著眉頭，在腦中不斷思考，最後終於開口問道：

「你們那麼需要的孩子，是誰要成為他的父親？還是這不重要？」

「這很重要。我該把這當成是妳已經下了決定嗎？」

「不，你不該這麼想，我只是想把一些事情搞清楚而已。」

「我會幫妳的。妳想知道什麼？」

「你很清楚是什麼。」

他們沉默地騎了一段路。奇莉看到一群天鵝優雅地在湖面滑翔。

「那孩子的父親會是奧柏隆．穆切塔。奧柏隆．穆切塔是我們的——按你們的說法——最高領導者？」

「國王？所有阿因雪以的國王？」

「阿因雪以，山丘之民，也就是你的世界裡的精靈。我們是阿恩愛樂，赤楊之民，而奧柏隆．穆切塔，是我們的國王。」

「赤楊之王？」

「可以這麼說。」

他們就這麼繼續前行，沒有交談。天氣十分暖和。

「阿瓦拉賀？」

「嗯？」

「要是我下定決心，在那……在那之後……我可以得到自由嗎？」

「妳會得到自由，而且可以去任何想去的地方。除非妳想留下來，和孩子在一起。」

她不屑地哼了一聲，但什麼也沒說。

「所以，妳下定決心了嗎？」他問。

「等我們到了目的地，我會做出決定。」

「我們已經到了。」

垂柳的枝椏拂吊水面，宛如一道道綠色簾幕。奇莉在那些簾幕之後，看見了一群宮殿。她這輩子從沒見過像這樣的宮殿。那些宮殿雖是以大理石與雪花石膏所建，卻像涼亭那般鏤空，看來如此精緻、美麗而飄渺，好似那些都不是建築本身，而是建築的倒影。奇莉期盼著有一刻能吹起風，那些宮殿便會同河面升起的水氣一起消失。不過，當風吹起、水氣消散，當柳樹的枝椏款款撩皺河水時，那些宮殿並沒有消失，也沒有半點消失的打算，反而越顯美麗。

奇莉入迷地看著那些精巧露台，看著那些如荷花般傲立水面的玲瓏塔樓，看著那些如常春藤花綵，懸於河面上的小橋，看著那些樓梯、台階與憑欄，看著那些拱門與迴廊，看著那些列柱中庭，看著那些大大小小的圓柱與圓頂，看著那些修長如蘆筍的尖塔與高塔。

「提爾納里亞。」阿瓦拉賀輕聲說道。

每靠近一步，這地方的美麗便將人的心拽得更牢，將人的喉頭抓得更緊，讓人熱淚盈眶。奇莉看著那些噴泉，看著那些馬賽克與陶瓦藝品，看著那些雕像與石碑。她看著那些鏤空建築，其中有些作用不明，有些顯然毫無作用，只是基於美學與和諧而存在。

「提爾納里亞。」阿瓦拉賀又說了一次。「妳看過這種景象嗎？」

「當然。」她突破了喉頭的緊窒。「我曾看過這種景象的遺跡。在雪拉微得。」

此時，精靈又一次陷入了漫長的沉默。

□

他們騎過一座鏤空拱橋，來到了河水的另一岸。那座橋給人的感覺是如此脆弱，讓凱爾佩不斷噴著鼻息，躊躇許久才鼓起勇氣踏上去。

儘管精神緊繃，奇莉還是不斷四處張望，不想錯過提爾納里亞這座童話般的城市，呈現給她的任何一幕景色。一來，是好奇心不斷煎熬她；二來，是她無時無刻都想逃跑，一直積極尋求機會。

在橋梁與露台上，在巷道與尖塔中，在陽台與迴廊上，她看到蓄著長髮的精靈男子，穿著合身外衣和短披風，上頭有著迷人的葉紋刺繡。她看到頭髮精心梳盤、妝彩濃烈的精靈女子，有些身上穿著飄逸的連身裙，有些衣著則與男裝相似。

厄瑞丁．北亞．葛拉斯站在其中一座宮殿的入口處迎接他們。他一聲令下，四周立刻跑出一群個頭矮小的灰衣精靈，動作迅速而安靜地接手馬匹。奇莉看著眼前情況，有些吃驚。到目前爲止，不管是阿瓦拉賀、厄瑞丁或其他她見過的精靈，都有著異常傲人的身高，她得抬起頭才能看見他們的眼睛。這些灰衣精靈比她矮了許多。他們是另一族的，她想。就算是在這個童話世界裡，也還是得有人要替懶蟲吃苦。

他們進到宮殿後，奇莉驚嘆一聲。她有著皇家血統，從小在皇室長大，但這樣的大理石和孔雀石，這樣的灰泥粉刷、地板、馬賽克拼貼、鏡面與燭台，都是她未曾見過的。這樣輝煌的室內空間，讓她打從心底覺得不悅，覺得無所適從，覺得格格不入。她的身上又是沙土、又是汗水，風塵僕僕。

與之相反，阿瓦拉賀倒是一點都不在意，用手套拍了拍褲子與鞋筒，完全不理會沙塵落到了鏡子上，然後將手套扔給哈著腰的精靈女子，一派大爺作風。

「奥柏隆？」他問。「在等了？」

厄瑞丁露出一個笑容。

「他在等了，很急。他要燕子馬上去找他，不能有半刻拖延。我勸過他了。」

阿瓦拉賀挑起眉毛。

「奇來亞應該在沒有壓力的情況下，」厄瑞丁平和地解釋道。「沒有緊張的情緒，經過充分休息、心平氣和，帶著好心情去找王。而泡澡、全新的服飾、全新的髮型與妝彩，能爲她帶來這樣的好心情。我想，奥柏隆應該還等得了這樣一段時間。」

奇莉大大鬆了口氣，看向精靈。他這麼親切，倒教她吃驚了。厄瑞丁在笑容裡展現了他那平整、沒有虎牙的牙齒。

「讓我戒備的只有一件事，」他說：「就是我們燕子眼中的獵鷹光芒。我們燕子的那雙眼不斷左瞄右瞧，活脫脫就像隻想找出籠子破洞的白鼬。看得出來，離燕子無條件投降的那一天還很遠。」

阿瓦拉賀沒有發表意見，而奇莉呢，不用說，一樣沒有。

「我一點都不驚訝。」厄瑞丁接著說。「既然這是夏得哈兒與拉拉・多倫的血緣，當然不會有意外。不過，奇來亞，妳仔仔細細地聽好了，這裡沒有任何出路。蓋斯加勒——鎖界咒，是不可能打破的。」

奇莉的眼神明顯說著只要她一天沒試過，就不會相信。

「就算妳碰上奇蹟，破解鎖界咒，」厄瑞丁的目光依舊盯著她的雙眼。「也要知道，那會意味著妳的死亡。這個世界只是表面看起來美好，卻會帶來死亡，尤其是對陌生人而言。獨角獸的角所造成的傷口，即使用上魔法，也治不好。」

不待回應，他接著說道：「妳同時也要知道，妳的原始天賦一點都派不上用場。妳沒辦法進行跳躍，甚至連試都別想試。就算妳成功了，我的地阿格盧阿德利——紅騎士團，即使是在時空之淵裡，也能將妳逮到。」

她不是很明白他在說什麼，但阿瓦拉賀的臉色突然轉陰並皺起眉頭，顯然不滿厄瑞丁的這番言論，好像厄瑞丁說了太多。這一點，讓她不由得思索了起來。

「我們走吧。」他說。「奇來亞，請。現在，我們要把妳交到女士們手裡。得讓妳看起來漂漂亮亮的才行，第一印象永遠是最重要的。」

□

她的心臟在胸口裡撲通地跳著，血液在兩鬢裡不斷翻滾，兩隻手也微微發抖。她握緊雙拳好穩住雙手。緩緩幾次吐納後，她讓自己平靜了下來，鬆了鬆肩膀，踏著緊張得發僵的步伐出發了。

她再次透過巨鏡檢視自己，卻只在鏡中看到令人滿意的影像。她那洗完澡後依舊濕潤的頭髮，經過刻意修剪和梳理，希望能盡量遮住疤痕。彩妝適當地強調了她的眼唇，而開衩高至半個大腿的銀灰裙、黑背心及珍珠縐紗製成的單薄上衣，也將她完美襯托。脖子上那條絲巾，則為這耐人尋味的整體造型，添上了畫龍點睛的效果。

奇莉調整了下絲巾，將之撫平，然後將手放進了雙腿間，把底下該調的地方也調整好。她裙子底下的那樣東西確實驚人，是件如蜘蛛網般細緻的底褲，還有幾乎高達底褲的絲襪，而且不靠任何繫帶，只以令人難以置信的方式貼在大腿上。

她伸手探向門把，心中有著猶豫，好似那不是門把，而是沉睡中的眼鏡蛇。

去他的瘟疫，她不自覺地用精靈語想著，我對抗過多少帶劍的男人，我對抗過一個……

她閉上眼，嘆了口氣，然後進到房裡。

裡頭空無一人。孔雀石製的桌上躺著一本書，立著一個玻璃水瓶。牆上是奇怪的高、淺浮雕，自然垂出縐褶的簾幕，以及華麗的織錦。角落則有尊雕像。

另一個角落裡，是張四柱床，這讓她的心臟又開始打鼓，不禁嚥了下唾沫。

她的眼角瞥見動靜——不是在房間裡，是在露台上。

他坐在那兒，背著光，只有半張輪廓對著她。

雖然奇莉早已有些明白，在精靈的世界裡，沒有任何一樣東西可以用她習慣的思維去理解，但她還是微微吃了一驚。一直以來，每次講到國王，不知道爲什麼，她的眼前總會浮現維爾登的艾爾維爾，那個差點成爲她丈夫的人。只要想到國王，奇莉便彷彿看見一個胖子，渾身堆滿無可動搖的脂肪，滿是洋蔥和啤酒味，紅鼻子，眼睛充血，頂著一團蓬亂的落腮鬍；兩隻浮腫、布滿棕色污漬的手掌裡，拿著一根權杖和一顆蘋果。

而坐在露台欄杆前的，是截然不同的另一位國王。

他很削瘦，看得出來個頭也很高。頭髮是灰色的，就和她的一樣，但中間嚴實地摻了許多純白色帶；頭髮很長，分垂在肩膀與後背。他穿著黑色絲絨外衣，腳上套了典型的精靈靴，靴筒上有整排釦環。他的手掌又窄又白，有著修長的指頭。

他正專心吹著泡泡，手裡拿了一小盆肥皂水，他不斷吹著麥稈，讓一顆又一顆的七色圓泡飄往底下的河水。

她輕輕咳了一聲。

赤楊王轉過了頭。奇莉忍不住發出一聲驚嘆。他的眼睛很不一般，明亮得像融化的鉛塊，深不見底，而且溢滿了難以想像的憂傷。

「燕子。」他說。「奇來亞，謝謝妳願意過來。」

她嚥了口口水，完全不知道該說什麼。奧柏隆·穆切塔將麥稈湊到嘴邊，又吹出一顆圓泡。

爲了穩住不斷發抖的雙手，她將十指交疊，反折了一下。然後，她又緊張地耙了耙頭髮。那精靈的心思，看起來全都放在泡泡上。

「妳很緊張嗎？」

「沒有。」她蠻橫地撒著謊。「我沒有緊張。」

「妳急著去哪裡嗎？」

「當然。」

話音裡的冷淡似乎過多，她覺得自己遊走在禮貌邊緣。然而，精靈並沒有在意。他在麥稈的末梢造出了一顆巨大的圓泡，接著一搖一晃地，把它變成了小黃瓜的形狀，然後欣賞了好一陣子。

「如果我問妳是要急著去哪裡，不會太強人所難吧？」

「回家！」她氣沖沖地說，但隨即又改變了態度，換成平和的口吻說：「回到我的世界去！」

「回到什麼？」

「回到我的世界去！」

「噢，抱歉。我可以發誓，妳剛才是說：『回到我的化外之地。』而我非常驚訝，眞的。我們的話妳說得非常流利，不過在用字和口音上還有進步的空間。」

「我的口音很重要嗎？橫豎你不需要我陪你說話。」

「追求完美，不該受到任何阻礙。」

麥稈末端又生出了一顆圓泡，然後向下滑落，才輕輕觸到柳枝，便破了開來。奇莉嘆了口氣。

「所以妳是急著要回到妳的世界。」奧柏隆．穆切塔國王在一會兒後才這麼說。「妳的世界！的確，你們，人類，眞是一點都不懂得謙虛。」

他將麥稈放進小盆子裡攪了攪，隨意用力一吹，把自己圍了在一堆七彩圓泡之中。

「人類。」他說。「妳毛茸茸的祖先帶著劍出現在世界的時間，跟雞比起來要晚得多，而我從來沒聽過有哪隻雞宣告世界是牠的……爲什麼妳一直動來動去，東抓西抓，像隻猴子一樣？我所說的事，應該要讓妳感興趣才對。畢竟，這是歷史。噢，讓我猜猜，妳對歷史根本就不在乎，覺得很無聊。」

一顆巨大的七彩泡往河的方向飛了過去。奇莉咬住雙唇，沉默不語。

「妳毛茸茸的祖先，」精靈一邊用麥稈攪動小盆，一邊說。「三兩下就學會如何使用對生拇指與低階智慧，藉此做了各種事，而這些事通常都很可笑，也很可怕。我想說的是，妳的祖先做出來的事，不是可怕，就是可笑。」

一顆圓泡再度生成，緊接著又是第二顆、第三顆。

「我們，阿恩愛樂，對於地面上發生的事、妳的祖先所做的事，一直都不太在意。我們與我們的表親——阿因雪以正好相反，早就離開那個世界。我們爲自己選了另一個比較有趣的宇宙。因爲——我接下來要說的事，將會讓妳吃驚——當初那個時候，可以在各個世界間自由來去。當然，這得透過一點點天分與技巧。妳一定很清楚我指的是什麼。」

奇莉好奇得不得了，卻執意保持沉默，知道精靈有點在戲弄自己。她不想讓他太容易得逞。

奧柏隆．穆切塔笑了一笑，轉過身。他的脖子上有條金色項鍊，那是掌權者的象徵，在上古之語中叫作拓赫。

「米瑞，盧內得。」

他輕輕吹氣，同時靈巧地搖晃麥稈。稈梢不似先前出現一顆大泡泡，而是一口氣掛了好幾個。

「圓泡一顆接著一顆，一顆連著一顆。」他哼唱了起來。「唉，就是這樣，就是這樣……我們對自己說，這有什麼差別呢？我們這邊待一下、那邊待一下，就算都因堅決連同自己的世界一起自我毀滅，那又怎樣呢？我們就到別的地方去……到別的圓泡去。」

在他熾熱的目光下，奇莉點了點頭，舔舐雙唇。精靈再度一笑，抖下那些泡泡，然後吹了一口氣。這一回，麥稈生出了許多由小顆圓泡緊堆出來的一大串泡泡。

「異界交會的時刻已經到來。」精靈拿高掛著圓泡的麥稈。「出現的世界甚至變得更多，不過門是關閉的，將所有的一切，除了被選中的那極少數，阻隔於外。而時間一直流逝，必須把門打開。要快。勢在必行，妳懂這句話的意思嗎？」

「我不是笨蛋。」

「不，妳不是。」他搖了搖頭。「妳不可能是笨蛋。畢竟，妳是阿因恆伊凱爾，上古之血。靠過來一點吧。」

當他朝她伸出一隻手時，她不禁咬緊牙關。不過他只碰了下她的前臂，然後是手掌。一種舒服的麻痺感湧上心頭，她鼓起勇氣看向他那很不一般的眼睛。

「他們告訴我的時候，我並不相信。」他喃喃低語。「不過，確實如此。妳有夏得哈兒的眼睛，拉拉的眼睛。」

她斂下眼睫，心裡有著不確定、愚蠢的感覺。

赤楊王將一邊手肘抵在憑欄上，托住下巴。好一段時間，他看起來似乎只關心那群悠遊河中的天鵝。

「謝謝妳過來這裡。」他總算開口，但沒有回頭。「現在，妳走吧，讓我自己一個人待著。」

□

她在臨河的露台找到阿瓦拉賀，他正要上船，同行的還有一名美麗無比、有著淡金秀髮的精靈女子。那精靈的唇上有開心果色的唇彩，眼瞼與兩鬢刷了金色亮粉。

奇莉正打算轉身離開時，阿瓦拉賀用手勢攔住她，然後又比了第二個手勢邀她上船。她猶豫了，不想在第三者面前和他說話。阿瓦拉賀快速對那名精靈女子說了幾句，然後在她手上吻了一下，精靈女子便聳聳肩離開了。她只有回頭一次，用眼神讓奇莉知道自己對她的看法。

「如果可以的話，請不要發表任何評論。」當她在離船首較近的那張椅板坐下時，阿拉瓦賀如是說道。他自己也跟著坐下，並拿出排笛吹了起來，完全不管那艘船。奇莉不安地張望四周，船卻完美地順著水流中央走，甚至沒有偏往延伸入水的階梯、角柱或圓柱半吋。那是一艘奇怪的船。奇莉從來沒見過這樣的船，就連在斯格利加都沒有，而所有能在水上浮的東西，她在那裡都已經看到不想再看了。那船的船首很高、很細長，雕成了音譜記號的樣子。船身很長、很窄，搖晃得非常劇烈。有辦法坐在這種東西上吹笛子，而不用緊緊抓著船首和船槳的，確實也只有精靈了。

阿瓦拉賀停下演奏。

「妳心裡有事？」

他端著一種奇怪的微笑看著她，聽她說完了事情的始末。

「妳很失望。」他這話是肯定的口氣，而不是提問。「失望、沮喪，還有凌駕一切的憤怒。」

「根本就不是這樣！我沒有！」

「妳不該感到失望。」精靈的態度轉爲嚴肅。「奧柏隆是用敬重的方式對待妳，就像對待一個眞正的阿恩愛樂。別忘了，我們——赤楊之民，從來就不急躁。我們有得是時間。」

「他對我說了些完全不一樣的話。」

「我知道他對妳說了什麼。」

「那他說那些話的意思，你也知道？」

「當然。」

她已經學會了很多事，所以當他再度把排笛湊到嘴邊，她並沒有洩露自己的不耐煩與怒氣，就連一個眨眼、一個嘆氣都沒有。他吹奏的旋律悠揚，載滿愁思，持續了好長一段時間。

船隻不斷航行，奇莉數著頭上經過的橋梁。

「我們有很充分的理由相信，妳的世界正遭受滅絕的威脅。」他在剛出第四座橋時說。「大規模的氣候災變。身爲一名博學多聞的女性，妳一定看過阿恩伊特林思帕舍——伊特莉娜的預言。預言裡有提到『白冬』。根據我們的看法，那是指一段強大的冰期。因爲在妳的世界裡，百分之九十的陸地剛好都在北半球，所以這段冰期不會讓大多數的生物滅絕，只會讓他們凍死。而存活下來的，會迷失在野蠻的行爲中，冷酷爭奪彼此的食物，互相毀滅。想想預言的內容吧：『劍與斧的時代、狼之暴雪的時代。』」

奇莉沒有打斷他，免得他又開始吹起排笛。

阿瓦拉賀一邊把玩排笛，一邊說：「我們如此重視的這個孩子，這個拉拉．多倫的後代、基因的繼承人，這個我們特別製造出來的基因，可以拯救那個世界的居民。我們有理由相信，拉拉跟妳的後代，必然會擁有比我們智者強上千倍的能力。這些能力在妳身上也看得見殘存的影子。妳知道我說的是什麼，對吧？」

奇莉已經學會上古之語的這種修辭結構，表面看似問句，實際上卻不須回答，甚至不容回答。

「簡單說，重點不在於把自己和自己身邊其實不太具有意義的人，從一個世界轉移到另一個。」阿瓦拉賀道。「重點是要開啓阿爾得蓋斯——穩定的大型穿梭之門。當年的異界交會發生前，我們成功打開過，現在我們也想這麼做。我們會把待在瀕死世界裡的阿因雪以都撤走。那些都是我們的手足，是我們應當幫助的對象。我們沒辦法放棄可以拯救他們的機會，自己這麼繼續活下去。妳可以相信我，我們不會放棄任何事物。我們會拯救那個世界裡所有遭遇危險的生物，把他們從那裡撤離出來。所有生物，奇來亞，包括人類。」

「眞的嗎？」她忍不住問道。「都因也是？」

「也是。現在妳知道自己有多重要，會牽連到多少事物了。重要的是，妳得有耐心。重要的是，妳今晚要去奧柏隆身邊，整晚待在那裡。相信我，他的舉動沒有半點不情願。他知道，這對妳來說不是簡單的事；他知道，自己可以強人所難，馬上碰妳，讓妳反感。他知道很多事，燕子，相信妳已經注意到了。」

「是注意到了。」她憤憤地說。「我同時也注意到，水流已經把我們載得離提爾納里亞夠遠，該是划槳的時候了，只是我沒看到這裡有槳。」

「因爲這裡沒有。」阿瓦拉賀舉起單手，掌心一轉，彈了下手指。船停了下來，在原地待了一會兒，然後又開始順著水流走。

精靈找了一個更舒適的坐姿，將排笛湊到嘴邊，完全沉入了音樂的世界中。

□

夜裡，赤楊王邀她共進晚餐。當她拖著絲綢裙襬進來時，他比了個手勢請她入座。廳裡沒有僕人，他親自爲她服務。

晚餐的內容是十幾道蔬菜，也有各式菇類，以水煮、煎烤和燉醬的方式烹調而成。那些菇類是奇莉從來沒吃過的。有些色白，薄如葉片，味道細緻而溫和；有些呈棕色或黑色，豐厚柔軟而香氣濃郁。

奧柏隆也不吝於與她分享玫瑰色的葡萄酒。那酒外表看來清淡，下肚後卻直襲腦門，讓人暈陶陶的，好不放鬆。她還來不及意識到自己在做什麼，便已跟他說了那些她從沒想過要說出口的事。他仔細聽著她說，耐心十足，而她突然記起自己爲什麼會在這邊，情緒轉爲低落，不再說話。

「就我這麼聽下來，」他給她添了一些完全不一樣的香菇，色澤偏綠，聞起來像蘋果派。「妳認爲命運把妳和那個傑洛特連在了一起？」

「就是這樣。」她舉起上頭已沾滿了唇彩的酒杯。「命運。他，我是說，傑洛特，是我命中註定的，而我也是他命中註定的。我們的命運相連。所以，我離開這裡會比較好，馬上就走。你明白嗎？」

「我得承認，不是很明白。」

「命運！」她一口氣喝下杯中物。「是一股最好別去妨礙的力量。所以我想……不，不，謝謝，不要再幫我添菜，我已經快吃撐了。」

「妳剛剛說到『我想』。」

「我想，誘惑我留在這裡，會是一個錯誤。還有逼我去……呃，你知道我要說的是什麼。我必須離開這裡，趕去幫他們……因爲我的命運……」

「命運。」他打斷她，同時舉起了酒杯。「預定論，無可避免的事。這是一種機制，讓無數件實際上不可預測的事，有了既定的結果。是這樣沒錯吧？」

「就是這樣！」

「不管現實的情況與條件，結果必須如此。既定之事，必然發生。是這樣沒錯吧？」

「對！」

「既然這樣，妳要去哪裡，又為什麼想去呢？喝杯葡萄酒吧，享受當下，感受生命的美好。如果註定無可避免，那麼該來的，終究會來。」

「最好是，事情才沒那麼簡單。」

「那麼妳就是自相矛盾。」

「才不是。」

「妳在反駁妳反駁的事，而這是種惡性循環。」

「不是！」她甩開頭。「我不能光是這樣坐著，什麼都不做！天底下沒有不勞而獲這種事！」

「這是詭辯。」

「我不能隨便浪費時間！我可能會錯過關鍵時刻……那個最重要、不會重來的時刻，因為時間永遠不可能重來！」

「請隨我來一下。」他站起身。「請看一下，哦，這個。」

他所指的那面牆上，有個凸起的浮雕，雕的是一隻鱗片密集的巨蛇。這隻爬蟲蜷成了八字型，正在啃咬自己的尾巴。奇莉曾經見過類似的東西，卻不記得是在哪裡看過。

「這就是遠古之蛇巫洛伯洛斯。」精靈道。「銜尾蛇巫洛伯洛斯象徵無盡，牠自己本身就是無盡，是永無止盡的離開和永無止盡的歸返。牠是一種沒有開始，也沒有結束的生物。」

「時間就像遠古的銜尾蛇。時間是流動的瞬間、沙漏裡漏下的沙粒。時間是我們樂於試著去度量的片刻與事件。然而，遠古的銜尾蛇提醒我們，每個瞬間、每個片刻、每個事件裡，都隱藏著過去、現在與未來。每個片刻裡都隱藏著永恆。每個分離就是歸返，每個道別就是迎接，每個歸返就是分離。所有的一切都是開始，也是結束。」

「而妳也是開始與結束。」他說，沒有看她。「因爲剛剛說到命運，要知道，這就是妳的命運。身爲開始，也同時是結束。妳懂嗎？」

她猶豫了片刻，但他熾熱的雙眼逼得她不得不回應。

「我懂。」

「脫下妳的衣服。」

他說得這麼無情、這麼冷漠，讓她幾乎氣得要大吼。她抖著雙手，開始解開背心。奇莉的十指顯得笨拙，袖釦、鈕釦與繫帶全都又緊又難解。她雖想要盡可能加快動作，好讓這一切能以最快速度結束，但脫衣服這件事卻久得惱人。不過，精靈沒有絲毫急躁的樣子，好像他眞的有整個永恆的時間可以使用。

誰曉得，說不定他眞的有？她心想。

脫到只剩內衣後，她侷促地站著。冰冷的地板凍著了她的雙腳，他注意到了這點，伸手往大床一指，沒有說半句話。

床單是用水貂皮做的，由水貂皮毛縫成的大皮草，十分柔軟、溫暖，舒服地搔著肌膚。

他在她身旁躺下，衣著整整齊齊，甚至沒有脫鞋。當他碰她的時候，她不由自主地僵直身子，卻有些氣惱自己，因爲她原本決定從頭到尾都要保持堅定的態度，不爲所動。至於她的牙齒，更不用說了——無時無刻都在打顫。然而，他帶電的觸碰讓她冷靜了下來，他的指頭一步步地教導她，命令她，告訴她該怎麼做。當她開始理解那些指令，而且幾乎已經可以預測他接下來的動作後，她便閉上眼，想像那是米絲特。可是，沒有成功，因爲他和米絲特非常不同。

他用單掌教她該怎麼做。她順從地照做了，甚至是心甘情願，有些急躁。而他一點都不心急。他讓她在愛撫之下，癱軟得像條絲帶。他逼得她出聲呻吟，吮咬唇瓣，全身痙攣，劇烈顫抖。

接下來，他所做的事，完全不在她的預料之內。

他起身離開，留下渾身發燙、嬌喘、顫抖不已的她。

甚至沒有看她一眼。

奇莉的血液衝上腦門與太陽穴，躺在水貂皮上的她，把自己縮成一團，啜泣了起來。那是一股出於憤怒、羞愧與屈辱的情緒。

□

早上，她在宮殿後頭柱廊的一排雕像當中，找到阿瓦拉賀。那些雕像與眾不同，刻的是精靈的小孩。他們的姿勢各異，但大多是頑皮的樣子，尤其是阿瓦拉賀面前的那一個，模樣十分有趣。那雕像是個單腳站立的小男孩，一張嘴氣鼓鼓地嘟著，兩顆拳頭握得死緊。

奇莉久久無法移開視線，感覺胃部隱隱作痛。一直到被阿瓦拉賀催促，她才把事情說給他聽，說得迂迂迴迴，不時口吃。

等她說完了，阿瓦拉賀一臉嚴肅地說：「撒奧溫的煙火他看過不只六百五十次了。相信我，燕子，就算是對赤楊之民來說，這也已經很多了。」

「這關我什麼事？」她粗聲說。「我跟他說好了啊！你們應該有向矮人，也就是你們的兄弟學過什麼叫合約吧？我履行了合約！我實現了承諾！不管他是不行，還是不想，關我什麼事？不管他是年老體衰，還是不被我吸引，關我什麼事？說不定，都因讓他覺得噁心？說不定，他就和厄瑞丁一樣，只把我看作是堆肥裡的一塊金子？」

「我希望，」阿瓦拉賀罕見地變了臉，五官扭曲。「我希望，妳沒有對他說出類似的話。」

「我沒說，不過我確實有過這樣的念頭。」

「當心點，妳不知道自己在冒什麼險。」

「對我來說都一樣。我可是訂了合約，所以要就要，不要拉倒！要嘛，你們履行合約；要嘛，我們取消合約，那我就自由了。」

「當心點，奇來亞。」他又說了一次，同時指向那尊頑童雕像。「不要和在這裡的這孩子一樣。注意妳說的每一個字，試著去了解。要是妳有什麼不明白，不管怎樣，不要急躁。要有耐心。記住，時間沒有意義。」

「有意義！」

「我剛剛拜託過妳了，別當個易怒的孩子。我再說一次，對奧柏隆要有耐心，因爲這是妳找回自由的唯一機會。」

「眞的嗎？」她幾乎叫了起來。「我開始對這件事持保留態度了！我開始懷疑你是在騙我！懷疑你們所有人都在騙我……」

「我向妳保證過，」阿瓦拉賀的表情如同石像般僵硬。「妳會回到妳的世界。我給了妳承諾。對阿恩愛樂來說，質疑他們說出口的承諾，是很重的侮辱。爲了避免妳做出這樣的事，我提議我們結束這場談話。」

他想走開，卻被她擋住了去路。他那一雙海藍寶石般的眼睛瞇了起來，而奇莉察覺到自己正在對精靈做一件非常、非常危險的事，但她已經來不及退開了。

「這倒是很有精靈的風格。」她嘶聲說，像條蝰蛇。「自己先侮辱人，然後又不讓人報復。」

「當心點，燕子。」

「聽好了，」她高傲地抬起頭，「你們的赤楊王沒辦法完成任務，這是再明顯不過了。不管問題是出在他身上，還是我身上，都不重要。這一點都無所謂，也沒有意義，可是我想履行約定，想解決這件事，所以就讓其他人給我這個你們那麼看重的孩子吧。」

「妳根本就不知道自己在說什麼。」

「如果問題是出在我身上，」她的語調和表情沒有改變。「那就表示你弄錯了，阿瓦拉賀。被你誘到這個世界的人，不是你該找的人。」

「奇來亞，妳根本就不知道自己在說什麼。」

「要是你們所有人都覺得我噁心，那你們就用培育驢騾的方式來做吧！」她吼道。「怎麼，你不知道嗎？給一頭公馬看母馬，然後遮住牠的眼睛，把母驢塞給牠！」

他一點都不打算回話，直接從她身旁走過，沿著成排的雕像離開了。

「不然你來吧？」她大吼道。「你要的話，我就給你！怎樣？你不願意犧牲嗎？反正我的眼睛和拉拉很像！」

離她跳兩步遠的他，兩隻手像蛇一樣猛然探向她的頸子，然後像鐵鉗一樣緊緊掐住。她頓時明白，如果他想的話，可以像掐小雞那樣，把她掐死。

他放開她。彎下身，近距離看著她的眼睛。

「妳是什麼身分，敢這樣玷污她的名字？」他問得出奇冷靜。「妳是什麼身分，敢用這種可悲的施捨來謾罵我？喔，我知道，我看得出來妳是誰。妳不是拉拉的女兒，妳是可雷給南的女兒。妳是一個愚蠢、自大又自戀的都因，而且還是你們那個種族的代表例子。妳什麼都不明白，卻要把一切都摧毀、消滅。光是一個觸碰，就足以玷污一切；光是一個念頭，就足以教人噁心，可以詆毀一切。妳的祖先偷走了我的愛，把它從我身邊奪走，自戀又自大地把拉拉從我身邊奪走。不過妳——他崇高的孩子——我不會允許妳把她從我的記憶中奪走。」

他別開身。奇莉好不容易順過氣。

「阿瓦拉賀。」

他瞥向她。

「原諒我。我剛才的舉動太愚蠢、太可惡了。請你原諒我。還有，如果可以，請你忘了剛才的事。」

他走向她，伸手抱住她。

「我已經忘了。」他用溫暖的聲音說。「剛才的事我們別再提了。」

□

晚上，洗過澡、梳好頭、灑上香水，她進到了王的房間裡。奧柏隆·穆切塔坐在桌前，俯首於棋盤之上。他一句話也沒說，只示意她在對面坐下。

他在第九步贏了她。

第二回她走的是白棋，而他在第十一步贏了她。

直到那個時候，他才抬起了視線，抬起那雙很不一般的眼睛。

「請脫衣服。」

有件事該稱讚他——他的動作很輕柔，一點也不急躁。

當他像之前一樣從大床起身，沒有說一句話便離開時，奇莉用一種平和的放棄心態接受了這個情況。不過，她幾乎到拂曉都無法入睡。

等到窗外出現黎明的亮光，她才終於入睡。她作了一個十分奇怪的夢。

□

維索戈塔彎著身，沖洗麝鼠陷阱上的浮萍。被風吹動的蘆葦發出了沙沙聲響。

我覺得很內疚，小燕子。那場瘋狂的脫序行動，是我給妳出的主意，是我告訴妳要怎麼去那座該死的塔。

「老烏鴉，你不要自責。要不是那座塔，我早就落入邦哈特手裡。在這裡，至少我是安全的。」

妳在這裡並不安全。

維索戈塔有所異議。

奇莉在他背後看見了一座山丘，光禿禿、圓圓的，從草堆裡冒出來，就像一個蟄伏怪物的拱背。山頂有一塊巨大的岩石，岩石旁有兩道身影。那是一個女人和一個女孩。風不斷地拉扯、糾纏那女人的黑髮。

地平線上燃起一道又一道的閃電。

孩子啊，渾沌正朝妳伸出雙手。繼承上古之血的孩子啊，被捲入「行動與改變」之中、「滅絕與重生」之中的女孩啊，妳是被選中的孩子，妳就是命運。渾沌正從緊閉的門扉之後，朝妳伸出他嶙峋的雙手。他還不知道妳會成爲他計畫中的工具或阻礙，不知道妳會不會扮演「命運之鐘」齒輪下的一顆沙粒。渾沌怕妳，命運之子。他想讓妳感到畏懼，所以把那些場景送進妳的夢鄉。

維索戈塔彎身清理抓鼹鼠用的陷阱。他明明就已經死了，奇莉清醒地想著。這個意思是說，在另一個世界裡，死掉的人都得清理麝鼠陷阱嗎？

維索戈塔挺直了身子，他身後的天空泛著火光。平原上有好幾千名騎士策馬狂奔，披著紅色披風的騎士。

地阿格盧阿德利。

仔細聽我說，小燕子。妳體內的上古之血會賜予妳極大的權力，妳是時空之主，妳有巨大的「能量」。別讓罪犯和歹徒奪去，作罪惡之用。保護妳自己！脫離他們罪惡之手的掌握！

「用說的比較簡單！他們用一種魔法屏障或鎖鏈之類的東西，把我困在這裡……」

妳是時空之主，沒有人困得住妳。

維索戈塔挺直了身子。他身後是一座高原，一座岩石滿布的平原，上頭有船艦的殘骸，整整十艘船艦的殘骸。再過去是一座城堡，黑暗危險，頂著鋸齒狀的垛口，矗立在山湖之畔。

少了妳的幫助，他們會死，小燕子。只有妳可以拯救他們。

葉妮芙的嘴被打得皮開肉綻，無聲地動著，不斷淌血。一雙紫瞳被一大團糾結、骯髒的黑髮掩蓋，讓人折磨得削瘦、扭曲、發黑的臉上，閃著亮光。地板的凹陷上有灘臭水，鼠輩在四周竄行，石牆透出刺骨寒意，冰冷枷鎖凍著她的手腕、腳踝……

葉妮芙的手掌與指頭成了一大團血塊。

「媽媽！他們對妳做了什麼？」

大理石階向下延伸，那是三段式的階梯。

法也謝代以拉得阿波耶干……有東西要結束了……是什麼？

階梯。底下是一個個的鐵籃，裡頭燃燒著火焰。一張張燃燒的掛毯。

我們走，傑洛特說。走階梯下去，我們必須這麼做，不這麼做不行。沒有別的路可走，只有這道階梯。我想看看天空。

他的嘴動也不動，上頭一片瘀青，染著血。血，到處是血……整道階梯都是血……

沒有別的路可走。沒有，晴星。

「要怎麼做？」她大叫。「我要怎麼做才能幫他們？我現在是在另一個世界！被關住了！一點辦法都沒有！」

沒有人能關住妳。

一切都被記載下來了，維索戈塔說。甚至是這個，看看妳的腳下。

奇莉驚恐地發現自己站在一片骨海中，四周都是頭骨、脛骨和肋骨。

只有妳可以避免這一切，晴星。

維索戈塔挺直了身子。在他身後，是寒冬、白雪與暴雪。強風不斷呼嘯。

在她面前，一片暴雪，傑洛特騎在馬上。縱使他的頭上戴了氈帽、臉上包了毛圍巾，奇莉仍認得出那是他。在他身後的暴雪中，看得出還有其他騎士，他們的身影模糊不清，從頭到腳包得密密實實，完全沒辦法看出是何方神聖。

傑洛特直直往她看，卻看不見她。冰雪不斷打入他的眼睛。

「傑洛特！是我！這裡！」

他看不見。在狂風的呼嘯中，他也聽不見她。

「傑洛特——！」

那是摩弗倫羊，傑洛特說。那只是摩弗倫羊。我們回頭。

那群騎士消失了，隱入了暴雪之中。

「傑洛特——！不——！」

□

她醒了過來。

□

一大早，她便去了馬廄，甚至沒有用早餐。她不想碰見阿瓦拉賀，不希望與他有所交談。她情願避開其他精靈，那些厭惡、好奇、詢問、黏著她不放的目光。他們的目光在其他時候都是明顯的事不關己，但對王寢裡的事，這些精靈卻露出了興味，而宮殿的牆上——奇莉很確定——都長了耳朵。她在馬欄裡尋著了凱爾佩，也找到馬鞍與轡頭。她還來不及為馬上鞍，一群侍女便在她跟前出現。這些灰衣精靈個子矮小，比尋常的阿恩愛樂矮了一個頭。她們帶著微笑朝她行禮，並接下備馬工作。

「謝謝。我其實可以自己來，不過謝謝妳們，妳們真好心。」她說。

離她比較近的精靈女子露出了大大的笑容，卻讓奇莉身子一震。

因為那侍女有虎牙。

她立刻湊了過去，嚇得那女孩一屁股坐到了地上。她撩開對方耳邊的頭髮——那對耳朵不是尖的。

「妳是人類！」

那侍女——其他人也是同樣反應——跪在打掃過的黃土地上，低下頭，等待懲罰。

「我……」奇莉揉著轡繩開口說：「我……」

她不知道該說什麼。那群侍女依然跪著。馬欄裡的馬匹紛紛不安地噴起鼻息，踏動蹄步。等她到了外頭，坐在馬鞍上，馬兒快步起走，依舊還是無法回神。人類的女孩。用人類當侍女，不過這不是重點，重點是，這個世界有都因……

人類，她糾正了自己。我的思維已經變得和他們一樣。

凱爾佩響亮的嘶聲與跳動把她從思緒中拉了回來。她抬起頭，看見了厄瑞丁。

他坐在他的棗黑公馬上，這回他少了惡魔味道十足的雙牛角，以及大部分的武裝，但在閃耀多種紅色色澤的披風下，還是穿著鎖子甲。

公馬高高嘶鳴了聲、甩甩頭，當作招呼，還對凱爾佩露出一口黃牙。凱爾佩盤算著話事的都是主人，不是僕從，便把牙齒湊向精靈耳朵。奇莉趕忙收緊韁繩。

「小心點。」她說。「別靠得太近，我的馬不喜歡陌生人，而她可是會咬人的。」

「對會咬人的那種，」他惡狠狠地看著她。「得給她套上鐵銜，直到見血。這是根除桀驁不馴壞習性的絕佳方法，在馬身上也適用。」

他一把扯過公馬的籠頭，力道之猛，讓牠噴了口氣並後退幾步，嘴邊也流出了白沫。

「那副鎖子甲要做什麼用？」這回，換奇莉盯著精靈看。「你準備好要打仗了嗎？」

「正好相反，我渴望和平。妳的母馬除了性子拗以外，還有什麼優點嗎？」

「哪一種？」

「例如速度快不快。妳打算要去跑一跑？」

「如果你想，沒什麼不可以。」她在馬鐙上站了起來。「那邊，去那些石圈那邊……」

「不行。」他截下她的話。「那邊不行。」

「為什麼？」

「那邊是禁地。」

「這當然是針對所有人吧。」

「這當然只是針對部分人。燕子，妳的陪伴對我們來說頗為珍貴，所以不管是因為妳自己，還是其他人，我們都不能冒著失去妳的風險。」

「其他人？你想的該不會是獨角獸吧？」

「我不想拿自己的想法來讓妳心煩，也不想妳因為無法理解我的想法而受挫。」

「我不明白。」

「我知道妳不明白，妳那皺巴巴的腦子還沒進化到可以明白的程度。聽著，如果妳想比一場，我建議沿著河跑，往那邊，就到斑岩橋，也就是這邊過去的第三座橋，然後過橋到對面，繼續沿著岸邊順水走，終點是溪水流入這條河的匯流處。準備好了嗎？」

「隨時候教。」

他大喝一聲，拉起公馬，馬兒便像一陣飀風飛了出去。凱爾佩還沒跨出步伐，牠便已遙遙領先。公馬不斷奔馳，連地面也跟著震動，卻依舊無法媲美凱爾佩。牠很快便追上了公馬，而牠們還不到斑岩橋。那是座很窄的橋。厄瑞丁一個大喝，公馬竟加快了速度。奇莉隨即明白這是怎麼回事。那座橋絕對不可能容得下兩匹馬，其中一匹得放慢速度。

奇莉不打算放慢速度。她將身子貼近馬鬃，凱爾佩便像飛箭般往前衝去。她擦過精靈的馬鐙，搶入橋頭。厄瑞丁高聲一吼，公馬也揚起前蹄，身體側邊將一尊雪花石膏像撞下底座，在地上摔了個粉碎。

奇莉帶著鬼魅般的咯咯笑聲穿橋而過，沒有回頭查看。

她在溪流旁下馬等待。

一會兒後，他也到了，卻是踏著慢步姍姍而來，一臉微笑，心平氣和。

「佩服。」他爽快地說，並下了馬。「這匹母馬，還有馬上的女騎士，都教人佩服。」

雖然心裡驕傲得像隻孔雀，她卻毫不在意地哼了一聲。

「喔！所以你不會給我們套上鐵銜，要我們見血囉？」

「除非是獲得同意。」他語帶雙關地笑。「有些母馬就偏好重口味的疼愛。」

「沒多久前，」她自負地看了他一眼。「你才拿我和堆肥比，現在我們已經說到疼愛啦？」

厄瑞丁走向凱爾佩，在母馬的頸子上又摸又拍，發現牠一身乾爽，遂搖了搖頭，然後轉向奇莉。*要是他連我也敢拍，一定會後悔*，她心想。

「請跟我來。」

溪水順著林木蒼蒼的陡坡匯入河中，而沿著溪岸，有道通往上方的階梯。那階梯是由生了苔的廢砂岩組成，歲月斑斑，爬滿裂縫與樹根，呈鋸齒狀向上延伸，偶以小橋跨溪相連。四周都是森林——蠻荒的森林，古老的桲樹、角樹、紅豆杉、大槭樹與橡樹之下，更有濃密的榛樹、紅莿與茶藨子糾結而生。空氣中飄散著苦艾、鼠尾草、蕁麻、濕石、春天和黴菌的氣味。

奇莉一路沉默地走著，沒有一絲急躁，控制著每個吐息，同時也控制著緊張的情緒。她不知道厄瑞丁想從自己身上得到什麼，但她有股不是太好的預感。

一道階梯瀑布從石縫中淙淙洩出，旁邊有個石露台，而露台上的接骨木樹蔭下，有座被常春藤與鴨跖草爬纏的小屋。下方可見樹冠、河道，以及提爾納里亞風格的屋頂、列柱中庭與露台。

他們就這麼站著看了一會兒。

「沒有人和我說過，」奇莉率先打破沉默。「那條河叫什麼名字。」

「亞斯納。」

「嘆息？很好聽的名字。那麼，那條溪呢？」

「圖阿特。」

「呢喃溪，也很好聽。爲什麼沒有人和我說過，有人類在這個世界生活？」

「因爲這不是重要的事，對妳來說也一點意義都沒有。我們進去小屋吧。」

「做什麼？」

「進去吧。」

進門後，她第一個注意到的是一張木躺椅。奇莉感覺到兩邊的太陽穴開始氣血翻湧。哈，當然了，她想。這不是早該想到的嗎？我在神殿的時候，明明就看過安娜．提勒寫的羅曼史，裡頭寫的是有關一個老國王和一個年輕王后，還有一個爭奪統治權的貪婪王子。厄瑞丁很無情，野心勃勃，意志堅定。他知道得到王后的人，就會成爲眞正的國王，眞正的統治者，一個眞正的男人。擁有王后的人，就能擁有整個王國。這裡，在這張躺椅上，將會是政變的開端……

精靈在大理石桌前坐下，要奇莉也坐在另一張椅子上。窗戶外的景象似乎比她本人更吸引他，至於那張躺椅，他根本連看都沒看一眼。

「妳會永遠留在這裡，」他語出驚人。「我輕盈如蝶的女騎士。妳這隻彩蝶，一直到生命盡頭，都會留在這裡。」

她直直盯著他的雙眼，不發一語。那雙眼裡，看不出任何東西。

「他們不會讓妳離開這裡。」他又說了一次。「妳不像預言和神話所說的那樣，妳誰都不是，什麼都不是，只是沒有意義的存在；這樣的事實，他們是不會接受的。他們不會相信這點，不會讓妳離開。他們用承諾來矇騙妳，好確保妳的順從，但他們從來不打算遵守這個承諾。從來沒有。」

「阿瓦拉賀給了我保證，懷疑精靈的話好像是種侮辱吧。」她嘶啞地說。

「阿瓦拉賀是智者。智者有他們自己的榮譽準則，準則裡頭每兩句話，就會提到達成神聖目的的手段。」

「我不明白你爲什麼要告訴我這些。也許……你想從我這裡得到什麼。也許，我有什麼東西是你所渴望的，而你想和我交易。如何？厄瑞丁？我的自由換……換什麼？」

他看著她許久，而她試圖在他眼裡找出一點線索、一點訊息、一點跡象，什麼都好，卻是枉然。

「妳一定已經對奧柏隆有些認識了。」他開口道。「妳一定已經注意到他的野心是難以想像地大。有些事是他永遠不會接受、永遠不會聽的，叫他死還比較快。」

奇莉咬著雙唇，朝躺椅瞥了一眼，沒有說話。

「奧柏隆．穆切塔從來沒試過魔法或其他能改變現狀的方法。」精靈說。「而這些方法確實存在。對我們有益、有利、能帶來保證的方法。那比阿瓦拉賀的侍女在妳化妝品裡摻的媚藥，要來得有用多了。」

他的手掌在有著暗色紋路的桌面上快速掠過，等手掌移開後，桌面上便出現一個用灰綠軟玉製成的小瓶子。

「不。」奇莉嘶啞地說：「絕對不要。這種事我絕不同意。」

「妳沒讓我把話說完。」

「別把我當蠢蛋。我不會給他這瓶子裡的東西，我不會讓你利用我來做這種事。」

「妳這結論下得太快。」他看著她的眼睛，緩緩地說：「妳這是在試圖跑贏自己，而這類舉動通常會以摔跤收場，而且是摔得非常痛。」

「我說過了——不要。」

「好好考慮清楚。不管這瓶子裡裝的東西是什麼，妳都是贏家，不會是輸家，燕子。」

「不！」

精靈用和先前一樣俐落、堪稱大師級手法，將小瓶子從桌上變走。在那之後，他看著林間粼粼閃爍的亞斯納河，沉默了許久。

「小蝴蝶，妳會死在這裡。」他終於開了口。「他們不會讓妳離開這裡的。不過，這是妳的決定。」

「我跟他們約好了。用我的自由換……」

「自由，」他嗤聲一笑。「妳還在說那個自由。等妳奪回自由，打算做什麼呢？要去哪裡呢？妳到底明不明白？這裡與妳的世界不只是空間不同，就連時間也不同。這裡時間的流逝與那邊不一樣。那邊妳所認識的孩子，現在已經是白髮蒼蒼的老人，而那些和妳同年紀的，早就都死了。」

「我不信。」

「想想你們的傳說吧。傳說提到的那些人，先是神祕消失，多年後回來，卻只是為了看到身邊人被埋在蔓草中的墓碑。或許妳在想，那不過是些幻想，是憑空編出來的。妳錯了。幾百年來，人類被一群叫作狂暴幽狩的騎士擄掠搬遷，這些人被擄走、抓去利用，然後又遭到丟棄，就像被吸光蛋汁的空殼一樣。不過，妳甚至連這種事都碰不上，奇來亞。妳會死在這裡，甚至沒機會看見妳朋友的墓碑。」

「我不相信你說的事。」

「妳相信與否，是妳個人的事，而妳的命運是妳自己選擇的。我們回去吧。燕子，我有個請求，妳願意和我在提爾納里亞簡單用一頓餐嗎？」

在幾次心跳之間，奇莉的內心已經歷一番交戰，那是飢餓與痴迷，對上憤怒和對毒藥、反對一切的恐懼。

「願意。」她斂下了目光。「謝謝你的邀請。」

「該道謝的人是我，我們走吧。」

離開小屋的時候，她又朝躺椅瞥了一眼，覺得安娜·提勒畢竟還是個愚蠢的崇高文人。

緩緩地，在一片沉默，在薄荷與鼠尾草的香味之中，他們沿著階梯往下，順著那條叫呢喃的溪流，走到底下的嘆息河。

□

夜裡，她抹上香水，頂著一頭泡過香氛澡的微濕秀髮，進入了王寢，找到了坐在沙發上、埋首一本厚重大書的奧柏隆。他沒有說話，只是用一個手勢，要她在自己身旁坐下。

那本書裡有許多圖片，老實說，那書裡除了圖片，再無其他。儘管奇莉努力扮出歷練豐富的仕女姿態，氣血卻湧上了她的雙頰。她在艾蘭德神殿的圖書館裡看過幾本類似著作，但相較於赤楊王的那一本，不管是在姿勢的豐富性與多樣性，或是圖像的藝術性，那些書根本無從比擬。

他們看了許久，沒有交談。

「請脫衣服。」

這一回，他也脫了衣衫。他的身材纖細，像個男孩，該說清瘦得像吉澤赫、凱雷或瑞夫那樣。那些男孩的身體，她在溪水和山泉裡洗澡的時候，已經看過很多次。不過，吉澤赫與其他老鼠幫成員的身體，透著滿滿的活力，透著勃勃的生氣，在飛濺的銀白水珠之中，活下去的渴望熾熱燃燒。

而從他、從赤楊王身上透出的，只有永生的冰冷。

他很有耐心。有幾次似乎已經差不多了，終究未果。奇莉生起自己的氣，確信這一切都是因爲自己經驗不足，因爲疏於練習才會手足無措。他注意到了這點，安撫了她。一如以往，安撫十分奏效，她沉入了夢鄉，依偎在他的臂彎之中。

但是到了早上，他已不在她身邊。

□

接下來的這一晚，赤楊王頭一回表現出不耐煩的情緒。她找到他的時候，他正彎身看著桌上一面琥珀鑲邊的鏡子。那鏡子的上頭灑有白粉。

開始吧，她想。

奧柏隆用一把小刀將飛天粉聚在一起，然後分成兩小堆，接著從桌上拿起一根銀管，將毒品吸進鼻子裡，先是左邊的鼻孔，然後是右邊。他那對通常會閃爍著光芒的眼睛，好像有些轉暗，變得混濁，蒙上了一層水膜。奇莉一看便知，這不是他的第一次。

他在玻璃上又重新堆起兩小堆粉，出手邀她共享，並把管子交給她。管他的，她想。這樣比較簡單。

那毒品的藥性強得不可思議。

不一會兒，他們已雙雙坐在床上，摟著彼此，目光混濁地盯著月亮。

奇莉打了個噴嚏。

「綁了繩子的夜晚。」她用絲質上衣的袖子擦著鼻子說。

「是魔法的夜晚。」他擦著一隻眼睛，糾正她。「恩需斯，不是恩利斯。妳得多練習一下口語。」

「我會的。」

「脫衣服。」

一開始，毒品對他起的效力似乎和她一樣，能帶來興奮。而毒品讓她變得主動積極，呵，她甚至在他耳邊輕聲說出幾個在她認知裡十分不正經的字眼。這大概對他有點作用，效果頗爲，呃，明顯。有那麼一刻，奇莉很確定幾乎已經差不多了，不過那並不是差不多，至少沒有到最後一步。

就在那個時候，他開始變得不耐煩。他站起身，把黑貂毛披在削瘦的肩膀上。他就這麼站著——背對她，凝視著窗戶和月亮。奇莉坐起身，抱緊膝蓋。她很沮喪、很懊惱，卻也感到一股奇怪的痛楚。這想必是那強效飛天粉的緣故。

「都是我不好。」她喃喃道。「我知道，這道疤讓我變得難看。我知道當你看著我的臉，你看到了什麼。在我身上沒有太多精靈的影子，只有堆肥裡的一塊金子……」

他猛然回過頭。

「妳還眞是異常謙虛啊。」他挖苦道。「要是我的話，會用另一種說法——豬糞裡的珍珠、腐屍手指上的鑽石。妳自己再想想其他的比喻，就當作是練習語言程度，我明天會問妳，小都因，一個身上完全沒有精靈影子的人類。」

他走到桌前，拿起管子，俯身鏡面。奇莉宛如石化般坐著，覺得自己好像被人吐了口水。

「我又不是因爲愛你才來找你！」她氣憤至極地大吼。「你很清楚，我是受到囚禁、受到恐嚇！可是我同意了，我這麼做是爲了……」

「爲了誰？」他打斷她，頗爲激動，一點都不像精靈的作風。「爲了我嗎？爲了被困在妳的世界的阿因雪以？妳這個愚蠢的女孩！妳是爲了自己，爲了自己才來這裡，而且還拚了命地要把自己獻給我。因爲這是妳唯一的希望，能拯救妳的唯一浮木。我再告訴妳一件事，祈禱吧，好好向妳那些人類世界裡的偶像、神祇或圖騰祈禱吧，因爲如果不是我，就是阿瓦拉賀和他的實驗室。相信我，妳不會想去他的實驗室，不會想知道另一條路是什麼樣子。」

「對我來說都一樣。」她縮在床上，冷硬地說：「只要能奪回自由，我什麼都答應。只要能讓你們願意放我走，讓我離開，回到我的世界，回到我的朋友身邊就好。」

「妳的朋友！」他嘲諷道：「妳的朋友在這裡！」

他激動地轉過身，把沾了飛天粉的鏡子扔給她。

「妳的朋友在這裡。」他又說了一次。「自己看吧。」

他走出房間，身上的皮毛也跟著甩出弧度。

一開始，她在髒污的玻璃上只看見模糊的自己，但那面鏡子幾乎馬上便發出乳白亮光，填滿煙霧，然後出現畫面。

葉妮芙被吊在深淵之中，整個人被拉得筆直，雙手上舉。她連身長裙的兩隻袖子，像羽毛被扯得稀巴爛的翅膀。她的頭髮不斷飄動，有細小的魚隻穿梭其中，那是一整群閃閃發光、快速游動的小魚，牠們已經在啄食女巫的臉頰與眼睛。葉妮芙的腳上有條埋在淤泥與水草中、通往湖底的繩子，而繩子末端，有一大籃石頭。上方，遠遠的上方，是波光搖曳的水面。

葉妮芙長裙的擺動頻率，與水草如出一轍。

煙霧漸漸遮去被飛天粉沾污的鏡面。

傑洛特，蒼白得有如玻璃，閉著眼，坐在一根根上方垂掛岩石的長冰柱下，一動也不動，全身罩著一層冰霜，而且很快便讓暴風雪帶來的雪片覆蓋。他的白頭髮已經成了一根根白色冰棍，他的眉毛、睫毛和嘴唇上都掛了白色冰柱。雪一直下個不停，蓋在傑洛特腳上的雪堆不斷加厚，他的肩膀上也長出了兩頂雪帽。暴雪不斷吹襲、呼嘯……

奇莉從床上跳了起來，用力將鏡子摔到牆上。琥珀鑲邊裂了開來，玻璃碎成千百萬塊。

她已經看過這些景象，她早就知道也記得這些景象——在她以前的夢中。

「這都不是真的！」她大叫：「你聽到了嗎？奧柏隆，我不信！這不是真的！這不過是你的壞心眼，沒用的，和你的人一樣沒用！這不過是你的壞心眼……」

她坐到了地板上，放聲大哭。

□

她懷疑這宮殿裡的每座牆上都長了耳朵。隔天，到處都是意有所指的目光，她感覺得到有人在她背後訕笑，竊竊私語。

她到處都找不到阿瓦拉賀。他知道，她想，他知道發生了什麼事，所以他在躲我，趁我還沒起床，帶著他的金髮精靈搭船或騎馬出遠門了。他不想跟我說話，不想承認自己的計畫已土崩瓦解。

她也沒看到厄瑞丁，不過這倒是正常，他常和他的地阿格盧阿德利——紅騎士團一起出門。奇莉將凱爾佩牽出馬廄，騎馬去了河的另一邊。她一股腦地想事情，思緒百轉千迴，完全沒留心周遭情況。

我要從這裡逃走。不管那些影像是眞是假，都不重要。可以確定的只有一件事——葉妮芙與傑洛特都在那邊，在我的世界裡，那裡才是我該待的地方，和他們在一起。我得從這裡逃出去，馬上就逃！不可能一點辦法都沒有。我是自己進來這裡的，應該也有辦法自己出去。厄瑞丁說我有原始的天賦，維索戈塔也說過一樣的話。我已經仔細看過托爾奇來亞，那裡面沒有出路，可是這裡的某個地方說不定還有別座塔……

她望向遠方，看著遠方山頭，看著那上頭顯眼的石圈輪廓。禁忌之地，她想。哈，我看是太遠了，鎖界咒大概不會讓我去那邊，試了也是白試。我還是往河流的上游走，那邊我還沒去過……

凱爾佩嘶鳴一聲，甩了甩頭，不安地跳動。她沒辦法讓牠掉頭，反倒被拖著快速往山丘衝去。奇莉整個人僵掉，甚至有片刻完全沒有反應，任馬兒自己奔馳。直到過了一會兒，她才大聲一喝，收緊韁繩。後果就是凱爾佩高舉前蹄踢了幾下，然後甩了甩後臀，繼續快跑，而牠跑的依舊是同一個方向。

奇莉沒有攔住牠，沒有試圖制伏牠。她整個人已驚嚇到極限。不過，她對凱爾佩的性子很了解，這馬兒雖然習慣不好，但還不至於如此。這樣的舉止，一定有其意義。

凱爾佩慢了下來，改用快步走，像支箭似地，筆直往冠了石環的山丘去。

大概只能走一頃地吧，奇莉想。等等鎖界咒就會發揮作用了。

一根又一根爬滿青苔與蕈菇的巨石，長在茂密的黑莓叢中，緊緊排列成環。馬兒跑進石圈，然後像被下咒一樣，站定不動。牠身上唯一會動的，就是直直豎起的那雙耳朵。

奇莉試著將牠掉頭離開那個地方，卻是白費力氣。要不是在牠熱呼呼的頸子上，仍能感覺得到血液流動，奇莉會發誓自己不是坐在馬上，而是坐在雕像上。突然，有個東西碰了她的背。那是個尖銳的東西，穿過她的衣服，刺入身體，帶來極大的痛楚。她還來不及回頭，一頭紅獨角獸便從石柱間無聲無息地跳了出來，然後直接將角戳入她的脅下，又猛又狠。她可以感覺到身側流出一道血涓。

另一頭又出現了一頭獨角獸，全身皮毛從耳尖到尾巴末端，都是一片雪白，只有上唇是粉色、眼睛是黑色。

白獨角獸靠了過來，然後緩緩地、慢慢地把頭擱到她的子宮上。那股興奮感是如此強烈，讓奇莉叫了出聲。

我長大了，她的腦中有道聲音響起。我長大了，晴星。那時候，在沙漠裡，我不知道該怎麼做。現在我知道了。

「小馬？」她呻吟道，身子依舊掛在兩根刺著她的角上。

我的名字是伊華拉夸克斯。妳記得我嗎？晴星，記得自己是怎麼把我治好，救了我的命嗎？

牠退了一步，轉過身。她看見牠腳上的疤，認出來，記起來了。

「小馬！是你！可是你的毛色本來不是這樣……」

我長大了。

她的腦中突然一片混亂，低語、聲響、叫囂、嘶鳴。兩支角離開了她的身體，她瞧見在她背後的那隻，是帶花斑的青紫獨角獸。

大獨角獸在向妳學習，晴星。他們透過我向妳學習。再過一會兒，牠們就能夠自己發聲。牠們會自己告訴妳，想從妳身上得到什麼。

奇莉腦中的雜音爆發成狂亂喧囂，但幾乎馬上又平緩下來，順著理解而清明的思緒之河流去。

晴星，我們想幫妳逃跑。

雖然胸口中的心臟劇烈鼓動，她沒有開口。

妳怎麼沒有欣喜若狂？沒有開口道謝？

「爲什麼？」她尖銳地問道：「你們怎麼會突然想幫我？你們有這麼愛我嗎？」

我們一點都不愛妳，可是這裡不是妳的世界。這裡不是妳該待的地方。你不能留在這裡。我們不想妳留在這裡。

她咬緊了牙關。雖然這新出現的可能性令她興奮，但她搖頭反對。小馬——也就是伊華拉夸克斯——豎直了耳朵，用一隻腳蹄在地面耙了耙，然後用黑眼珠瞪著她。紅獨角獸跺了一下，力道大得連地面都震了一下。牠搖了搖頭上的角恫嚇她，惡狠狠地噴了口氣。這下子，奇莉明白了。

妳不相信我們。

「是不信。」她冷淡地承認。「這裡每個人都有自己的盤算，試圖利用什麼都不懂的我。爲什麼我恰好該相信你們？你們跟精靈顯然沒有交情，我自己在草原那邊也看過，你們差一點就要打起來。我絕對可以把這個看成是你們想利用我來挑釁精靈。我也不喜歡他們，畢竟是他們把我關在這裡，還逼我做我根本不想做的事，不過我不會讓自己被人利用。」

紅獨角獸抖了下腦袋，那隻角又做出了威脅的舉動。紫青獨角獸高聲嘶鳴。奇莉的頭顱裡隆隆作響，好像在井裡一般，而她所捕捉到的那抹思緒，也不太美好。

「哈！」她叫道：「你們就跟他們一樣！順我者昌，逆我者亡？我才不怕！我也不會讓任何人利用！」

她再度覺得腦中充滿嘈雜與混亂。她花了點時間，才從那團混亂中抽出了可以理解的思緒。晴星，妳不喜歡被人利用，這樣很好。我們想要的就是這個，我們想爲妳確保的就是這一點，這也是爲了我們自己，爲了整個世界，爲了所有世界。

「我不明白。」

妳是可怕的武器，危險的兵器。我們不能讓這個武器落入赤楊王，還有狐狸和雀鷹的手裡。

「誰？」她的頓了一下，「喔……」

狐狸，克雷凡。阿瓦拉賀。至於雀鷹是誰，她可是再清楚不過了。

赤楊王年事已高，但狐狸和雀鷹卻不能拿到掌控阿爾得蓋斯——異界之門的權力。他們已經拿到過一次，也失去過一次。現在他們只能漫無目的地遊蕩，踩著小小的步伐在各個世界之間飄零，像遊魂一樣，什麼也做不了。狐狸最遠只能到提爾納貝亞阿辣因，而雀鷹和他的騎士團只能在螺旋地遊走。再遠他們就去不了，他們沒有力量。所以冀望能得到阿爾得蓋斯與權力。他們之前已經利用過一次這種權力，我們會讓妳看看他們是怎麼做的。等妳要從這裡離開的時候，我們會讓妳看的，晴星。

「我沒辦法離開這裡。他們在我身上施了法。鎖界咒。蓋斯加勒……」

沒人可以困得住妳，妳是異界之主。

「最好是。我沒有任何原始天賦，我什麼都掌控不了。而『能量』我早在一年前，在那片沙漠裡就已經放棄。小馬可以作證。」

妳在沙漠裡放棄的是騙人戲法，存在血液裡的「能量」是沒有辦法捨棄的。妳依然擁有它，我們會教妳怎麼使用它。

「會不會這麼剛好，」她大喊：「想得到這股我可能擁有的『能量』、掌握主宰世界權力的，就是你們？」

不是這樣的。我們不需要得到這股「能量」，因爲我們一直都擁有這股「能量」。

相信牠們，伊華拉夸克斯請求她。相信牠們，睛星。

「但是有一個條件。」

獨角獸紛紛揚起頭，張大鼻孔，他們的眼睛裡──奇莉敢發誓──冒出了火花。牠們不喜歡有人和牠們談條件，奇莉想。牠們甚至不喜歡這個字的發音。去他的瘟疫，我都不知道這樣做對不對……只要別是悲劇收場就好……

說給我們聽吧，什麼條件？

「伊華拉夸克斯要待在我身邊。」

□

傍晚時分，天空聚起了烏雲，空氣變得悶熱，河面上也升起黏稠的水氣。當黑暗籠罩提爾納里亞，遠方傳來了低語般的悶雷，地平線上不斷亮起電光。

奇莉早已準備就緒。她身穿黑衣，長劍在背，內心焦躁，情緒緊繃，不耐煩地等待黑暗降臨。

她悄悄走過空蕩的前廳，藉著廊柱掩護溜到露台。亞斯納河在黑暗中閃著幽幽波光，柳樹沙沙作響。

遠方的雷聲傳遍天際。

奇莉將凱爾佩牽出了馬廄。母馬知道自己該做什麼，踏著碎步往斑岩橋去了。奇莉盯著母馬的蹄印看了一會兒，又看了看停著船隻的露台。

不行，她想。我要再在他面前出現一次，這樣說不定可以拖點時間，讓他們不那麼快追上來。這是險招，但我不得不這麼做。

當她進入王寢，第一個反應是他不在，每間屋室都是空的，因爲裡頭沒有半點聲響，一片死寂。

直到過了一會兒，她才注意到他。他在角落，坐在一張扶椅上，身上是隨意扣上的白襯衫，可以看見削瘦的胸膛。那襯衫是以非常細緻的質料縫製而成，十分貼合身體，好像濕了一般。

赤楊王的臉和兩隻手掌，幾乎像那件襯衫一樣白。

他抬起眼看她，但那雙眼裡什麼也沒有。

「夏得哈兒？」他喃喃道：「妳來了，眞好。知道嗎？他們說妳死了。」

他攤開一邊掌心，有個東西掉到了地毯上，那是一個用灰綠軟玉製成的小瓶子。

「拉拉。」赤楊王動了下頭，摸了下脖子，好像屬於王的黃金拓赫勒住了他的呼吸。「肯姆阿梅，盧內得。來我這裡吧，女兒。肯姆阿梅，耶拉伊內。」

奇莉在他的吐息裡感覺到了死亡。

「耶拉伊內不拉什，法因諾為得……」他哼起歌：「米瑞，盧內得，妳的絲帶鬆開了……請容我……」

他想抬起手，卻沒有辦法。他深深嘆了口氣，猛然抬頭，看著她的眼睛。這一次，他很清醒。

「奇來亞。」他說：「洛克萊絲。的確，妳就是命運，湖之主。看來，也是我的。」

「法也謝代以拉得阿波耶干……」他過了一會兒後才如是說道，而奇莉害怕地發現，他說的話和動作都開始變得緩慢，慢得可怕。

「可是，」他嘆著氣將話說完。「還好有某個東西也已經開始了。」

窗外的雷聲向他們奔來。暴風雨尚遠，但快速接近。

「不管怎樣，」他說：「我非常不想死，奇來亞，而且對於自己必須要死，感到非常遺憾。誰會想到有這麼一天呢。我以爲自己不會不甘心。我已經活了很久，所有的事都經歷過。我對一切都已厭倦……然而，現在我卻覺得不甘心。妳知道還有什麼嗎？彎下身來，我要在妳耳邊說，就讓這成爲我們的祕密吧。」

她彎下了身子。

「我會怕。」他輕聲說。

「我知道。」

「妳在我身邊嗎？」

「我在。」

「瓦法爾，盧內得。」

「再見了，赤楊王。」

她坐在他身邊，握著他的一隻手，一直等到他嚥下最後一口微弱的氣息，不再有任何動靜。她沒有抹去眼淚，任憑淚水流下。

暴風雨近了。地平線上燃起了閃電。

□

她快速跑下大理石階，來到有廊柱的露台，那兒有幾艘船隻隨水搖晃。她解開傍晚就已經預先看好、最靠邊的那艘船，然後用一根桃花心木做成的長棍，將船撐離露台——那是她事先從窗簾上拆下來的，因爲她很懷疑船會像阿瓦拉賀坐的時候一樣，聽她的話。

船隻順著水流無聲前進。整個提爾納里亞又靜又黑，只有各個露台上的那些雕像，用死寂的目光送她離開。奇莉開始數橋。

森林上方的天空亮起了閃電，而雷聲在過了一段時間後，低喃一陣。

第三座橋。

橋上有某個東西閃過，無聲無息，靈巧得像隻巨大黑鼠。在那個東西跳上船頭時，船身晃動了起來。奇莉丟開長棍，拿出佩劍。

「結果妳還是想擺脫我們的陪伴？」厄瑞丁．北亞．葛拉斯斷聲說。

他也拿出了劍。電光一閃而逝，卻已夠她看清楚那把兵器的樣子。那是把單刃劍，劍身微彎，劍鋒閃耀，銳利無比，握把長，護手以鏤空圓片製成。只稍一眼，便知精靈懂得使用這把劍。

他憑單腳用力抵住船舷，出其不意，晃動船身。奇莉的身子重重一傾，穩住船身，快速找回平衡。接著，幾乎是馬上，她自己也試了這一招，雙腳跳上船舷。他的身形晃了一下，但仍保持平衡，然後把劍刺向她。她擋開攻擊，反射性地護住自己，因爲她幾乎什麼也沒看到。她從下方快速回敬對方一劍。厄瑞丁擋住攻勢，一劍砍下，奇莉也把劍擋了回去。劍身有如燧石相撞，迸出火花。

他使足力道，再度壓下船身，差點沒讓船翻過去。奇莉一個舞動，張開雙手穩住腳步。他退往船首，放下了劍。

「燕子，妳這是在哪裡學的？」

「說出來會嚇你一跳。」

「我很懷疑。搭船順河走能打破鎖界咒，這方法是妳自己想到的，還是有人洩露給妳的？」

「這不重要。」

「重要，而且我們會好好談談這件事，至於怎麼談，辦法多得是。現在，把劍丟掉，我們回去吧。」

「最好是。」

「奇來亞，我們回去。奧柏隆在等妳。我向妳保證，今晚他會充滿活力，生氣蓬勃。」

「最好是。」她又說了一次。「他用太多那個補充活力的東西，就是你給他的那個。又或者，那根本不是補充活力用的？」

「妳在說什麼？」

「他死了。」

乍聽這消息，他心頭一震，但很快便回過神來，突然晃著船身衝向她。兩人一邊保持平衡，一邊過了幾招，鐵器相撞的脆響傳遍水面。

閃電照亮夜空，他們穿過一道橋。提爾納里亞的橋快過完了，說不定這就是最後一座橋？

「妳一定很清楚，燕子，」他說：「妳這樣只是在拖時間。我不能讓妳離開這裡。」

「爲什麼？奧柏隆死了。而我明明就不是什麼重要的人，我的存在一點意義都沒有。這是你自己跟我說的。」

「我說的確實是眞話。」他舉起劍。「妳的存在一點意義都沒有。哼，飛蛾小小一隻，我只要用手指一捏，就能捏個粉碎，但如果放任不管，就會在昂貴的布料上啃出小洞。哼，胡椒雖然小小一粒，不起眼到了極點，但如果不小心咬碎，卻會逼得人吐出原本想在口中細嚐的美味。這就是妳，什麼也不是，卻像扎在肉裡的一根刺。」

一道閃電落下，奇莉在電光中看見了她想看見的東西。精靈舉起劍，揮了一下，比著船上的坐板。他占了身高的優勢，下一次過招，一定會贏。

「妳不該拿武器對著我的，奇來亞。現在已經太遲了，我不會寬恕妳。我不會殺妳，纏上繃帶在床上躺幾個禮拜，對妳一定有幫助。」

「等一等，我想先跟你說一件事。我要告訴你一個祕密。」

「妳有什麼祕密好說？」他不屑地說：「有什麼是我不知道，而妳可以洩露給我聽的？妳有什麼事好和我說？」

「就是這座橋太矮，你過不去這件事。」

他來不及反應，枕骨直接撞到橋上，整個人完全失去平衡，直直往前飛去。奇莉大可以就把他推下船，但她怕這樣不夠，他依舊會追上來。再說，不管是不是故意的，是他殺了赤楊王，光憑這一點，就該讓他吃點苦頭。

她快速朝他的大腿劃了一劍，就在鎖子甲下緣。他甚至連叫都沒有叫，便飛出船舷，撲通一聲落入河裡，而河水馬上蓋住了他的頭頂。

她轉過身，盯著水面看。他過了很久才浮出水面，吃力地爬上河水中的大理石石階，然後一動也不動地躺著，任憑河水與血水從他身上流下。

「纏上繃帶在床上躺幾個禮拜，對你會有幫助的。」她低聲說。

她抓起她的棍子，用力撐動船隻。亞斯納河的河道越來越寬，船行的速度也逐漸加快。沒多久，提爾納里亞最後的一群建築物已經在後方落下。

她沒有回頭顧盼。

一開始，四周變得很暗，因爲船駛進了一座老林。兩岸的枝幹在河道上方交疊，形成天頂。之後，四周轉亮，森林來到盡頭，河水兩邊是整片榿木林、蘆葦和香蒲。河水一直都十分清澈，但這裡出現了一堆又一堆雜草，水草也浮出河面，還有一根又一根的樹幹。當天際亮起閃電，她看見水面有圈圈漣漪；當響雷傳來，她聽見魚群受驚的濺水聲。有東西不停在水中拍濺、潛下、浮起。有幾次，她在離船不遠處，看到發光的眼睛；有幾次，船因碰到某種巨大的活體而震動。這裡的一切不是全都那麼美好，對外來者而言，這個世界代表死亡。她在腦中回想厄瑞丁說過的話。

河道變得寬廣開闊，水中也開始出現了小島與分流。她讓船依照命運的引導行駛，順水漂流，不過她開始感到害怕。要是船走錯方向怎麼辦？

她才剛這麼想，凱爾佩的嘶鳴便從岸邊的蘆葦叢中傳來。凱爾佩，還有獨角獸發出的強烈心電感應。

「小馬，你來了！」

我們要加快動作，晴星。跟我來。

「去我的世界嗎？」

我得先讓妳看一樣東西，大獨角獸牠們要我這樣做。

他們先是穿過森林，然後是有峽谷、溝壑綜橫切割的乾草原。雷電交加，暴風雨越來越近，颮起陣陣強風。

獨角獸領著奇莉到其中一條溝壑。

就是這裡。

「這裡有什麼?」

妳下馬看。

她照著牠的話做。地面不太平坦，她絆了一下。有個東西碎裂，在她腳底動了一下。一道閃電落下，奇莉嚇得張大了嘴。

她站在一片骨海之中。

溝壑的一側沙坡大概是受過大雨沖刷，有滑動的跡象，露出原本埋藏其中的東西。那是一座墳場、一座萬人坑、一座堆骨場——脛骨、骨盆、肋骨、股骨，還有頭骨。

她拾起其中一個。

閃電再度落下，看出這些殘骸原本屬於誰的奇莉，不禁放聲尖叫。

那個頭骨上長著尖角，而且有被劍刃砍過的痕跡。

現在妳明白了。聲音在她腦中響起。現在妳知道了。這是他們做的，阿恩愛樂、赤楊王、狐狸、雀鷹。這個世界根本就不屬於他們，在他們奪得這個世界，在他們欺騙我們、利用我們打開阿爾得蓋斯之後，這個世界就變成是他們的了。而現在，他們也試著要利用妳、欺騙妳。

奇莉大力抓緊了頭骨，在暗夜裡大叫：

「你們這群流氓！凶手！」

雷聲自天際隆隆傳來。伊華拉夸克斯放聲嘶鳴，發出警訊。她明白牠的意思，一個縱身躍上馬鞍，接著大喝一聲，要凱爾佩拔腿飛奔。

追兵順著他們的腳步追上來了。

□

這種事以前也發生過，奔馳中的她一邊吞下灌進嘴裡的風，一邊想著。這種事以前已經發生過了。這樣奔馳，像瘋了似地，在一片黑暗中，在充滿恐懼、鬼魅和幽靈的夜裡。

「衝啊，凱爾佩！」

她像得了失心瘋般地狂奔，眼睛被疾馳逼出了淚液。一道閃電將天際一分爲二，奇莉在亮光中看見路的兩旁盡是赤楊。歪七扭八的樹從四面八方朝她伸出長滿節瘤的粗臂枝，黑漆漆的樹洞嘴不斷開闔，似是咒罵與威脅一路緊緊尾隨著她。凱爾佩長鳴一聲，然後加速衝刺，那蹄足似是只有點地而過。奇莉將身子伏在馬頸上，好降低風阻，也避開不斷朝她打來，或試圖將她拉下馬鞍的赤楊。樹枝不斷颼颼鞭來，努力想勾住她的衣髮。畸形的樹幹不斷晃動，張咬洞嘴，低聲怒吼……

凱爾佩狂野地叫了一聲，獨角獸也以嘶鳴回應。牠是黑暗中的光明，指引著道路。

跑快點，晴星！越快越好！

赤楊越來越多，越來越難躲避其枝椏。再過不久，赤楊會長滿整條道路……

叫囂從後方傳來，那是追兵的聲音。

伊華拉夸克斯放聲嘶鳴，奇莉收到了牠的思緒，明白他的意思，貼住了凱爾佩的頸子。母馬無需她催促，恐懼足以讓牠不要命地狂奔。

獨角獸的思緒再度傳來，這回更加清楚，更加滲入腦中。那是一個指令，或者該說是命令比較恰當。

跳躍吧，睛星。妳必須跳躍，跳到另一個空間，跳到另一個時間。

奇莉不明白，但她努力去明白，非常努力，專心致志，專心到連血液都在耳朵裡沸騰翻湧……

閃電。倏然一片幽暗，又軟又黑的幽暗，那種黑，是不管用什麼都無法照亮的黑。

奇莉的耳中響起一陣嘈雜。

□

風打在她的臉上，寒涼的風，還有雨滴，而她鼻間聞到的，是松樹的氣味。

凱爾佩猛然彎背躍起，噴氣踱步。牠的頸子又濕又熱。

一道閃電掠過，雷聲隨之而來。奇莉在亮光中看見甩著腦袋與頭角的伊華拉夸克斯，用一隻腳蹄拚命掘著地面。

「小馬？」

我在這裡，晴星。

滿天星斗，星群密佈，天龍座、冬女座、七羊座、水瓶座。

而就在幾乎要碰到地平線的地方——晴星。

「成功了。」她驚嘆：「我們成功了，小馬。這是我的世界！」

牠傳出的意思是如此清晰，奇莉明白得一清二楚。

不，晴星，我們逃出了那個世界，但這還不是我們該去的地方、該在的時間。前方還有許多事情等著我們。

「別丟下我一個。」

我不會。我對妳有所虧欠，必須償還這一份債，直到還清爲止。

□

西方的天空逐漸轉暗，同時颳了強風。不斷飄來的雲層，遮熄了一個又一個星群。天龍座滅了，冬女座滅了，接著是七羊座、水瓶座。最爲耀眼、閃爍最久的晴星也滅了。

閃電短短照亮了地平線上的天際，沉悶的雷聲姍姍跟上。強風愈發劇烈，將沙塵和枯葉掃進了奇莉眼裡。

動作快點吧，晴星。

獨角獸高聲嘶鳴，將思緒傳給她。

沒有時間磨蹭了。我們唯一的希望就是趕快逃走，要在正確的空間、正確的時間裡完成。我們

我是異界之主，我繼承了上古之血。

我身上流的血來自拉拉・多倫——夏得哈兒的女兒。

伊華拉夸克斯高聲嘶鳴，催她上路，凱爾佩也大大噴了口氣附和。奇莉拉緊了手套，說：

「我準備好了。」

一陣嘈雜在她耳中響起，接著白光乍現，然後是一片黑暗。

歷史學家大多會拿尤阿希姆．戴維特的審問、判決與行刑，來佐證恩菲爾大帝的粗暴、殘忍和獨裁天性；而暗指他有仇必報、凡事幾乎私下解決的假設——尤其是出自膾炙人口的純文學作者——更是不在少數。現在該是點出事實的時候了，而這個事實對每個認眞研究的學者來說，都是理所當然。如果用「績效不佳」這個詞，來形容戴維特公爵帶領行動部隊「維爾登」的方式，絕對太過含蓄。對手實力與之相比，弱了兩倍，但進犯北方一事他卻一拖再拖，把所有兵力都放在和游擊隊的對戰上。對人民而言，維爾登部隊毫無軍紀，殘忍前所未聞。這般舉止會招來的後果顯而易見，也無可避免：如果冬天時反抗分子尚不到五百人，那麼到了春天，幾乎整個國家都群起反抗。艾爾維爾向尼夫加爾德投誠，卻遭人殺害，其子——與北地林格交好的奇特林斯王子親上前線。在旁有來自斯格利加的海盜，前有奇達里士的北地林格反抗軍，後有叛亂分子的情況下，戴維特陷入了一場又一場混戰，節節敗退。正因如此，他沒有及時加入「中軍」的進攻行動——維爾登部隊沒有按照計畫去絆住北地林格的側翼，反倒封鎖了門諾．科耶亨。北地林格人馬上利用這個形勢進行反擊，奪下馬耶那和馬利堡的外圍地帶，徹底抹煞敵營重奪這兩座重要堡壘的機會。

戴維特的無能與愚蠢，在北地林格人的心理層面上也造成了影響，打破了尼夫加爾德軍萬夫莫敵的迷思。數以百計的自願者開始加入北地林格軍……

《北方戰爭、神話、謊言與眞假摻半的事實》

——瑞斯提夫．德蒙梭隆

第六章

不消說，亞瑞的心情很沮喪。在神殿裡的成長歷程，以及自己凡事不預設立場的天性，讓他很容易相信人，相信他們的仁慈、善良與無私，但這份信仰如今已所剩無幾。

他已經在野外睡了兩個晚上，而現在看來，他似乎要度過第三個夜晚。每到一個村莊，他總會向人請求一個過夜的地方或一小塊麵包，但面對的總是關得死緊的木板門，而對方不是用全然沉默以對，就是威嚇謾罵。就算他說明了自己的來歷與目的，也完全無濟於事。

人們讓他非常、非常的沮喪。

天色很快暗了下來，男孩快步走在田間小路上，又是一個露宿野外的夜晚。已經飽受打擊、放棄希望的他，正放眼搜尋乾草堆。三月的天氣其實已經很溫暖，但夜裡卻冷得凍人，他很害怕。

亞瑞看了一下天空。將近一個星期以來，每天夜裡都可以在天上看見一顆金紅彗星，拖著閃爍尾巴，由西方劃向東方。他思索著這個在許多預言裡都曾提過的異象，可能代表的意義是什麼。

他繼續往前走，天色越來越暗。這條小路帶著他往下走，底下有兩排濃密樹叢夾道，在昏暗的夜色中，看來十分嚇人。下方，從更加幽暗的那一頭，吹來了寒氣、逐漸腐爛的雜草臭氣，還有另一種氣味。那是非常不好的氣味。

亞瑞停下腳步，試著說服自己，後背與雙臂爬滿的不是恐懼，而是寒意。不過沒有成功。

前方有條水道，兩岸長滿灰毛柳與奇形怪狀的柳樹，黑色渠水波光粼粼，好像剛倒出爐的焦油。水面上攀著一座低矮的小橋，上頭有好幾根木椿腐爛、掉落，讓橋破了好幾個洞，橋欄也破敗斷折，上頭的杆子已沒入水中。小橋後方，柳樹長得更加茂密。雖然離眞正的夜晚還有好一大段時間，雖然水道之後的遠方草原在垂掛草尖的霧珠反射下依然明亮，柳樹林裡卻已是一片黑暗。亞瑞隱約在那片黑暗中，看見某種建築的廢墟，那一定是磨坊、鎖舖或釣鰻魚場。

我得從這座橋走過去，男孩心想。沒辦法，只能這樣了！雖然我從全身的雞皮疙瘩可以感覺得出來，有種不懷好意的東西在那片黑暗裡伺機而動，但我必須過去水道的另一邊，就像我在梅莉特列神殿，從那些幾乎焚燬的手稿裡讀到的，像那些神話般的領導者或英雄一樣。我要穿過水道，到那時候……那句話是怎麼說的？牌都已經發下？不對，是骰子已經丟了，沒得反悔。我的過去會留在我的身後，而未來將在我的面前開展……

他踏上小橋，並且馬上知道自己的預感沒錯。對方尚未現身，聲音倒先傳來了。

「怎樣？」擋住他的其中一人粗聲道：「我不是說了嗎？我說過只要稍微等一下，就會有人走過來吧。」

「說得對，歐庫提赫。」那群帶了粗木棍當武器的傢伙中，第二個人出了聲，有點大舌頭。「你眞該去當個算命的。好了，親愛的旅人啊，自己上路的小哥！你是要自己把身上的東西都掏出來呢，還是敬酒不吃，要吃罰酒，讓我們動手？」

「我什麼都沒有！」亞瑞一口氣吼了出來，希望能有人聽見，跑來幫忙，不過他也沒抱太大期待就是了。「我是個沒錢的旅人！口袋裡一毛錢都沒有！我要給你們什麼？這根棍子嗎？還是我身上的衣服？」

「這些也要。」大舌頭的那人說，而他的聲音裡有某種東西，讓亞瑞打起顫來。「因爲，你可要知道，我們有急用，我們幾個才是眞正沒錢的旅人。本來我們是盼著能有個娘兒們來，不過現在天已經黑了，沒人會出門了，既然沒有捕到魚，那抓隻蝦也好！兄弟們，抓住他！」

「我有刀！」亞瑞大叫：「我警告你們，別過來！」

他手上的確有把刀，那是他在逃跑前一天，從廚房偷來的，一直都收在包袱裡。不過，他沒有把刀子拿出來，因爲他知道這個舉動毫無意義，對他也沒有任何幫助，而光是這樣的認知，就嚇得他渾身僵住。

「我有刀！」

「哎呀呀。」大舌頭的那人一邊往他走近，一邊嘲笑道：「他有刀耶，眞是想不到啊。」

亞瑞沒辦法逃，恐懼讓他的兩隻腳成了兩根釘在地上的木樁。腎上腺素像條套索一樣，緊緊圈住了他的喉頭。

「等一等！」那群人當中的第三人突然大叫，他很年輕，聲音也詭異地耳熟。「我大概認識他！沒錯、沒錯，我認識他！我說，你們都退後，這是我們認識的人！亞瑞？你認得我嗎？我是梅菲啊！喂，亞瑞？你認出來了嗎？」

「我認……認出來了……」亞瑞使盡渾身力氣，對抗一股全然陌生的巨大壓迫，那是一種很糟糕的感覺。他一直到發現自己撞到橋面木板，腰際發疼，才明白那是什麼感覺。

那是失去意識的感覺。

□

「哇，這還眞是個驚喜。」梅菲說：「眞是巧得不能再巧了！竟然會碰到自己人！艾蘭德的老朋友！好兄弟！怎樣？亞瑞。」

亞瑞嚥下一塊這群怪人所請，硬梆梆又充滿嚼勁的豬油皮，然後咬了一口烤蕪菁。他沒有回答梅菲的問題，只是朝圍在火堆旁的六人點了點頭。

「亞瑞，你要去哪兒啊？」

「去維吉馬。」

「哈！我們也是要去維吉馬！眞的是太巧了！怎樣，米爾頓？亞瑞，你記得米爾頓嗎？」

亞瑞不記得，他不確定自己是不是眞的見過那個人。話說回來，梅菲叫他好兄弟，其實有點太誇張了。他是艾蘭德木桶匠家的兒子，當年兩人一起去神殿旁的學堂上課，他總是會故意找亞瑞的碴，動手打他，還叫他是石頭裡蹦出來的野雜種，既沒爹，也沒娘。這種情況維持了大約一年後，木桶匠便把兒子從學堂帶回去，因爲他覺得自家的兔崽子不是塊料，只能做木桶而已。這就是梅菲，沒有努力鑽研學問，而是在父親的工作坊裡用力刨著木片。當亞瑞結束學業，在神殿推薦下，成為市政法院的助理書記後，木桶匠之子便仿效其父，朝他鞠躬哈腰，並送上禮物宣示友誼長存。

「……我們要去維吉馬，」梅菲接著說：「去加入軍隊。我們所有人要組成一隊去從軍。這邊這兩個，你知道的，米爾頓跟歐格拉北克，佃農家的兒子，被挑去服步兵役，你知道的……」

「我知道。」亞瑞朝那佃農家的兒子看了一眼，他們的髮色都很淡，活脫脫像兩兄弟，而且都咬著某種灰燼堆裡烤出來、看不出是什麼的食物。「佃農役，每十戶佃農徵召一戶去當步兵。那你呢？梅菲。」

「我啊，」木桶匠家的年輕兒子嘆了口氣。「就你知道的，頭一回，商會得出人從軍的時候，我家老爹想了辦法讓我不用抽籤。不過之後問題來了，得再抽第二次籤，因為這是城裡的大人們下的決定……」

「我知道。」亞瑞再度表示同意。「艾蘭德城裡的議會在一月十六日，決定進行擴徵抽籤。這是面對尼夫加爾德的威脅下，不得不做的舉動……」

「聽聽他是怎麼說話的，狗魚。」身材粗壯、理了大光頭的傢伙插嘴說。這人叫歐庫提赫，是不久前頭一個在橋上吼他的那個。「這個大少爺！一肚子墨水的傢伙！」

「大天才！」第二個人把聲音拉得老長，說出了同樣的話。這人是個身材魁梧的農場工人，大餅臉上總黏著一個蠢笑容。「神人！」

「閉嘴，克拉普羅什。」那個叫狗魚的大舌頭說。他是這群人裡年紀最大的，個頭高大，臉上已長了些鬍子，脖子背後的頭髮推了稍高一點。「既然他是聰明的傢伙，那他說話的時候就該聽一下，說不定能學到不少知識，而不管是誰，多學點知識總有好處。嗯，差不多所有人，也差不多都能有好處。」

「是眞的，假不了。」梅菲說：「他啊，我是指亞瑞，其實一點都不笨，讀過、寫過的可多了……是學者呢！畢竟他在艾蘭德是當書記官的，而在梅莉特列神殿裡，所有書也都是他管的……」

「這麼一來就有趣了。」狗魚打斷他，兩隻眼睛隔著柴煙和火花盯著亞瑞。「這麼一個法院兼神殿的狗屁書呆子，在往維吉馬的商道上做什麼？」

「就和你們一樣，我要去軍隊。」男孩說。

「法院兼神殿來的學者，要去軍隊找什麼？」狗魚的兩隻眼睛亮閃閃，反射著光線，就像眞正的魚眼睛，被獨木舟船頭火把照到時一樣。「要找什麼啊？因爲他不是要去接受徵召吧？每個蠢蛋都知道，神殿裡的人免役，不用出人入伍。每個蠢蛋都知道，堂堂一個法院，絕對保得住一個寫字的，有辦法讓他不用去從軍。所以，這到底是怎麼回事呀？官員大人。」

「我是要去當義軍。」亞瑞宣告著：「我是自願去從軍的，不是被徵召的。這當中有部分是個人因素，不過主要是基於一份愛國的使命感。」

一夥人聞言，全都大笑出聲，震天價響。眾人笑了許久，狗魚才又說：

「兄弟們，你們聽聽，這人啊，有時候也是很矛盾的，有兩種性格。就拿這個小伙子來說好了，讀過書、見過世面，再加上他生下來的時候，肯定就不是個笨蛋，應該知道現在的戰況如何，我是說，是誰在打誰，而且是很快就要打贏了。而他呢，就像你們自己聽到的，沒人逼，自願的，基於一股愛國的使命感，想加入快打輸的那邊。」

沒人對這番話加以評論，亞瑞也沒有。

「這種所謂的愛國使命感，」狗魚總算又開了口。「通常只代表了精神上有問題，哎，這說不定還挺適合在神殿兼法庭長大的人咧。不過剛剛應該有講到什麼個人因素，我可是好奇得不得了，那都是些怎樣的個人因素呢？」

「那都是很私人的因素，所以我不會告訴你們。」亞瑞說。「再說，你們，各位尊貴先生，也沒急著說你們自己投軍的原因啊。」

「你們瞧瞧，」狗魚在片刻安靜後說：「這要是哪個鄉巴佬這麼跟我說話，我一定馬上給他一拳。不過如果是學者書記官的話……我就原諒他……這一次。而我要回答他的問題——我要去投軍，也是自願的。」

「好當一個腦袋進水的人，去加入打敗仗的那一邊？」亞瑞很吃驚，自己怎麼會突然間有這麼大的勇氣。「路上順便在橋頭搶搶過路的人？」

梅菲一邊咯咯發笑，一邊撞了撞狗魚，說：「他還在氣我們在小橋上埋伏的那件事呢。好了啦，亞瑞，那不過是好玩嘛！開個玩笑罷了！對吧，狗魚？」

「說得對。」狗魚打了個哈欠，又磨了磨牙，聲音大得都有回音了。「這不過是玩笑罷了。生活教人沮喪又悲傷，就和被人牽去屠宰場的小牛一個樣。小牛只有玩點把戲或鬧個玩笑，才能讓自己心情好一些。你不這麼認爲嗎，寫字的？」

「我是這麼認爲，基本上是這樣沒錯。」

「那就好。」狗魚一雙亮閃閃的眼睛依舊盯著他。「不然你就不適合當我們的同伴，最好自己上路去維吉馬，而且最好馬上就走。」

亞瑞沒有說話。狗魚伸了伸懶腰。

「我已經把我要說的都說完了。好了，兄弟們，我們玩也玩過了，鬧也鬧過了，現在開心完了，該上路了。要是我們想在明天下午抵達維吉馬，那天一亮就得上路。」

□

夜裡很冷，亞瑞雖然疲憊，卻無法入睡。他整個人蓋在斗蓬底下縮成一團，兩個膝蓋幾乎要碰到下巴。等他終於入睡了，卻又睡得極不安穩，不斷被夢境喚醒。大多數夢他都不記得了，但有兩個除外。第一個夢是他認識的獵魔士——來自利維亞的傑洛特，他坐在上頭垂掛岩壁的長長冰柱底下，動也不動，全身是霜，大雪不斷地往他身上埋。第二個夢是奇莉，她坐在一匹黑馬上，緊貼鬃毛，快速狂奔，兩旁夾道的赤楊，不斷伸出歪斜的枝幹想抓住她。

對了，就在拂曉之前，他還夢到了特瑞絲．梅莉戈德。經過去年在神殿待的一年時間，男孩夢過女巫幾次。那些夢，逼得男孩去做了些事，而那些事讓他後來感到很難爲情。

不過現在這個夢呢，並沒有讓他做出任何難爲情的事，因爲實在是太冷了。

□

這一行七人，的確在太陽剛露臉的時候，就動身上路。收到步兵徵召的兩個佃農之子——米爾頓與歐格拉北克，唱起戰歌來替自己添些男子氣概：

來了，戰士走來了，一身鎧甲鏗鏘響
快點跑啊，女孩呀，說不定他會親妳！
那就讓他親一下，誰會在乎他這樣，
他可是用胸口，爲祖國遮風避雨！

狗魚、歐庫提赫、克拉普羅什，還有一直黏著他們的木桶匠之子梅菲，一同聊著他們覺得好笑至極的逸聞趣事。

「……那尼夫加爾德人問了：『這裡是什麼東西這麼臭？』然後精靈說：『屎。』哈——哈——哈——！」

「嘿，嘿，嘿——！」

「哈，哈，哈——！那你們聽過這個嗎？尼夫加爾德人跟精靈、矮人走在一起。他們一看，有隻老鼠跑過去……」

隨著天色漸亮，他們在商道上碰到的旅人、農家馬車、庫官車隊和行軍隊伍，也越來越多。有些車上載滿了東西，狗魚一行人就緊跟在後頭，鼻子都要貼到地上，像群獵犬似地，把掉下車的東西都撿起來——紅蘿蔔、馬鈴薯、蕪菁，有時甚至是洋蔥。這些撿來的東西，有部分他們計畫性地保留下來，以備不時之需；有部分則是狼吞虎嚥地塞下肚，但嘴裡的笑話卻從沒停過。

「……然後尼夫加爾德人就『噗——！』，屎都拉到耳朵上了！哈，哈，哈，哈，哈，哈！」

「哈——哈——哈——！哦，眾神啊，我不行了……他竟然拉出來……哈——哈——哈——！」

「嘿，嘿——嘿——！」

亞瑞等著找個機會和藉口擺脫他們。他不喜歡狗魚，不喜歡歐庫提赫，不喜歡有商賈車隊、農家馬車，和坐在推車上的女人、少女經過時，狗魚和歐庫提赫瞥向他們的眼光。他不喜歡狗魚用嘲弄的口吻，不時提起自己在這種災難與滅亡必然發生的時刻，自願去從軍的目的。

一股開墾過的土味傳來，還有煙。他們在山谷中，看見了一間間屋子，被包圍在排列整齊的棋盤耕地、一座座小樹林，以及亮得像一面面小鏡子的魚塘間。耳中偶爾傳來犬吠、牛叫與雞啼。

「看得出來，這村子挺有錢的。」大舌頭的狗魚舔著嘴唇說：「規模不大，但很精巧。」

「在這座谷裡住的和做生意的，是半身人。」歐庫提赫搶著解說。「他們的東西都很精巧好看。他們這群侏儒，是很會做生意的種族。」

「這些被詛咒的非人類。」克拉普羅什大大清了一口痰。「這群小妖精！他們在這裡過著富饒的生活，真正的人類卻窮個半死，都快活不下去了。這些傢伙，就算打仗也對他們沒影響。」

「是還沒影響到。」狗魚慢慢露出一個醜陋的笑容。「兄弟們，這個村子你們記住了。這個偏僻、被樺樹包圍、蓋在黑森林邊的村子，你們記好了。要是我哪天打算來這裡作客，我可不想找不到路啊。」

亞瑞轉開頭，假裝自己沒聽到，只有看見眼前的商道。

他們繼續前進。米爾頓與歐格拉北克，也就是被徵去當步兵的兩個佃農之子，唱起了新的歌曲。這回沒那麼像軍歌，有一點比較像是悲觀主義色彩的歌，尤其是經過早先狗魚的那番話，那歌更像是一種不祥的預兆。

所有的人你們聽好了
你們將會認識死亡的殘酷，
不管你是老還少
都逃不過致命的傷害；
誰要是被死亡掐住喉嚨
就得死在她手上……

□

「這傢伙身上一定有錢。」歐庫提赫陰沉地說。「要是他身上沒有半毛錢，就讓人把我給閹了。」

讓歐庫提赫下這麼大賭注的人，是一個他們趕上的賣貨郎，他身旁還有輛用驢子拉的雙輪車。

「錢歸錢，」大舌頭的狗魚說：「這驢子也多少值一點吧。腳步加快點，兄弟們。」

「梅菲，」亞瑞抓住木桶匠之子的袖子。「張開眼睛看清楚，你看不出來等等會發生什麼事嗎？」

「這不過是個玩笑啊，亞瑞。」梅菲把袖子扯了回來。「不過是個玩笑……」

商人的車子——近距離看更清楚——也是攤子，可以打開，三兩下變成一個舖子。驢子所拉的這一整台東西上頭，龍飛鳳舞地寫了一堆鮮明的字跡，說明了商人的商品內容：包括香脂、具有療效的山蘿蔔、各種法寶和護身符、煉金藥、藥水、神奇藥膏、洗衣用品，甚至還有找金屬、貴金屬、松露用的探測器，以及釣魚、釣鴨、釣女人都保證有效的誘餌。

那商人瘦瘦的，歷經歲月的背高高聳起。他往周遭看了一下，在瞧見他們後，便咒罵一聲，趕著驢子加緊腳步。不過驢子就是驢子，完全沒有打算要走快一點。

「他身上的衣服布料不錯。」歐庫提赫小聲評估：「還有從那車上，一定也能找到什麼……」

「好了，兄弟們。」狗魚發號施令：「動作快！趁現在商道上的人不多，我們趕快把事情辦一辦。」

間。

亞瑞很訝異自己哪來的勇氣，但他幾個箭步，搶到了一夥人前面，轉回身，擋在他們和商人中間。

「不。」他努力從鎖緊的喉頭擠出聲音：「我不會讓你們這麼做……」

狗魚慢慢掀開破舊的外套，露出插在腰帶上的長刀，那刀顯然磨得和剃刀一樣利。

「寫字的，」他用他的大舌頭惡狠狠地說：「要是你愛惜自己的脖子，就給我讓開。我以爲你認同我們這群人，可是沒有。我看，你的神殿把你養得太神聖了，給你熏太多敬香了。現在就給我從路上滾開，不然的話……」

「這裡是在做什麼？嗯？」

從成排長在商道旁，枝葉開岔的柳樹後頭——這是伊絲曼那谷裡最常見的景色——跳出了兩名奇怪的人物。

這兩名男子蓄著上了蠟的翹鬍子，穿著色彩鮮艷的蓬馬褲，和綴著緞帶的鋪棉長外衣，還戴著又大又軟、有羽毛束裝飾的絲絨貝雷帽。除了寬腰帶上掛的大寬刀和匕首外，兩名男子的背上都揹著雙手劍，劍身長約一噚，劍把約莫一肘，護手既大且彎。

兩名傭兵一跳一跳地把褲子扣好。雖然他們完全沒有要把手往劍柄伸的跡象，狗魚和歐庫提赫還是馬上變得乖順無比，而身材巨大的克拉普羅什則縮得像隻鵪鶉一樣。

「我們在這裡……我們在這裡沒有……」大舌頭的狗魚說：「沒有做什麼壞事……」

「只是鬧著玩而已！」梅菲高聲說。

「沒事。」駝背賣貨郎竟也跟著出聲：「大家都沒事！」

「我們要去維吉馬投軍。」亞瑞很快插嘴：「兩位戰士先生，你們也是要去那邊嗎？」

「當然。」傭兵馬上明白眼前的情況，不屑地哼了聲。「我們也要去維吉馬。要是誰想的話，可以跟我們一起走，會安全些。」

「絕對會比較安全。」另一名也意有所指地說，眼睛直盯著狗魚不放。「我可以再多跟你們說一件事——不久前，我們才在這附近看過維吉馬城的巡邏騎兵隊。他們一個個都等不及要把路上抓到的強盜吊死，爲他們結束悲慘的一生。」

「眞是太好了。」狗魚找回冷靜，笑得一臉誠懇地說：「這樣眞是太好了，兩位大爺，那些滑頭有法可管、有罪可罰，這樣才叫秩序。那麼，我們就上路吧，去維吉馬，投軍去，因爲愛國的使命感可是在召喚我們呢。」

傭兵看了他許久，目光頗爲輕蔑，然後聳了聳肩，調好背上的劍後，便動身上路了。他的同伴、亞瑞則跟在他的後頭，還有那商人也帶上了自己的驢子、貨車一起跟上，而狗魚那一票人則走在最後，與他們離了點距離。

「謝謝你們，兩位軍爺。也謝謝你，年輕的先生。」拿著樹枝趕驢子的商人，在隔了一段時間後說。

「這沒什麼。」傭兵擺擺手。「我們習慣了。」

「去從軍的人，各式各樣都有。」他的同伴朝後頭瞥了一眼。「村子或小鎮碰到要徵佃農兵的時候，偶爾也會利用機會，把當地最糟的混混送走。後來，路上便多了這種攔路賊，喏，就跟那邊那些一樣。不過等到了軍隊裡，自然會有人用棍子告訴他們什麼叫服從。等受過一、兩次夾道鞭笞，走過一、兩次鞭子道後，這群地痞流氓就會學會紀律……」

「我是自願去從軍，不是被逼的。」亞瑞急忙解釋道。

「他倒是自己誇起自己來了。」傭兵看了看他，捻了捻上過蠟的翹鬍子。「我也看出來，你跟那邊的一攤爛泥有這麼一點不一樣，你爲什麼會跟他們在一起？」

「命運把我們綁在了一塊。」

「我見過不少，」軍人用嚴肅的口吻說：「這種被命運綁在一起、湊在一起的組合，最後都湊到了同一座絞刑架下。記取教訓吧，男孩。」

「我會的。」

□

被雲層遮蔽的太陽還沒走到正中，他們已經來到了主要道路。在這裡，亞瑞與他的同伴，不得不與一大群比他們早到的旅人一樣，暫時停下腳步，因爲這條路上密密麻麻擠滿了行軍隊伍。

「他們要去南方。」傭兵其中的一人，意味深遠地說：「要上前線，往馬利堡和馬耶那的方向。」

「看他們的徽紋。」另一人用頭指了指。

「雷達尼亞人。」亞瑞說：「紅底銀鷹。」

「猜得好。」傭兵拍了拍他的肩。「你的確是個有腦袋的年輕人。這是雷達尼亞的軍隊，海德薇格女王派他們來幫助我們。特馬利亞、雷達尼亞、亞丁，還有喀艾德，我們現在都是同一國，是一支強大的聯軍，有共同的目標。」

「早該這麼做了。」在他們背後的狗魚出了聲，嘲諷意味十足。傭兵回頭看了一眼，但什麼也沒說。

「我們就坐一下吧。」梅菲提議：「歇歇腳。這個軍隊看不到盡頭，等他們走完，得花點時間。」

「我們坐一下吧，」商人說：「去那邊，到山丘上去，那裡視野比較好。」

雷達尼亞的騎兵已過，跟在後頭行進的，是捲起煙塵的弩兵手與盾兵，再之後的，已經可以看見列隊騎馬慢行的裝甲兵。

「那邊那些，」梅菲指著裝甲兵說：「徽紋不一樣。他們的幡幟是黑的，上面有一點一點白白的東西。」

「噢，眞是鄉下鳥地方來的。」傭兵輕蔑地瞄了他一眼。「自家國王的徽紋都認不出來。那些是銀百合，豬腦袋……」

「種在黑色土地上的銀百合。」亞瑞說，想證明各人雖然有各人的出身，但他可不是鄉下鳥地方來的。

「特馬利亞王國以前的徽紋上，」他開始述說：「是頭昂首闊步的獅子。不過特馬利亞的王儲們卻用了不同的紋章，亦即我們現在看到的，在盾牌上加了額外東西，新增三朵百合。因爲百合象徵了王位的後繼者、國王之子、王位與權杖的繼承人……」

「眞他媽的活字典。」克拉普羅什出聲挖苦。

「閉上你的鳥嘴，腦子進水的傢伙。」傭兵惡狠狠地說。「至於你呢，男孩，繼續說，這挺有趣的。」

「當年戈德馬王子，也就是老國王加爾迪克的兒子，和女魔頭法兒卡的叛亂分子對戰時，特馬利亞軍就是戴上他的徽紋，頂著三百合紋章作戰，把對方打得落花流水。當戈德馬繼承了父親留下的王位後，爲了紀念當年的大捷，和從敵人手中奇蹟救出妻兒，他決定將黑地上的三朵銀百合當作王國紋章。後來的賽德里克王頒布特別法令，把國家紋章改爲有三朵銀百合的黑盾，特馬利亞徽紋就一直沿用到今天。你們剛好可以親眼看看，因爲現在經過的，正好是特馬利亞的重騎兵。」

「你解釋得眞是清楚，年輕的先生。」商人說。

「不是我，」亞瑞急呼。「是阿特瑞的洋，他是紋章學學者。」

「看得出來，你的學問也不差。」

「剛好適合入伍，」狗魚暗暗補上一句。「好爲了國王和特馬利亞，死在三朵銀色百合花標誌下。」

一陣歌聲傳來，雄壯威武，像暴風中的波濤一樣澎湃，像逐漸逼近的雷聲一樣低沉。跟在特馬利亞軍隊之後的，是另外一支排列整齊且緊密的軍隊。這支騎兵的顏色灰暗，幾乎不帶色彩，頭上也沒有舉著任何幡幟或錦旗。隊伍的眾領隊前方，有人舉著一根用馬尾裝飾、架著橫桿的竿子，而橫桿上頭插著三顆人類頭骨。

「自由軍。」傭兵指著灰色騎軍說：「雇傭兵。傭兵團。」

「一眼就看得出來，他們都是老手，漢子中的漢子！」梅菲讚嘆道：「看他們走得多整齊啊，像在閱兵一樣……」

「自由軍。」傭兵重複道。「仔細看清楚了，鄉巴佬、一群還沒長毛的傢伙，這才是眞正的軍人。他們已經上過戰場，就是他們，就是這些雇傭兵，亞當．潘格拉特、莫拉、凸額頭和阿巴特馬可帶領的騎兵，他們扭轉了馬耶那的局勢。能打破尼夫加爾德的連環陣營，要感謝的也是他們。多虧有他們，要塞才能收復。」

「我相信，」另一人也說：「他們是驍勇善戰的民族，這些傭兵，在戰場上就像這塊岩石一樣，一步都不退讓。不過，自由軍是收錢辦事，就像你從他們的歌裡可以聽出來的那樣。」

部隊騎馬緩緩靠近，歌聲有力而響亮，但曲調卻怪異地陰沉而憤怒。

沒有任何權杖或王位能收買我們

我們絕不跟哪個國王結盟

金幣像那太陽亮閃閃
我們只聽它命令！

你們軍隊的宣示我們全不在乎
我們不向任何幡幟致敬或親任一隻手
金幣像那太陽亮金金
我們只爲它效忠！

「啊，要是在這種軍隊裡當差，」梅菲又讚嘆了起來：「要是跟他們一起出戰……就能嚐到名聲和油水的滋味……」

「我這是眼花了還怎樣？」歐庫提赫整個臉都皺了起來。「在第二隊騎兵前頭的是……一個娘兒們？他們是聽一個娘兒們的命令在打仗？這些傭兵？」

「就是那個娘兒們。」傭兵爲他證實。「不過，那可不是個簡單的娘兒們。那是尤莉雅・阿巴特馬可，人稱可愛小迷糊。她打起仗來可不得了呢！在馬耶那城下把黑衣軍和精靈打得一敗塗地的那支傭兵，就是她指揮的，當時可是一千人對三千呢。」

「這事我聽過。」狗魚答了腔，但用的是種詭異、噁心、巴結又不懷好意的口吻：「那場勝仗並沒有多大作用，付給傭兵的錢等於是扔進了爛泥巴。尼夫加爾德整一整軍，又開始找我們麻煩，而且是很大的麻煩，然後馬耶那又被包圍了起來。說不定，他們已經拿下那座要塞了？說不定，就要往這裡來了？說不定，很快就到這裡了？說不定那些用錢買來的傭兵，早就被尼夫加爾德的金子給買走了？說不定……」

「說不定，」上了火的軍人打斷他：「你想讓人在臉上揍一拳？鄉巴佬，小心點，對我們的軍隊亂吠可是要上絞索的！趁現在還沒出事，好好閉上你的嘴！」

「哇——！」身材魁梧、嘴巴張得老開的歐庫提赫，緩和了當下的氣氛。「哇——你們看！來了一票搞笑的矮冬瓜呢！」

震耳欲聾的鼓聲、悲戚哀嚎的風笛聲，以及狂野尖嘯的直笛聲響起，路上出現一支行進的步兵隊伍。他們身上配有長戟、帶鉤的槍矛、戰斧、刺連枷和狼牙棒，穿著毛皮做的斗篷、鎖子甲和尖頂頭盔。這些士兵的身材確實格外矮短。

「這是從山上下來的矮人。」傭兵解釋道：「馬哈喀姆志願軍的其中一團。」

「我本來想，矮人不是站在我們這邊，是和我們敵對的。」歐庫提赫說：「我以爲這些噁心的矮子出賣我們，和黑衣軍混到了一塊……」

「你本來想？」傭兵用憐憫的眼神看向他。「有趣了，你是拿什麼想？你這蠢蛋，如果你喝湯的時候吞了隻蟑螂，那連你的肚子都比你的腦子聰明。走在那邊的，屬於矮人步兵的一團，是馬哈喀姆的主事——伯威．虎格派來的支援。他們已經參加過大部分的戰役，折損了很多兵力，所以退到維吉馬城下重新整軍。」

「矮人可是很猛的民族。」梅菲附和道：「有次撒奧溫，在艾蘭德一家酒館裡，有個矮人在我的一隻耳朵邊吼了一下，結果我那隻耳朵一直到尤冽節都還嗡嗡響個不停。」

「矮人兵團是這支軍隊的最後了。」傭兵用一掌遮在眼睛上方。「行軍快要結束，商道等等就可以過了。我們該準備上路了，因爲現在已經差不多正午了。」

□

「這麼多戰士往南方去，」賣護身符和山蘿蔔的商人說：「肯定是有一場大仗要打。老百姓要倒大楣了！這些軍隊將帶來許多不幸！將會有好幾千人被火燒死、被劍砍死。各位先生，你們要注意那顆彗星，每天夜裡都可以在天上看到它拖著後頭的紅尾巴飛過，如果彗星尾巴是青色或白色，就是預告會有寒病——發燒、胸膜炎、生痰、流鼻水，甚至是像洪水、豪雨或是連日大雨這種水難。要是紅色，那就是顆代表狂熱、鮮血和烈火的彗星，也代表了生於烈火的鐵器。很可怕、很可怕的災難將會降臨到百姓身上！大規模的迫害與屠殺。就像那個預言說的：『屍體將層層堆起，高達十二肘，已成曠野的土地上，將有狼群哀嚎，而人類將會親吻另一個人類留下的足印……』我們大禍臨頭了！」

「爲什麼是我們？」傭兵冷冷打斷他。「彗星飛那麼高，從尼夫加爾德也看得見，伊娜谷就更不用說了，聽說門諾．科耶亨就是要從那邊打過來；黑衣軍也會往天上瞧，一樣看得見彗星。

所以，為什麼不說彗星預言的大災難指的不是他們，而是我們呢？不說屍體會堆成山堆的是他們呢？」

「就是啊！」另一個傭兵吼道：「會大禍臨頭的是他們，黑衣軍！」

「兩位先生，你們的這個說法好極了。」

「當然。」

□

他們走過環繞維吉馬的森林，進入草原與牧地。這裡有一整群馬在吃草，有戰馬、輕輓馬、重輓馬等。草況就像三月天裡的樣子，少得連貓都要哭了，不過也有些放滿乾草的推車和棚子。

「你們看到了嗎？」歐庫提赫舔了舔嘴唇。「喂，有馬耶！而且沒有人顧！就等我們去抓，隨我們選……」

「閉上你的嘴。」狗魚嘶聲說，然後端著乖順的笑臉，朝兩名傭兵露出兩排牙齒。「兩位先生，他的夢想就是進騎兵隊，所以才會對那些馬打起主意。」

「騎兵隊！」傭兵哼了一聲。「區區一個鄉巴佬，作什麼春秋大夢啊！當個顧馬的還比較快！他就只配用叉子撿馬屁股底下的大便，再推車載走而已！」

「兩位先生說的是啊。」

他們繼續前進，沒多久便抵達沿水塘和溝渠搭建的堤道。忽然間，他們在柳樹的枝椏之上，看見了一個又一個的紅色塔頂，那是矗立湖畔的維吉馬城。

「嗯，我們差不多到了。」賣貨郎說：「你們有聞到嗎？」

「噢——！」梅菲皺起了臉。「眞臭耶！這是什麼啊？」

「一定是被皇家軍餉給餓死的軍人。」狗魚在他們背後碎唸，不過小心沒讓兩個傭兵聽見。

「差點沒臭死你吧，嗯？」其中一人笑道。「這個啊……這裡有幾千個戰士在過冬，而這些戰士得吃東西，既然有進，那就有出。大自然給我們塑造的就是這個樣，你也奈何不了！至於是什麼東西這麼臭，就是這裡，他們把出來的東西運到這邊，倒到這些溝渠裡，甚至連土都懶得撒。冬天這些屎給凍著，多少還能忍得住，不過到了春天……呸！」

「而且新的不斷來，就堆在舊的上頭。」另一個傭兵也啐了一口。「你們聽到了這響得要命的嗡嗡聲嗎？那是蒼蠅。牠們在這裡是一大群、一大群地飛，這可是一般早春不會有的情景！你們有什麼拿什麼，把臉給包好，因爲這些該死的傢伙會飛進你們的眼睛和嘴巴裡。手腳也快點，我們越早穿過這裡越好。」

□

他們經過了那些溝渠，卻沒有辦法擺脫惡臭。相反地，亞瑞願意賭上腦袋發誓，愈靠近城裡，難聞的氣息就愈發濃烈，而且是越來越多變化、越來越多層次。圍在城郭外頭的軍營與帳篷散發著惡臭，大型的野戰醫院散發著惡臭，擁擠繁忙的市鎮散發著惡臭，防禦的土牆散發著惡臭，閘門散發著惡臭，外堡散發著惡臭，廣場與巷道散發著惡臭，內城的圍牆散發著惡臭。所幸眾人的鼻子很快便習慣這些氣味。沒多久，管他是屎糞、腐屍、貓尿或食舖，對他們來說都已毫無分別。

到處都是蒼蠅，不斷嗡嗚擾人，千方百計地往人的眼睛、耳朵和鼻孔裡鑽，趕也趕不走，反倒是打爛在臉上還比較簡單。又或者是用嚼的。

才走出城門底下遮蔭，一張掛在牆上的巨幅畫像便搶入他們眼中，那是一個用一根手指指著他們的騎士，畫像下方有一句用大寫字母寫成的問句：「那你呢？你投軍了嗎？」

「很不幸，」傭兵咕噥道：「我投了，已經投了。」

類似這樣的畫像有很多——可以說，只要有牆，就有這樣的畫，不過大多是那個比著手指的騎士。很多時候，畫像裡的人物會是熱愛祖國的國母，她的銀髮飄揚，背景是一座座著火的村落，和一個個插在尼夫加爾德長棍上的嬰孩。有時是一群嘴裡叼著淌血短劍的精靈畫像。

亞瑞突然回過頭看，發現只剩下他們——他、兩個傭兵和商人。狗魚、歐庫提赫、被徵召的兩名佃農之子和梅菲，全都沒了蹤影。

「沒錯。」傭兵替他說出心中臆測：「你那票兄弟一逮到機會，就在頭一個拐角，腳底抹油跑了。而你知道我會和你說什麼嗎？你們分道揚鑣是好事，可別指望老天把你們的路又湊在一起。」

「可惜了梅菲。」亞瑞喃喃道：「他其實是不錯的人。」

「每個人的命運都是自己選的。至於你，跟我們走吧，我們會告訴你徵兵的地點在哪裡。」

他們來到一座小廣場。場中央有座石台，上頭立著一根刑樁。刑樁四周聚滿了等著看熱鬧的居民和士兵。被綁在上頭的受刑犯正好被泥球打中臉，哭著吐掉嘴裡的泥巴。眾人看了，高聲譏笑。

「喂！」傭兵嚷道：「你們看被銬上枷鎖的是誰！那可是夫森耶！不知道他犯了什麼事？」

「種田。」住城裡的一個胖子搶著爲他們解說，那人穿著狼毛皮草，戴了頂氈帽。

「什麼？」

「種田。」胖子又強調了一次。「因爲他播了種！」

「哈，不好意思，不過您這說的是哪樁跟哪樁啊？」傭兵笑了出聲。「夫森我認識，他是個鞋匠，是鞋匠的兒子、鞋匠的孫子。他這輩子沒耕過田，沒播過種，也沒收過割。我說啊，您提播種這件事，連鬼聽了都不信。」

「這話可是城守自己說的！」城民反駁說。「他說他會在那根木樁下站到天亮，因爲他播了種！這壞蛋會種田，是受了尼夫加爾德的教唆，收了尼夫加爾德的錢……很奇怪，對吧？他種的是一種穀子，好像是海外來的……我想想……啊！叫失敗主義！」

「沒錯，沒錯！」賣護身符的叫道：「我聽人家提過！尼夫加爾德的間諜跟精靈要加強破壞，在井裡、水裡、溪裡下了各種毒，而用曼陀羅、毒芹、痲瘋跟失敗主義來下，是再適合不過了。」

「就是啊。」穿狼皮的城民點了點頭。「昨天吊死了兩個精靈，一定就是因爲他們下毒。」

「這條巷子的轉角，」傭兵為他指路。「有家客棧，徵兵處就設在裡頭。那裡鋪了張大帆布，上頭有特馬利亞的百合，你看得懂，對吧，男孩，所以你一定找得到的。一路順風。眾神啊，讓我們在世道好一點的時候再見吧。商人先生，我們也就此和您告別了。」

商人大大地咳了一聲。

「兩位高貴的先生，」他一邊說，一邊在大大小小的箱匣裡翻找。「請你們讓我報答你們的幫助……讓我表達自己的感謝……」

「好先生，您不用忙了。」傭兵笑著說：「我們幫了忙，就這樣，沒什麼好提的……」

「治下背痛的神奇藥膏怎樣？」商人從箱底翻出了某樣東西。「治支氣管炎、痛風、癱瘓、頭皮屑跟腺疫的萬能藥怎樣？不然治蜜蜂、毒蛇和吸血鬼叮咬的樹脂膏？還是這個護身符？可以防止邪惡之眼的注視。」

「那您有，」另一個傭兵認眞地問：「可以防止吃壞東西的藥嗎？」

「有！」商人露出了燦爛的笑容。「就是這瓶效果非常強大的符水，可是用有魔力的樹根提煉而成，還加上了各種有香味的藥草。只要飯後三滴就夠了。來吧，兩位高貴的先生，拿去吧。」

「謝謝。那麼，再會了，先生。你也是，再見了，男孩。祝你好運！」

「他們眞是誠懇、有教養又有禮貌的人。」當兩名士兵消失在人群中後，商人如是評論。「這樣的人，不是每天都能碰得到。不過，遇到你也同樣是我的運氣，年輕的先生。那麼，我要給你什麼呢？可以避開閃電的護身符？馬糞石？對付巫婆咒語很有效的烏龜石？哈，我還有一顆可以拿來敬神的死人牙，還有一小塊風乾的魔鬼屎，這放在右腳鞋子裡穿最好……」

有群人正努力刷洗一間屋子牆上的「帶著你們的狗屁戰爭滾蛋」字跡，亞瑞把視線從他們身上移開。

「您別忙了，」他說：「我該走了……」

「哈！」商人大叫一聲，從匣子裡拿出一小枚心形銅製徽章。「這個就應該對你有用了，小伙子，因爲這東西剛好適合年輕人。這非常稀有，我只有一個。這是魔法護身符。帶著它的人，不會被愛人遺忘，即使是兩個人分開，相隔十萬八千里也一樣。你看，這裡可以打開，裡頭有一小張薄薄的莎草紙。只要在這張小紙片上，用我這個魔法紅墨水寫下心愛女孩的名字，那她就不會忘了你，不會變心，不會背叛你、拋棄你。怎樣？」

「嗯……」亞瑞微微紅了臉。「我不知道……」

「我該……」商人把一根小棍子浸到魔法墨水裡。「寫什麼名字啊？」

「奇莉。我是說，奇莉拉？」

「好了，拿去吧。」

「亞瑞！去他的地獄，你在這裡做什麼？」

亞瑞猛然轉過身，心裡不自覺想著：*我本來希望能重新開始，把過去的一切都拋在腦後，可是*

我卻一直遇上熟人。

「丹尼斯．克萊姆先生……」

一個身上穿著內襯獸毛的袍子、胸甲、鐵腕甲和臂套，頭上罩著帶尾巴狐狸毛帽的矮人，用精明的目光看了看男孩，看了看商人，然後又看回男孩。

「你在這裡做什麼？亞瑞。」他吹鬍子瞪眼的厲聲問道。

男孩思忖了下是否要編個謊言，而且還要避免把友善的商人扯進來，好提高可信度，但他幾乎馬上就放棄了這個想法。曾在艾蘭德親王侍衛隊裡服役的丹尼斯．克萊姆，旁人對他的評價都是「難以欺矇的矮人」，而亞瑞也知道，這不值一試。

「我想去從軍。」

他知道接下來的問題會是什麼。

「南娜卡應允了？」

他無須回答。

「你偷跑了。」丹尼斯．克萊姆點了點頭。「你就這麼光明正大地從神殿跑走，而南娜卡和一票女神官在那邊氣得直扯頭髮……」

「我有留書。」亞瑞咕噥了句。「克萊姆先生，我不能……我必須……大敵壓境，不能坐以待斃……在這個祖國危急的時刻……再加上她……奇莉……南娜卡媽媽根本就不想答應，即使她已經派了神殿裡四分之三的女孩去軍隊，卻不讓我……而我不能……」

「所以你就逃跑了。」矮人嚴肅地皺起眉頭。「真是該死，我應該把你綁到棍子上，寄回艾蘭德去！或是叫人把你關到城底下的山洞裡，一直關到有女神官來領回你！我應該……」

他氣得喘不過氣。

「你上一次吃東西是什麼時候？亞瑞，你最後一次在嘴裡吃下熱呼呼的食物，是什麼時候的事了？」

「你是說真的熱騰騰的那種？三……不對，四天前。」

「過來。」

□

「吃慢點，孩子。」丹尼斯．克萊姆的同伴之一——佐丹．奇瓦叮嚀著：「東西連咬都不咬，就這樣直接吞下去，對健康不好。你這麼急是要去哪裡？相信我，沒有人會跟你搶這頓飯。」

亞瑞可就不那麼肯定了。旅店「大毛熊底下」的大廳裡，正在進行一場鐵拳單挑賽。在同是志願軍的同伴叫囂、當地妓女群的歡呼中，兩個身材短胖，魁梧得像火爐一樣的矮人，不斷朝對方揮拳。地板霹啪作響，家具與餐具連番倒落，而兩人已經打歪的鼻子裡不斷濺出血珠，像雨滴般灑得到處都是。亞瑞就只等著他們其中哪個會撞到他們坐的軍官桌，把木盤裝的豬腳、大碗公裡盛的蒸碗豆，還有那些陶酒杯，都給撞掉。他快速嚥下咬進嘴裡的那塊肥肉，覺得只有吞下肚的才作數。

「丹尼斯，我不是很懂。」另一個矮人叫薛爾頓・斯卡葛斯，雖然對決中的一人使出勾拳，差點沒打到他，他卻連頭都沒回。「既然這個小子是祭司，那他是趕哪門子的流行跑來投軍？祭司可是不能見紅的。」

「他是在神殿裡學習的孩子，不是祭司。」

「他媽的，我永遠都搞不懂人類迷信的這些東西。不過呢，我們不該嘲笑別人的信仰……可是看起來，這個小伙子雖然是神殿長大的，對流血這件事好像一點異議都沒有，尤其是尼夫加爾德的血。怎樣啊，小伙子？」

「讓他好好吃完，斯卡葛斯。」

「我很樂意回答……」亞瑞吞下一口豬腳，又朝嘴裡塞了一把豌豆。「是這樣的，如果是在正義的戰場上，可以見紅，這是為了維護更崇高的眞理，所以我才會投軍……祖國之母在呼喚我……」

「你們自己看到了吧。」薛爾頓・斯卡葛斯用目光掃了同伴一圈。「人類跟我們是相近的種族，有血緣關係，有相同的根，這種說法的可信度有多高。最好的證據，喏，就坐在我們面前咬豌豆。換句話說，你們在年輕一輩的矮人裡，也可以碰到一堆這種熱血傻子。」

「尤其是在馬耶那告急之後。」佐丹・奇瓦冷冷地點出事實。「打贏那場仗後，自願從軍的多了很多。等門諾・科耶亨的軍隊往伊娜河上游走，沿途只留下黃土和白水的消息傳開後，這股熱潮就會退了。」

「就怕這股熱潮會往反方向走。」克萊姆喃喃道。「那些自願從軍的，我不太能信任。有趣的是，每兩個逃兵裡，就有一個是志願兵。」

「您怎麼可以……」亞瑞差點噎到。「您怎麼可以做這種猜想，先生……我是基於理想……去參加正義與正當之戰……祖國之母……」

在一個重擊落下後，男孩覺得整座建築的地基都震了一下，對打的其中一名矮人摔倒在地，把地板縫裡的灰塵都震到了半呎高。然而，這一回，倒地的矮人沒有再跳起來重重回敬對手，就這麼躺在地上，手腳虛弱而不協調地抽搐著，讓人聯想到四腳朝天的金龜子。

丹尼斯．克萊姆站了起來。

「結果出爐了！」他掃視整個客棧，朗聲宣布：「在英雄艾卡納．佛斯特，於馬耶那城下光榮戰死後，從缺的領軍之職由……小子，你叫什麼？我忘了。」

「不拉斯可．格蘭特！」鐵拳殊死戰的贏家把一顆牙吐在了地板上。

「……由不拉斯可．格蘭特接下。還有其他人有升職的事擺不平嗎？沒有？那就好。老闆！啤酒！」

「我們剛剛講到哪？」

「講到正義之戰。」佐丹．奇瓦彎著指頭，數了起來：「講到志願兵，講到逃兵……」

「就是。」丹尼斯打斷他。「我就知道我有事想說，而那事就跟叛逃的志願兵有關。你們回想一下，維瑟格德的琴特拉部隊就是個例子，而且這群狗娘養的甚至連幡幟都沒改。這是我從自由軍傭兵那裡聽來的，他是『可愛小迷糊』尤莉雅部隊裡的人。琴特拉軍在麥耶那城下跟尤莉雅的部隊拆夥，跑去當尼夫加爾德的入侵大軍先鋒，用的還是同一面獅旗……」

「他們受到祖國之母的召喚。」斯卡葛斯陰陰地說：「還有大帝之后奇莉。」

「安靜點。」丹尼斯壓著嗓子說。

「沒錯。」到目前爲止，一直默不作聲的矮人亞爾潘・齊格林說：「安靜點，而且要比安靜還安靜！這不是怕有間諜偷聽，而是對自己完全不明白的事，就不該出聲。」

「那你齊格林，」斯卡葛斯挺起長滿大鬍子的下巴。「就明白了，是吧？」

「我是明白，而且我還要告訴你一件事：不管是恩菲爾・法・恩瑞斯，還是塔奈島上叛變的巫師，甚至是惡魔親自來了，都沒有人能逼那女孩去做任何事。沒人有辦法讓她屈服。我知道，因爲我認識她。和恩菲爾聯姻這一整件事，就是個大騙局。一個讓各種白痴上當的大騙局……我告訴你們，那女孩的宿命不是這樣，完全就不是這麼一回事。」

「齊格林，」斯卡葛斯嘀咕道：「你這口氣，好像你眞的認識她一樣。」

「夠了。」佐丹・奇瓦突然吼道。「宿命這件事，他說得對。我相信他。我有我的道理。」

「唉。」薛爾頓・斯卡葛斯擺了擺手。「講再多也沒用。奇莉拉、恩菲爾、宿命……這些議題都太遠。不過，離我們近一點的事呢，各位，就是門諾・科耶亨跟『中軍』這支部隊。」

「就是啊。」佐丹・奇瓦嘆了口氣。「照我看來，我們是避免不了有場大戰要打，或許是歷史上最大規模的一場仗。」

「很多，」丹尼斯．克萊姆喃喃道：「很多事都會有個著落……」

「更多事會有的，則是一個結束。」

「所有一切……」亞瑞習慣性地遮嘴打了個嗝。「所有的一切都會結束。」

矮人們沉默地盯著他看了一會兒。

「我不是很懂你的意思，年輕人。」佐丹．奇瓦終於出聲。「你不想解釋一下，你想說的是什麼嗎？」

「在公爵的議會裡……」亞瑞頓了一下。「我是指艾蘭德，大家都說這場大戰的獲勝之所以重要，就是因為……因為這場大戰會為所有戰事畫下休止。」

薛爾頓．斯卡葛斯不屑地噴了口氣，濺得滿鬍子都是啤酒。佐丹．奇瓦則大聲笑了起來。

「你們不這麼想嗎？各位先生。」

這回換丹尼斯．克萊姆發出不屑的聲音。亞爾潘．齊格林維持一派正經，審慎地看著男孩，好像還帶了點關懷。最後，他很嚴肅地說：

「孩子，你看。坐在吧台邊的是艾宛潔莉娜．帕爾。我得承認，她確實很大。呵，甚至可以說是非常巨大。不過就算是她這種尺寸，光靠一個婊子就要擺平所有婊子，是不可能的事。」

□

丹尼斯．克萊姆在轉進無人窄巷後，便停下腳步。

「我得稱讚你一聲，亞瑞。」他說：「你知道是為了什麼嗎？」

「不知道。」

「別裝了。在我面前，沒有這個必要。你之所以值得嘉許，是因為他們在講到那個奇莉拉的時候，你連眨都沒有眨過一下眼。更值得稱讚的是，你那時候根本沒有開口……好了、好了，別裝出那副蠢樣。我知道很多在南娜卡神殿圍牆後頭發生的事，你可以相信我。要是你覺得這樣還不夠，那我就說給你知道，我聽到那個商人幫你在吊飾裡寫了哪個名字。」

「就這麼保持下去。」矮人假裝沒看到亞瑞的臉有多紅。「就這麼繼續保持下去，亞瑞，而且不只是在奇莉這件事上頭……你在看什麼？」

從巷口看出去的穀倉牆上，有一排用石灰寫成的歪斜字跡：要做愛，不作戰。而就在那排字的底下，有人又——字小了很多——潦草地寫下：每天早上都要大便。

「你給我看另一邊，蠢蛋。」丹尼斯．克萊姆火大地說：「光是這樣盯著那些字看，就能讓你吃不了，兜著走；要是你說話說錯了時機，就會被人綁上木樁，血淋淋地把你的皮從背上扒下來。這裡的審判可是很快的！非常快！」

「我看到鞋匠被綁在刑柱上。」亞瑞喃喃道：「說是犯了散播失敗主義的罪。」

「這個所謂散播，」矮人抓著男孩袖子，認真說：「大概就是他在送兒子入伍的時候哭了，沒有高喊愛國萬歲。在這裡，對於重罪的定義不一樣。來吧，我帶你去看。」

他們走出巷子，來到一座小廣場。亞瑞用袖子遮住口鼻，退了一步。在一個巨大的石絞刑架上，掛著十多具屍首。有些已經掛在那裡很久，從外觀與氣味皆可看出端倪。

「這個，」丹尼斯一邊趕著蒼蠅，一邊指向一具屍首。「在圍牆和帆布上寫了一些蠢話。那邊那個，認爲戰爭是上位者的事，而被尼夫加爾德徵去當步兵的，也不是他的敵人。那邊那個在喝醉酒後，說了這麼一個故事：『矛是什麼？那是達官貴人的武器，是根棍子。每根棍子的末端都有個窮光蛋，而在那末端，你看見那娘兒們沒？那是車輪上的軍妓營老鴇，上頭用了一排字裝飾：戰士啊，趁今天，打砲吧！因爲明天你可能就不行了！』」

「就只是因爲這樣……」

「還有，他們發現其中一個女孩有淋病，而這已經涉及到了分裂國家與減低戰力。」

「我懂了，克萊姆先生。」亞瑞挺直身體，擺出一個他認爲的軍人姿勢。「不過您不用擔心，我不是什麼失敗主義者……」

「你根本連個屁都沒搞懂，還有，不要打斷我，因爲我還沒說完。吊在最後的那個已經臭氣熏天，而他犯的就只是對刻意挑釁間諜說的話，大聲這麼吼回去：『您說的有道理，先生，您才是對的，事情就是這樣，沒有別種版本，就像二乘二等於四一樣！』現在告訴我，你已經搞清楚了。」

「我已經搞清楚了。」亞瑞暗暗環視了下周遭。「我會注意的。不過……克萊姆先生……事實上到底是怎樣……」

「事實上是這樣，」他小聲說：「門諾．科耶亨元帥的中軍帶了大概十萬步兵往北走。事實上，要是能走到談判這一步就好。事實上，特馬利亞和維爾登無力阻止科耶亭。事實上，他們最多只能撐到彭達爾。」

「彭達爾河就在我們的北方。」亞瑞壓低聲音說。

「這就是我想說的。不過，記住了，關於這件事，你的嘴得像蚌殼一樣緊。」

「我會小心的。等我到了部隊後，也是一樣嗎？我在那裡也可能碰到間諜嗎？」

「在前線部隊？靠近前線的地方？應該不會。間諜之所以都這麼熱衷於待在前線後方，就是因為他們都自己會站上火線。再說了，要是他們把每個挖苦、抱怨和出言褻瀆的士兵都吊死，那就沒有人去打仗了。不過，亞瑞，關於奇莉，不管什麼時候，嘴巴都得閉個死緊。記住我的話了，只要把嘴巴關好，就沒有哪隻愛挖糞的蒼蠅能飛得進去。現在，去吧，去徵兵委員會那裡。」

「您在那裡會為我說句話嗎？」亞瑞帶著一臉希望看向矮人。「如何？克萊姆先生？」

「哎呦，你這孩子是傻了嗎？這裡可是軍隊！要是我替你說話、護著你，那就等於是在你背後用金線繡上『軟腳蝦』三個大字！你在部隊裡的生活就完了，小子。」

「那去你們的……」亞瑞囁囁地說：「去你們的部隊……」

「連想都不要想。」

「因為你們那裡只有矮人的位置，對吧？沒有我的，對吧？」男孩苦澀地說。

「對。」

沒有你的位置。丹尼斯，克萊姆心想。沒有你的位置，亞瑞。因為我欠南娜卡的債還沒還完，所以我想要你能完完整整的從這場戰爭中回來。而馬哈喀姆志願軍是由矮人組成，是由一群外來的低等種族組成的，所以每次都會被派去執行最棘手的任務，處理最危險的部分。那是一條不歸路，一條不會派人類去的不歸路。

「那我要怎樣才能進到好部隊？」亞瑞沮喪地說。

「那對你來說，是哪一支部隊這麼特別，讓你這麼努力想進去？」

亞瑞轉過身，他聽見了如拍打岸邊的浪花般澎湃，如快速逼近的暴風之雷般激昂的歌聲。響亮、自負、有力，如鋼鐵般堅定的歌聲。這樣的歌聲他聽過。

一支傭兵隊伍成三角隊形，騎馬緩緩走在從城堡延伸出來的小巷上。在隊伍的最前頭，在一匹灰白雄馬上，在一根用人類頭骨裝飾的長桿下，是軍隊的領袖——一個身材削瘦的男人，有著鷹鉤鼻，頭髮紮成長辮垂在鎧甲上。

「『終結者』亞當．潘格拉特。」丹尼斯．克萊姆喃喃道。

傭兵的歌聲威武、雄壯而宏亮。在馬蹄敲擊路磚的脆響襯托下，塡滿整個巷道，傳到了屋頂尖上，甚至超越其上，傳到了城市上頭的蔚藍九重天去。

當我們得去擁抱染血的大地
不管愛人還妻子，全都不流淚
因爲我們是爲那金幣，紅艷艷的像太陽

摩拳擦掌上戰場！

「您問我哪個部隊……」亞瑞無法將視線從騎兵隊伍移開。「至少也要像這個！這種部隊是我想待……」

「每個人都有自己的歌。」矮人悄聲打斷他：「而每個人都是以自己的方式去擁抱染上鮮血的大地，各人都有各人的命。然後，要嘛就是有人會爲他掉淚，要嘛就是沒有。寫字的，在戰場上，只有唱歌和行軍的時候，才是大家一模一樣；只有列隊立正的時候，才是大家一模一樣。等到眞的打起來了，每個人都是註定的。不管是在自由軍的『終結者』潘格拉特旗下、在步兵營、在補給營……不管是穿上亮晶晶的盔甲、插上紅羽毛，還是一身補丁、長滿蝨子的羊皮衣……不管是騎在快馬上，還是站在大盾後頭……每個人都不一樣，都要面對自己的命運！好了，那裡就是委員會了，你有看到門口的牌子嗎？既然你想當個軍人，那裡就是你該去的地方。去吧，亞瑞。再會了。等一切都結束，我們再見。」

矮人目送男孩進去，一直到他消失在徵兵委員會所在的旅店木門後方。

「說不定我們不會再見了。」他輕聲補了一句。「天曉得誰的命中註定了什麼事，有怎樣的命。」

□

「你會騎馬嗎？會用長弓或弩弓嗎？」

「不會，委員大人，但是我會寫字和書法，也懂古盧恩字……會講上古之語……」

「會使劍嗎？會用騎槍嗎？」

「……我唸過《戰爭史》，那是培力格藍的作品……還有羅德利克．德諾曼伯勒的……」

「還是你會煮飯？」

「不，我不會……不過我帳算得不錯……」

徵兵官皺起眉頭，擺了擺手。

「唸書唸昏頭的書呆子！這已經是今天第幾個了？給他一張批文去『去可兵』。年輕人，你會在『去可兵』裡服役。拿這張紙去城裡的南邊，然後一直出了馬利堡門，到湖邊去。」

「可是……」

「你一定到得了的。下一位！」

□

「喂！亞瑞！喂！等一下！」

「梅菲？」

「廢話，當然是我！」木桶匠之子踉蹌了下，扶住城牆。「就是我，書呆子，嘿，嘿！」

「你怎麼了？」

「什麼我怎麼了？嘿，嘿！我多喝了兩杯！我要喝死尼夫加爾德！唉，亞瑞，看到你我好高興，因爲我以爲自己再也見不到你了……我的好兄弟……」

亞瑞退了一步，好像被揍了一拳似的。從木桶匠之子身上傳來的不只是啤酒臭和比那更糟的烈酒臭，還有洋蔥、大蒜等，天知道還有什麼。總之，味道可怕極了。

「你那票棒得不得了的兄弟呢？」他口氣尖酸地問。

「你是說狗魚嗎？」梅菲皺起眉頭。「我跟你說，我管他死到哪裡去！你知道嗎？亞瑞，我覺得他不是好人。」

「好棒啊，你這麼快就看清他。」

「就是啊！」梅菲一臉的驕傲，沒有察覺亞瑞的奚落。「他跑了，不過誰敢騙我，就讓魔鬼吃了他！告訴你，我知道他打的是什麼主意！我知道他來這裡，來維吉馬要做什麼！亞瑞，你一定以爲他和那群混混，是跟我們一樣要來投軍的吧？哈，你可是大錯特錯啊！你知道他的打算嗎？說出來，你一定不信！」

「我會信。」

「他啊，」梅菲得意地說：「要把馬弄到手，然後從這裡偷軍服，因爲他打算扮成軍人去搶劫！」

「他總有一天會被砍頭。」

「這天最好快點到來！」木桶匠家的兒子晃了一晃，扶住城牆，解開褲子。「只是可惜了歐格拉北克和米爾頓，這兩個鄉下來的草包被他們說動，跟狗魚走了。這下子，砍頭也有他們倆的份了。不過呢，管他們的，兩個豬腦袋！你怎樣啊，亞瑞？」

「你是指？」

「委員會有把你分發到哪嗎？」梅菲在漂白的牆面注下一涓細流。「我會問你，是因爲我已經入伍了，現在得出馬利堡門，去城的南邊。你要去哪裡？」

「也是去南邊。」

「哈。」木桶匠家的兒子跳了幾下，抖了抖，扣上褲子。「說不定我們會一起上戰場？」

「我不這麼認爲。」亞瑞一臉優越地看著他。「我的分派是按我的資格決定的，我是到『去可兵』。」

「這當然。」梅菲打了個嗝，把混在嘴裡的可怕氣味吐向他。「你可是個學者呢！像你這種聰明人，一定會被挑去做比較重要的任務，不會把你隨便亂分發。哎，沒辦法了。不過，我們暫時還是可以一塊上路。」

「看來是這樣。」

「那我們就走吧。」

「走吧。」

□

「我想應該不是這裡。」亞瑞看著眼前的情況，下了評論。在帳篷圍繞的營區廣場上，一支衣著襤褸的步兵隊伍，長桿抵肩行進，捲起一地沙塵。男孩留意到，那些人的右腳上都綁了一捆乾草，而左腳則是一束麥桿。

「我們大概找錯地方了，梅菲。」

「乾草！麥桿！」在廣場上監督襤褸士兵的一等兵，吼叫聲清晰可聞。「甘草！麥桿！腳步要整齊，你們這些王八蛋！」

「那些帳篷上頭飄著一面旗子。」梅菲說：「你自己看，亞瑞。那是一模一樣的百合，跟我們在路上看到的一樣。有沒有旗子？有。有沒有軍隊？有。也就是說，就是這裡。我們找對地方了。」

「也許你是，不過我一定不是。」

「呃……啊，那邊的帳子底下好像有位中士，我們去問一問吧。」

接下來，一切發展得非常快速。

「新來的？」中士扯著大嗓門問。「自願的？文件拿來！你們兩個白痴杵在那裡做什麼？就定位！他媽的，別杵在那裡！向左轉！回來，他媽的，向右轉！小跑步！他媽的，回來！給我聽清楚，記在腦子裡！第一，先他媽的去找配給官！拿好裝備！鎖子甲、皮靴、矛，還有他媽的頭盔跟短劍！然後再回來操練！日落以前，要他媽的準備好校兵！開始動作——！」

「等一下。」亞瑞不太確定地張望了下。「因爲我好像不是被分發到這裡……」

「什麼——？」

「對不起，軍官先生。」亞瑞漲紅了臉。「我只是想避免產生不必要的誤會……因爲委員會的長官說……說得很清楚，是把我分到『去可兵』，所以我……」

「那你找對地方了，孩子。」一身裝備頗像「軍官」的中士不屑地哼了聲。「這就是你的部隊。歡迎來到『去他媽的可憐步兵隊』。」

□

「爲什麼，」洛可．希德布蘭特重複道：「我們得付錢給各位大爺？而這趕的又是哪門子流行？我們已經把該付的錢都付過了。」

「哎呦，看看他，這個自以爲很聰明的半身人。」狗魚靠在偷來的馬兒鞍上，朝旅店主人露出兩排牙齒。「他已付過了！以爲這樣就沒事了。簡直就像那隻還在想著禮拜天的火雞，不過牠的腦袋在禮拜六就讓人給剁了！」

歐庫提赫、克拉普羅什、米爾頓和歐格拉北克同聲大笑。這個玩笑是這麼有趣，而這場樂子看來會更加有趣。

洛可注意到這群流氓緊黏著不放的噁心眼神，便回頭看了下。他的妻子銀卡薇拉・希德布蘭特和兩個女兒阿蘿伊、雅絲敏，都站在門檻上。

狗魚和他的同伴端著好色的笑臉，看著三個半身人的女子。是啊，這場樂子看來肯定會很有趣，不會錯的。

就在這時，希德布蘭特的姪女從旅店的另一邊往籬笆走來。那是伊帕田緹亞・萬德貝克，小名伊緹，是個長得非常好看的女孩。一群強盜見了，臉上的笑容變得更加色迷迷又噁心。

「好了，侏儒。」狗魚催促道：「給皇家軍隊把錢交出來，把食物交出來，把馬交出來，乳牛也都從棚子裡牽出來。我們可不會在這裡站到太陽下山，咱們今天還有幾座村子要去。」

「為什麼我們既得付錢，又得給東西？」希德布蘭特的聲音微微顫抖，但聽來依舊堅定而強韌。「您說這是要給軍隊的，是用來保護我們的，那我倒要問一下，誰來保護我們不餓肚子？我們已經付過冬季軍費，還有駐軍費、人頭稅、土地稅、戶稅、牲口稅、糧稅，還有鬼才知道是什麼稅！這還不夠，這村子裡還出了四個人，去駕軍隊的補給車，而四個人的其中一個，就是我自己的親兒子！還有米羅・萬德貝克，人稱紅毛的，不是別人，是我的小舅子，在軍隊裡當野地外科，是軍隊裡的重要人物。也就是說，我們已經盡了所有佃農兵義務……所以現在要我們付錢，這是哪門子道理啊？是為了什麼，又是要付到哪去？還有理由是什麼？」

狗魚的目光在半身人的妻子——畢貝爾維樂得特家出身的銀卡薇拉・希德布蘭特身上逗留了許

久，還有他那兩個腮幫子鼓鼓的女兒——阿蘿伊和雅絲敏，以及穿著綠色裙裝、漂亮得像娃娃的伊緹・萬德貝克。狗魚看著山姆・賀夫梅耶爾和他的爺爺——老頭子何洛斐內斯；看著正忙著在園子裡耙地的老奶奶佩圖妮雅；看著村裡的其他半身人，主要是女人和十幾歲的孩子，正擔心地從家裡和圍籬後面探頭看。

「你問，為什麼？」坐在鞍上的他彎下身，看著半身人驚恐的雙眼，一字一句地說：「那我就告訴你為什麼。因為你是個骯髒的半身人，是外來的，是流浪到這裡來的，誰要是把你這個礙眼的非人類扒皮，誰就能讓眾神開心。誰要是找你這非人類的麻煩，誰就是做了愛國的好事。因為我們有這個興趣，要把你那不是人的巢穴給燒了。因為我們大發慈悲，會把你的母侏儒都玩一玩。還因為我們是五個大漢，而你們只是一群又矮又胖的膽小鬼。現在你已經知道為什麼了吧？」

「現在我已經知道了。」洛可・希德布蘭特緩緩道。「你們滾吧，大個子的人類。你們滾吧，無賴。我們什麼也不會給。」

狗魚挺直了身子，伸手要拿掛在鞍邊的短劍。

「打！」他大吼：「打死他們！」

洛可・希德布蘭特彎下身子，從推車裡抽出藏在香蒲草墊子底下的弩弓，把一穗玉米軸往狗魚臉頰丟，趁他張嘴大吼時，直接把弩箭射進去。手腳之快，所有動作在轉瞬間一氣呵成。畢貝爾維樂得特家出身的銀卡薇拉・希德布蘭特反手一揮，鐮刀劃過空中，狠準砍進米爾頓的喉嚨。佃農之子口吐腥紅，整個人往後一倒，滾落馬後。歐格拉北克哀嚎一聲，跌到了馬蹄底下；何洛斐內斯爺爺的樹枝剪穩穩插入地板，剪子的把手在他肚子上開了花。身形魁梧的克拉普羅什原本拿著狼牙棒瞄準了老人，卻從馬鞍上飛了出去，一路發出不像人聲的慘叫，因為他的一隻眼睛上，被伊緹・萬德貝克插了根嫁接用的鑽子。歐庫提赫把馬掉頭想逃，但是老奶奶佩圖妮雅跳上前去，將耙子的利齒嵌進他的大腿裡。歐庫提赫慘叫落地，但一隻腳卡還在馬鐙上，被受驚的馬兒拖過圍欄，而那上頭可是插了一根根的尖刺。被拖走的強盜不斷慘叫、哀嚎，而老奶奶佩圖妮雅帶著鐵耙子，伊緹帶著彎彎的嫁接刀，像兩頭母狼似地跟在他後頭追了上去。何洛斐內斯爺爺大聲擤了擤鼻涕。

從狗魚的咆哮到何洛斐內斯爺爺的擤鼻聲，這一連串事情經過的時間，差不多就像說一句「半身人的動作都快得不得了，而且只要是丟東西，一定命中」這麼久。

洛可在屋前的階梯上坐了下來。他的妻子——畢貝爾維樂得特家出身的銀卡薇拉・希德布蘭特在一旁蹲了下來。他們的女兒——阿蘿伊與雅絲敏去幫忙山姆・賀夫梅耶爾，在還沒死的盜匪身上再補幾下，把死了的搜刮一空。

伊緹回來了。一身綠裙裝的兩隻袖子都染了血，直到手肘。老奶奶佩圖妮雅也回來了。她走得很慢，上氣不接下氣，一手支著後腰，吃力拄著沾滿血污的耙子。哎呀呀，我們的老奶奶老了，眞的老了，希德布蘭特心想。

「洛可先生，這些強盜要埋到哪裡？」山姆・賀夫梅耶爾問。

洛可・希德布蘭特將妻子攬向自己，看向了天空。

「帶到樺樹林去。」他說：「埋在之前的那些旁邊。」

一場轟動社會的冒險，讓來自布里摩爾的麥爾坎．古斯里先生成為各大報章雜誌熱門報導的對象，就連《每日郵報》也在「怪奇專欄」裡提到幾句。由於並非我們的每個讀者，都讀過遠在特威德以南發行的報刊；就算有，也都是比《每日郵報》要來得嚴肅的刊物，所以我們來為大家回想一下事情始末。也就是，在今年三月十日的這一天，麥爾坎．古斯里先生帶著釣竿來到格拉斯可那湖。在那裡，古斯里先生遇見了一名「從霧裡憑空出現，臉上有道醜陋疤痕」的年輕女孩。「她騎在一匹黑色母馬上，身旁還伴著一隻白獨角獸。」女孩對征愣的古斯里先生說了一些話，而她所用的語言，按古斯里先生的說法，我們引述他的話：「大概是法文，又或者是大陸某種方言。」由於古斯里先生不諳法文或任何大陸方言，雙方並沒有進行交談。女孩與同行的動物就此消失，我們要再度引述古斯里先生的話：「就像一場黃金夢似的。」

我們的評論：古斯里先生的夢無疑和單一麥芽釀造的威士忌一樣金黃；據我們所知，古斯里先生時常飲用這種酒，而他每次所喝的量，正好可以解釋他會看見白獨角獸、白老鼠和湖怪的原因。而我們想問的是：「在禁漁期結束前的倒數第四天，古斯里先生帶著釣竿去格拉斯可那湖，是打算做什麼呢？」

《伊凡尼斯週刊》，一九〇六年三月十八日出刊

第七章

天空颳著狂風，自西邊逐漸轉暗。不斷湧來的雲浪，將星座一一遮滅。天龍座滅了，冬女座滅了，七羊座滅了，亮度最強、閃爍時間最久的晴星熄滅了。

一道白亮電光沿地平線快速閃過天際。巨雷悶聲傳來。強風驟然加劇，將沙塵、枯葉直往人眼裡掃。

獨角獸嘶鳴一聲，發出一道心電感應，奇莉馬上明白牠所謂爲何。

沒時間磨蹭了，這是我們快速逃離的唯一希望，要在對的地方、對的時間。我們加快動作吧，晴星。

我是異界之主，她提醒自己。我是上古之血的繼承人，我可以主宰時間與空間。

我身上流的血緣來自拉拉·多倫。

伊華拉夸克斯高聲嘶鳴，催她上路，凱爾佩也大大噴了口氣附和。奇莉拉緊手套，說：

「我準備好了。」

一陣嘈雜在她耳中響起，接著白光乍現，然後是一片黑暗。

□

漁人王的咒罵在傍晚的寧靜中，順著湖水傳了開來，他正在自己的船上對釣線又拉又扯，試著鬆開卡在湖底的假餌。一支船槳悶聲掉入了水中。

妮穆耶不耐煩地清了清嗓子，康薇拉慕絲自窗前回頭，再度俯首於一幅幅蝕刻版畫上。其中，有一幅畫格外吸引她的目光，那是名騎在高舉前蹄的黑色母馬上、秀髮隨風飄揚的女孩。一旁還有匹白色獨角獸，同樣高舉前蹄，鬃毛也如女孩的秀髮般隨風飛揚。

「對於傳說的這部分，歷史學家大概不曾有過異議，都一致認爲是虛構的內容，屬於童話故事裡的點綴，是作者在譫妄時想出的比喻，而畫家與繪圖家卻與學派唱反調，特別鍾愛這一幕。喔，請看，每一幅畫裡都有奇莉與獨角獸。然後這邊是什麼？奇莉與獨角獸在海灘上方的斷崖。而這幅呢，請看，兩枚月亮下的奇莉與獨角獸，這背景所畫的夜晚，就像是吸毒者眼中看到的混亂。」

妮穆耶不發一語。

「一句話，」康薇拉慕絲將畫作全往桌上扔。「到處都是奇莉與獨角獸。奇莉與獨角獸在異界的迷宮之中；奇莉與獨角獸在時光的深淵之中……」

「奇莉與獨角獸。」妮穆耶出聲打斷她，而目光則是定在窗戶上，定在湖泊上，定在小船與船上搖槳的漁人王身上。「奇莉與獨角獸像鬼魅般憑空出現，漂浮在某座湖面之上……說不定那一直都是同一座湖，一座像夾子一般，夾住時間與空間的湖，雖然一直變來變去，卻都是同一座湖？」

「什麼？」

「鬼魅的幻影。」妮穆耶沒有看她。「來自其他象限、其他分面、其他空間、其他時間的存在，這種幻影在改變他人人生的同時，也改變了自己的人生、自己的命運……卻不自知。對他們來說，這只不過是……另一個空間。不是這個空間，不是這個時間……一再出現，也不知道已經是第幾回，又是不對的空間、不對的時間……」

「妮穆耶。」康薇拉慕絲硬擠出一個笑容打斷她。「我才是夢視師，我要提醒一下，這裡懂夢境、會解夢的是我，而妳沒頭沒腦地就開始預言起來，好像妳說的，都是妳在……夢裡看見的。」

外頭的咒罵聲突然拔高，從那音量聽來，漁人王並沒有成功將假餌鬆開，還把釣線扯斷了。妮穆耶沒有說話，只是靜靜看著畫作，看著奇莉與獨角獸。最後，她終於開口，平靜地說：

「我剛才說的，確實是我在夢裡看到的。那場景我在夢裡看過很多次，還有一次是在白日夢裡看到的。」

□

從楚后沃到馬爾堡，在某些情況下，得花上甚至五天時間，這是大家都知道的，但楚后沃的指揮官寫給騎士團總團長文里·馮·克尼普羅德的信，最遲得在綠枝節【註一】當天全數送到收信人手裡。有鑑於此，騎士亨利克·馮·史衛崩不敢拖延，在主聽日的星期天【註二】過後便動身出發，省得自己一路匆忙，也避開了任何遲誤的可能。穩紮穩打。科隆的烘焙師之子哈索·普藍次克所帶領的六人騎射護衛隊，很是滿意騎士這種行事風格。弩弓手與普藍次克被指派到的主子，通常都是又吼又罵地要人沒命狂奔，如果到頭來還是沒能準時抵達，就以謊言掩飾，把錯全怪到可憐的隨從身上。這種做法完全不符合騎士精神，更遑論是騎士團中的騎士。

氣候暖和，但烏雲罩日，細雨時有時無，霧氣掩去了山溝深壑。鬱鬱蔥蔥的山頭，讓騎士亨利克想起自己的家鄉圖林吉亞、母親，以及自己已經一個多月沒有女人的事實。在他後頭的弩弓手，懶懶唱著瓦特·馮·德·沃格懷德【註三】的歌謠。哈索·普藍次克在鞍上打起了盹。

喜歡美麗女子的人
會羞於犯下任何罪行……

□

這趟旅程走得很平靜，要不是騎士亨利克在近午時，注意到商道底下閃閃發亮的湖水，天曉得會不會到最後都這麼平靜。由於隔日就是星期五，應當要提前準備齋菜，騎士便下令騎馬到水邊，看看有沒有漁村【註四】。

湖很大，當中甚至有座島。沒人知道那湖的名稱，但它肯定叫作「聖湖」。在這個信奉異教的國家裡——就好像是在嘲諷一般——每兩座湖，就有一座叫「聖湖」。

馬蹄踩在湖岸的貝殼上，發出聲聲脆響。湖上雖飄著霧氣，卻還是看得出這裡渺無人煙，沒有半艘船，也沒有半張魚網或任何活動的物體。得去別的地方找找看了，亨利克·馮·史衛崩心想。要是找不到，那也沒辦法。我們就吃鞍囊裡有的東西吧，裡頭雖然有煙燻肉品，我們就等到了馬爾堡再告解吧，神父會要我們苦修，這罪過也就能抵消了。

他本來已經要下令了，但腦中卻響起一陣嘈雜，哈索·普藍次克則是發出了可怕的叫聲。馮·史衛崩見狀，完全愣住，並在自己身上畫起了十字。

他看見兩匹馬——一白一黑。而他在隔了一會兒，才驚恐地注意到，那白馬的額頭上，黏著一根螺旋狀的角。他也瞧見黑馬上頭坐了一個女孩，她的髮色是灰的，刻意梳成可以遮住臉頰的樣子。看起來，這群鬼魅似乎既沒碰到地面，也沒碰到水面，就好像飄在湖面升起的霧氣上。

黑馬嘶鳴了聲。

「巫——普斯……」灰髮女孩說，聲音十分清楚。「依瑞洛可，依瑞太得！斯克斯。」

【註一】：綠枝節（Zielone Świątki）爲波蘭傳統民俗節日，定在復活節後的第五十天，一般落在五月底六月初，人們會在家門插上綠色樹枝，以迎接夏季與豐收。與天主教的聖靈降臨日（五旬節）爲同一日。

【註二】：主聽日的星期天（niedziela Exaudi Domine），即指復活期的第七主日。

【註三】：瓦特·馮·德·沃格懷德（1170－1230），德國詩人，創作許多情歌及政治詩歌。

【註四】：按天主教傳統，星期五爲齋戒日，不食肉，所以波蘭人多半食魚代替——魚在波蘭人認知裡不算肉類。

「聖烏蘇拉啊，守護女神啊……」哈索口齒不清地說，一張臉白得像死人。弩弓手全都張大嘴巴愣住，紛紛在胸前畫起十字。

馮·史衛崩也畫起十字，然後抖著手將藏在鞍側裡的劍拔出鞘。

「聖瑪莉亞啊，上帝之母啊！請與我同在！」他大聲吼道。

這一日，騎士亨利克並沒有讓自己的祖先蒙羞。馮·史衛崩是善戰一族，其中也包括了當年在達米耶塔奮力迎戰的底特利克·馮·史衛崩——他是薩拉森人施展巫術、放出黑魔鬼攻擊十字軍時，少數沒有逃跑的人之一。亨利克·馮·史衛崩思及無畏的祖先，用馬刺往馬兒身上一撞，在被馬蹄踐飛的蚌殼中，往魅影衝了過去。

「騎士團與聖喬治！」

白獨角獸高舉前蹄，與紋章上常出現的圖像如出一轍，黑色母馬也躍動起來，女孩顯然受到了驚嚇。亨利克·馮·史衛崩策馬進攻。要不是湖面突然飄起霧氣，那奇怪的魅影景象也像被石頭打中的彩繪玻璃般，碎了個五顏六色，誰曉得事情最後的收場會怎樣。一切就這麼消失了——獨角獸、黑馬、奇怪的灰髮女孩……

亨利克·馮·史衛崩的駿馬嘩啦一聲衝進湖中，停了下來，甩一甩頭，叫了一聲，咬起嘴銜。

哈索·普藍次克一面奮力駕著極不情願的馬兒，一面往騎士騎去。馮·史衛崩上氣不接下氣，幾乎發出喘鳴，兩隻眼睛瞪得和死魚一樣大。

「聖烏蘇拉的骨骸啊，聖蔻杜拉的骨骸啊，還有一萬一千名科隆殉道少女的骨骸啊……尊貴的騎士大人，那是什麼？神蹟？天啓嗎？」哈索．普藍次克勉強出聲問。

「惡魔之作！」馮．史衛崩嚇白了臉、牙齒不斷打顫，直到現在才能擠出這麼一個字。「黑魔法！巫術！受詛咒的異教、惡魔之象……」

「大人，我們最好離開這裡，越快越好……這裡離沛普林不遠，我們可以盡快趕到教堂的鐘聲範圍內……」

就在森林邊緣的一處高地，騎士亨利克最後一次回首。風趕去了霧氣，視線變得清晰，透過幾處林牆空隙，他看見原本如明鏡般的湖面，開始轉霧，有了波動。

水面上，一隻巨大的魚鷹不斷盤旋。

「這是個沒有神存在的異教國家。」亨利克．馮．史衛崩喃喃說。「在德意志醫院騎士團徹底把惡魔從這裡趕走前，還有很多、很多艱辛與困難在等著我們。」

□

「小馬。」奇莉的口氣裡同時有著抱怨與挖苦。「我不想太過分，可是我有點急著要回我的世界。你也知道，我身邊的人需要我，而我們先是掉到某座湖，遇上了某個穿格子衣的搞笑鄉巴佬，然後碰上一群髒兮兮、亂吼亂叫、頭髮亂七八糟，還拿著狼牙棒的人，最後是披風上有黑色十字的瘋子。這些時間和地點都不對！我拜託你好好做，眞的拜託了。」

伊華拉夸克斯嘶鳴一聲，點了點長角，把某種東西、某種思緒傳遞給她。奇莉並不完全明白，卻也沒時間去推敲，因爲她的頭顱內部又開始出現寒光，耳裡傳出嘈雜，而後頭也開始發凍。

黑暗與柔軟萬分的虛無，再度擁住了她。

□

妮穆耶一邊開心地笑著，一邊拉起男子的一隻手，一同跑到底下的湖邊，躲進低矮的樺樹與赤楊間，隱入了被連根拔起的樹樁與傾倒的樹幹間。跑進沙灘後，妮穆耶丟掉涼鞋，拉高裙襬，把光裸的兩隻腳丫大聲踩入岸邊湖水。男子也脫掉鞋子，卻不急著下水，而是脫下大衣，鋪在沙子上。

妮穆耶跑了過來，兩手勾住他的脖子，踮起腳尖。即便如此，男人還是得將身子壓得老低，才能一親芳澤。妮穆耶會被人叫作「小肘子」不是沒有原因的，不過如今的她已經十八，並且成了魔法藝術學院院生。有資格用這個暱稱叫她的，只有最親密的友人，而那當中的有些人是男性。

男子的一手探入妮穆耶襟口，但嘴唇依舊與她緊貼。

接下來的事情發展很快。兩人都躺到了平鋪沙地的大衣上，妮穆耶的連身裙被撩到了腰上，兩條大腿緊緊夾住男子的髖部，雙掌則攀到了他的背上。一如往常，他要她要得頗爲急躁。她咬住貝齒，但很快便在興奮的情緒中跟上他的節奏，與他並駕齊驅。她很有天分。

男子發出了可笑的聲音。妮穆耶透過他的肩膀，觀察著一朵朵緩緩飄流天際的怪奇積雲。

一道聲音響起，聽來就像是從沉在大洋底部的大鐘傳來。妮穆耶的耳中突然一陣嘈雜。魔法，她心想，並猛然轉過頭，想從壓在自己身上的男子臉頰與手臂下脫身。

湖畔，應該是說在湖面上方的空氣之中，站著一匹白色獨角獸。牠的身旁有匹黑馬，而黑馬的馬鞍上坐著……

這個傳說我知道呀，一道思緒閃過妮穆耶的腦中。我知道這個故事！我聽到這個故事的時候，年紀還小，還是個小孩，說故事的人是老乞丐波格維茲德，那個流浪說書人……獵魔士奇莉……臉頰上有一道疤……黑色的母馬凱爾佩……獨角獸……精靈之國……

男子完全沒注意到那些現象，他的動作變得更加猛烈，發出的聲音也更爲可笑。

「喔喔。」坐在黑母馬上的女孩說。「又搞錯了！不是這個地點，也不是這個時間。而且依我看，這次我們出現得完全不是時候。抱歉。」

影像開始模糊、破裂，就像裂開的彩繪玻璃，突然四處飛散，化落閃爍繽紛的七彩光芒。

「不！」妮穆耶大叫。「不！不要消失！我不要！」

她伸直了膝蓋，想從男子身下掙脫，卻沒有辦法──他比她來得巨大，重量也比她重。男人發出低吟，用力吐出一個單音。

「喔──妮穆耶……喔──！」

妮穆耶尖叫出聲，一口咬住他的肩膀。

他們躺在羊皮大衣上，情緒激動，渾身發燙。妮穆耶看著湖岸，看著一堆堆被水波堆起的白沫，看著被風吹偃的蘆草，看著沒有色彩、沒有虛妄的空無，看著那消失的傳說所留下的空無。

一道淚水自院生鼻側流下。

「妮穆耶……發生什麼事了嗎？」

「當然，發生了。」她抱住他，但目光依舊看著湖泊。「什麼都別說。抱住我，什麼都別說。」

男子驕傲地微笑。

「我知道發生了什麼事。剛才地震了？」他誇口道。

妮穆耶哀悽地笑了。

「不只這樣。」她在一陣沉默後才如是答道。「不只這樣。」

□

閃光亮起，黑暗降臨，又是另一個地點。

□

接下來的這個地點是個黑暗、不祥且糟糕的地方。

坐在鞍上的奇莉反射性地彎下身子，不管是按字面來解釋，或是引申出來的意思，她都「震」了一下，因爲凱爾佩的腳蹄就著一股衝勁，踩在了某個堅硬、平坦、穩如磐石的東西上。有好長一段時間，奇莉都在柔軟無比的虛無間飄盪，堅硬的感覺已經陌生到令她訝異，而母馬嘶鳴一聲，猛然側身倒下，在地板上敲出斷音，讓她牙齒發震，也教她感到不快。

另一個讓奇莉「震」了一下的，也就是作引申義解釋的那個，是一種氣味。奇莉難忍地叫了一聲，嘴鼻用袖子遮住口鼻，覺得眼裡頓時充滿淚液。

四周揚起一股又酸、又黏、又稠、具腐蝕性的臭味，一種令人窒息、無以名狀的可怕惡臭，奇莉從來就沒有聞過類似這種味道。那是腐爛的惡臭——這點她倒是很確定——那是腐屍在最後的解裂與變質時所發出的臭味，一種對分崩與毀壞的抵抗，而這給人一種感覺，好像那腐敗發臭的東西，就算在活著的時候，就算在全盛時期，也一點都不曾美麗過。

她不由自主地俯身發嘔。凱爾佩噴了口氣，縮起鼻孔甩了甩頭。在他們身旁幻化成形的獨角獸壓低後臀，又跳又踢，堅硬的地板則報以震動與巨大的回音。

夜色籠罩四周，那是又黑又髒的夜，被黏臭的幽暗外衣包裹的夜。

奇莉抬頭尋找天星，但上方什麼也沒有，只有一片深幽，有幾處綴著模糊紅光，好似祝融肆虐。

「喔喔。」她皺起眉說，同時覺得酸臭的氣味落到了她唇上。「噁——！」不是這個地點，不是這個時間！絕對不是！

獨角獸大大噴了口氣，並點了點頭，用角畫了一個又短又彎的弧形。

凱爾佩蹄下的地板發出刺耳聲響。那是岩石，卻出奇平坦，十分不自然，並發出屬於燒焦物品與髒污灰燼的濃烈惡臭。奇莉花了點時間才弄明白，自己正在看的是一條路。她已經受夠了這難受又惱人的堅硬，便驅著母馬往有某種東西標示的路旁去，那曾是一棵棵樹木，如今卻只是醜陋光禿的骷髏、掛著破布殘縷的屍體，簡直就像殘留下來的腐爛壽衣。

獨角獸發出嘶鳴與心電感應警告她，但已經來不及了。

在這條奇怪道路與乾枯樹木的後方，是一個由某種東西堆成的小山，而底下再過去，竟是落差極大的陡坡，幾乎可以說是座斷崖。奇莉震了一下，兩個腳跟緊緊壓住往下滑的母馬。凱爾佩奮力掙扎，蹄足不斷在堆成小山的東西上踩動。那是成堆的垃圾，大多是些奇怪的餐具。那些餐具在馬蹄的踐踩下沒有應聲碎裂，只是又軟又黏地裂開，就像一堆巨大的魚鰾。撲通一聲，有東西落水，接著一股突如其來的氣味，讓奇莉差點沒跌落馬鞍。凱爾佩一面瘋狂嘶鳴，一面踐踏著垃圾往上掙扎，試圖回到路面。奇莉被惡臭嗆得難以呼吸，遂將身子壓到了母馬頸子上。

她們成功回到路面。鬆了口氣，她們歡喜地迎接屬於那奇怪道路特有的堅硬感。

奇莉全身抖個不停，她往下一瞧，看見小山底部是潭黑色的湖水，像個滿滿的大鍋。湖面雖一片死寂，卻閃閃發亮，好像那不是水，而是冷卻的焦油。在湖後頭，在垃圾、灰燼與礦渣堆後頭的天空，被遠方的火光給染紅，被一道道黑煙給標上了印記。

獨角獸噴了口氣。奇莉想用袖口揉拭泛淚的雙眼，卻突然發現袖子上滿是灰燼，而她的大腿與鞍橋，還有凱爾佩的鬃毛與脖子，也同樣布滿了灰屑。

惡臭令人窒息。

「噁心。」她咕噥道。「眞是太噁心了……我覺得整個人都黏答答了。我們離開這裡吧……我們趕快離開這裡吧，小馬。」

獨角獸豎起雙耳，噴了口氣。

只有妳才辦得到。來吧。

「我？自己來嗎？不靠你幫忙？」

獨角獸的角點了點。

奇莉抓抓頭，嘆了口氣，然後閉上眼睛，集中心志。

起初並不順利，讓她挫敗、恐懼。不過寒涼的亮光很快便將她籠罩，那是屬於知識與能量的亮光。她不知道這份知識與能量從何而來，不知道其根本與來源來自何處，但是她知道自己辦得到。她知道只要她想，就辦得到。

她再度看了眼凝固而死寂的湖泊、冒著煙的廢物堆，以及一具具樹骷髏，看了眼遠方火光照射下的天空。

「還好，」她彎下身，啐了一口。「這不是我的世界。眞是太好了。」

獨角獸意有所指地嘶鳴了聲。她知道牠想說什麼。

「就算是我的，」她用帕子擦了擦眼睛與口鼻。「也不算是我的，因爲與我所在的時間差太多了。這一定是某個很遠的時間，可能是過去或……」

她突然打住。

「是過去。」她悶著聲重述。「我深深相信，這是過去。」

□

他們闖進的下一個地方，正在下著滂沱大雨，一場眞正的暴雨，而他們把這雨視爲一份賜福來迎接。那雨很暖，帶著芬芳，透著雜草、黃泥與堆肥的夏天氣味。雨水洗去他們的污穢，爲他們清理，可說是替他們進行了一次淨化。

然而，正如像每個淨化作用，時間一久便顯得單調、過度，讓人難以忍受。原是替奇莉洗滌的雨水，在過了一段時間之後，開始討人厭地浸濕她的衣裳、灌進她的領口，壞心地讓她發凍。所以，他們離開了這個下雨的地方。

因爲這個地點不對，時間也不對。

□

接下來的地點，是個非常溫暖的地方，艷陽高照，所以奇莉、凱爾佩與獨角獸的身體都乾了，冒出水氣，像三個水壺一樣。他們出現的地方，是一座被太陽烤乾的石楠原，就位在森林邊緣。很顯然，那是一片廣大的森林，一片樹海，一座濃密、原始、渺無人跡的老林。奇莉心裡泛起一陣波濤，懷起希冀——這可能是布洛奇隆之森，也就是說，她總算來到熟悉的地方，也是她該來的地方。

他們沿著樹海邊緣緩緩前進，奇莉找到某個可以當作指標的東西。獨角獸噴了口氣，高高揚起頭、角環視四周，顯得不太平靜。

「小馬，你是覺得他們會追上我們嗎？」她問。

牠噴了口氣，意思十分清楚明瞭，甚至無須動用心電感應。

「我們逃得還不夠遠嗎？」

牠以思緒傳送給她的回答，她並不明白。*沒有所謂的遠和近？螺旋？什麼螺旋？*

她不明白牠的意思，不過牠的不安也感染了她。

曬人的石楠原不是他們該去地點與時間。

這一點，他們到了傍晚才明白。因爲當熱氣消退，森林上方的天空裡出現的不是一顆月亮，而是兩顆，一顆大，一顆小。

□

接下來是海邊，一座陡峭的斷崖。從那上頭，他們看見浪花擊打在岩石上，碎成了各種奇形怪狀。風中飄散著海水的氣味，燕鷗、紅嘴鷗與海燕高聲嘶吼，一片流動的白幕，蓋住凹凸不平的崖壁。

海水一直延伸到烏雲滿布的地平線上。

下方石灘上，奇莉突然瞧見一大條骷髏魚，頭部巨大無比，身體有部分埋在石礫中。長在白色顎骨上的牙齒，每顆至少都有三拉長，嘴也似乎大得可以騎馬進去，而且無須在意脊椎高度，就算直接放膽穿越那排肋骨搭成的拱門，也不成問題。

奇莉不太確定她的世界、她所在的時代，有沒有這種魚。

他們沿著斷崖邊走，而海鷗與信天翁根本沒有被嚇跑，反倒是不情不願地從路上退開，呵，還一直試著要啄凱爾佩與伊華拉夸克斯的小腿。奇莉當下了解到，這些鳥兒從沒見過人類，也沒見過馬，或是獨角獸。

伊華拉夸克斯噴了口氣，抖了抖頭和尾巴，顯然情緒不安。事實證明，他是對的。

某種東西撕開的聲音響起，聽來十足像是帆布被撕破。燕鷗突然扯開嗓門，振翅飛去，頃刻間，一切便讓一片白雲全部蓋住。斷崖上方的空氣突然發顫，像是倒滿水的玻璃那樣模糊起來，然後像玻璃那樣裂了開來，一片黑暗從這裂口傾瀉而下，而從這片黑暗之中，擁出了一批騎士。他們肩上的披風飄揚，由棕紅、莧紅與赤紅組成的色彩，令人聯想起夕陽照映下，打在天幕的火光。

地阿格盧阿德利。紅騎士團。

鳥群的叫聲未起，獨角獸的嘶鳴警示未發，奇莉已掉轉母馬，趕牠起步奔馳。但是，空氣裂了開來，從另一個陡面，從裂縫中，揚著翅膀般的披風，又衝出了另一批騎士。追兵成半圓形排列，擋住了他們的去路，將他們逼往斷崖。奇莉大喝一聲，拔出劍鞘裡的飛燕劍。

獨角獸向她發出強烈訊息，而那訊息就像錐子一樣地刺入她的腦中。這一回，她馬上便明白了。牠為她指了路，指出了敵人包圍下的空隙。牠自己則高舉前蹄，長聲嘶鳴，並且壓低頭上的角，兇猛地朝精靈衝去。

「小馬！」

晴星，救妳自己！不要讓他們抓住！

她把身子貼緊了馬鬃。

兩名精靈攔住了她的去路。他們拿著套索，那是兩根尾端有繩圈的長棍。他們試著將一個套索套到凱爾佩的脖子上。母馬靈巧地扭頭躲開，速度一秒也沒慢下。奇莉一劍切斷第二個繩圈，大喝一聲，要凱爾佩加快速度。母馬疾行，風馳電掣。

但其他人已緊咬在後，她聽見他們的叫囂和蹄聲。小馬怎麼了？她心想。他們把牠怎麼了？沒時間胡思亂想。獨角獸是對的，她不能讓自己再被他們抓住。她必須藏入空間之中，躲起來，躲進時空的迷宮。她集中精神，害怕地感覺到腦中只有一片空白，以及一種奇怪、快速擴大的嘈雜。

他們在對我施咒，她想。他們想用魔法來矇騙我。下輩子吧！魔法能影響的範圍有限，我不會讓他們接近我的。

「凱爾佩，衝啊！」

黑色母馬伸長了脖子，像風一般飛掠。奇莉將身子貼到牠的頸子上，好讓風阻降到最低。背後的叫囂在上一刻還很大聲，近得令人不安，現在已安靜了下來，被受驚的鳥叫給蓋了過去。然後，那些叫囂變得十分小聲，十分遙遠。

凱爾佩像風暴一樣狂奔，奇莉甚至能聽到海風在耳邊呼嘯。遠方追兵的叫囂中，響起了狂怒的音符。他們知道自己已束手無策，知道自己不管用什麼方法，都追不上那匹黑母馬。奔馳中的母馬沒有絲毫疲態，步伐是如此輕盈柔軟，收放自如，有如一頭獵豹。

奇莉沒有回頭顧盼，但她知道他們追了她很久，一直到他們的馬開始喘氣，發出沉重的聲音，步伐踉蹌，牙齒全露，口吐白沫，嘴幾乎都垂到了地上爲止。一直到那個時候，他們才放棄追逐，只對著她的背影撂下咒罵與不痛不癢的威脅。

凱爾佩如颶風疾行。

□

她逃到的地方，是個乾燥、風大的地方。高聲呼嘯的風快速吹乾了她頰上的淚。

她獨自一人，再度陷入孤獨，孑然一身。

流浪的人，永遠的飄零者，迷失在時空群島之間、一片片無邊大海的水手。

失去希望的水手。

強風呼嘯、嚎叫，滾動土地上一顆顆乾枯的雜草球。

強風吹乾了她的淚水。

□

頭顱之中閃起寒涼的亮光，耳中傳來嘈雜，那是種平穩的雜音，像是來自螺旋狀的海螺內部。

頸上一陣發麻。又黑又軟的虛無。

新的空間，不同的空間。

空間的群島。

□

「今晚會是個美好的夜，我可以感覺得出來。」妮穆耶用毛皮裹緊身子說。

這話康薇拉慕絲雖然已經聽過很多次，卻沒有發表評論。因爲這不是她們頭一回在傍晚時分，同坐於露台之上，面對在夕陽下燃燒的湖泊，背對具有魔力的鏡子與掛毯。

湖的那頭，漁人王的咒罵化為重重回音，順著水面不斷傳來。他習慣用生動的話語，來彰顯自己對捕魚失利的埋怨，諸如沒有魚兒咬餌，拋竿、拉竿、拖竿的方式不對，或是其他倒霉的事情等等。然而，根據他褻瀆神明的內容與狠勁，今晚顯然過得特別不順。

「時間，」妮穆耶說。「沒有開始，也沒有結束。時間就像是咬著自己尾巴的銜尾蛇，每個片刻裡都隱藏著永恆，而每個永恆都是由片刻所組成。永恆便是片刻群島。縱使導航不易，一旦迷失便很危險，卻還是能在這群島間航行。有一座燈塔會是好事，能用燈光指引方向。能在霧中聽見呼喚是件好事……」

她沉默了片刻。

「那個我們感興趣的傳說，最後的結局如何？我們——我和妳——以為自己知道結局為何，不過銜尾蛇卻咬著自己的尾巴。這就像那傳說的結局，現在才要揭曉。在這個當下。迷失在片刻群島中的水手是否會看見，又是何時才會看見燈塔的光線、聽見呼喊，將決定傳說的結局。」

湖水那頭，傳來了咒罵、濺水聲，以及船槳撞擊槳架的悶聲。

「今晚會是個美好的夜。夏至前的最後一夜，月亮會變小。太陽將從第三宮進入第四宮，來到羊魚座。這是占卜的最好時機……最好時機……集中心志，康薇拉慕絲。」

一如先前的許多次，康薇拉慕絲順從地集中心志，緩緩進入近乎恍惚的狀態。

「去找她。」妮穆耶說。「她在這些星群當中，在這月光之中的某處。在這些空間當中。她在那裡，獨自一人，等待援助。我們去幫她吧，康薇拉慕絲。」

□

專注。雙拳抵著太陽穴。耳中有著嘈雜，似是來自海螺內部。亮光。還有驟然出現的黑軟虛無。

□

有個地方，奇莉可以看見一座座燃燒的火堆。被鏈子鎖在木樁上的女人紛紛發出原始而駭人的哀嚎，懇求獲得憐憫，而聚在四周的人群高聲叫囂、大笑、跳舞。有個地方，整座巨大的城市陷入火海，即將崩塌的屋頂上，熾焰咆哮，火星噴濺，黑煙遮去了整片天空。有個地方，有巨大的雙腳龍在打鬥，頻頻囓咬對方，赤紅的鮮血不斷從牠們的獠牙與尖爪流下。

有個地方，幾百個一模一樣的白色風車，不斷朝天空揮舞細長葉扇。有個地方，幾百條蛇吐信爬扭於石頭之上，將鱗片拖磨出聲。

有個地方，只有一片黑暗，而在那黑暗之中，有聲音、低語及強烈的恐懼。

還有其他許許多多的地方，但沒有一個地方是對的。

□

她對於從一個地方移動到另一個地方，已經非常上手，甚至開始做起實驗。不會讓她感到害怕的地方沒幾個，其中一個就是那原始森林邊的溫暖石楠原，有兩個月亮出現的地方。奇莉先在腦中找出那些月亮的印象，同時在思緒中不斷重複自己想要的東西，她集中心志，繃緊神經，進入虛無。

她只試了兩次便成功。

她鼓起勇氣，決定要做一個更大膽的實驗。很顯然，除了那些地點，她也到過不同的時代，維索戈塔這麼說過，那些精靈也這麼說過，獨角獸也提過這件事。這她明明之前——至少是在無意間——就已經會了呀！當他們傷了她的臉，她即時躲開了追兵，往前跳躍了四天，然後維索戈塔沒辦法兜攏這些天數，怎麼算都不對……

所以，這說不定是她的機會？時空跳躍？

她決定放手一試。比如說，著火的城市不會永遠陷在火海中。要是她跳去起火前的時間呢？又或是火災後？於是，她試了，卻幾乎闖進大火，燒著自己的眉睫，也在急忙從火海中逃離城市的災民間，引起恐慌。

她逃去了怡人的石楠原。*這樣冒險大概不值得，她想，鬼才知道下場會怎樣。我對地點比較在*

行，所以我們就只從地點下手吧。我們試試去不同的地點。去那些我記得很清楚的地點，還有那些我覺得不錯的地點。

她從梅莉特列神殿下手，回想神殿的大門、建築、公園、工作坊、學徒宿舍、她與葉妮芙一起住過的房間。她將雙拳抵著太陽穴，集中心志，回想南娜卡、艾伍兒奈德、凱婷、優拉二世的臉。

這次的嘗試一點結果都沒有。她到了一個霧氣瀰漫，蚊子成群飛舞的沼澤，四周傳來龜群的尖哨與蛙群的響亮叫聲。

她接著再試，但結果沒有比較好，卡爾默罕、斯格利加群島、葛思維冷裡有法比歐．薩赫斯工作的銀行。她不敢試琴特拉，知道那座城市已被尼夫加爾德人占領，因此她改試維吉馬，那座她與葉妮芙一同去採買過的城市。

□

亞恆努斯．克蘭茲是個智慧與經驗並具的人，是方士、天文學者，也是占星學者。他在一張堅硬的小桌上不斷扭動身子，一隻眼睛貼在望遠鏡的鏡筒上。將近一個禮拜以來，都能在天空觀測到這顆彗星。不論在大小或力量上，它都屬於第一等級，非常值得觀察與研究。亞恆努斯．克蘭茲所見到的這種有著火紅尾巴的彗星，通常預告了大規模的戰事、惡火與屠殺。不過現在說實話，彗星的預言似乎遲了，因爲與尼夫加爾德的戰爭正打得如火如荼，而關於惡火與屠殺的預言，隨便都能成眞，只因這些日子裡，沒有哪天是少了這兩樣的。然而，熟知天體運行的亞恆努斯．克蘭茲，卻希望能算出什麼時候、再過幾年或幾百年，彗星會再度出現，預言下一次的戰事，說不定到時的應戰準備，就能做得比現在更加完善。

這名天文學者站起身，揉揉臀部後，便去釋放膀胱的壓力。他透過露台上的欄杆爲自己舒壓。他通常會從露台直接往牡丹花壇澆，對女主人的控訴完全不在意。廁間對他來說太遠，浪費時間走那麼遠，與學術研究的重要性一點都不相當。拋下工作大老遠去解手，可能會讓他流失寶貴的思緒，而這是沒有任何一個學者能容許的事。

他站在欄杆前，解開褲子，看著倒映在湖水上的維吉馬燈火。他放鬆地吐了口氣，抬起目光看向星星。

星星和星座，他想，冬女座、七羊座、水瓶座。根據某些理論，這些根本就不是什麼閃爍的亮光，而是一個又一個的世界。其他的世界。那些世界與我們之間隔著時間與空間……我深深相信，他想，總有一天，我們可以到其他地方旅行，去其他時間與空間。對，總有一天，一定可以的。會有人想出辦法。不過這得靠全新的思維，靠鼓舞人心的新理念，而這樣的新理念，將會撕碎今日禁錮著它、名喚理性認知的僵硬馬甲。

哎，他跳了兩下，心裡想著，要是這成功了……要是能看見一絲曙光，找到點蛛絲馬跡就好！要是有這麼一個機會，一個千載難逢的……

露台下方發出一陣亮光，讓夜晚的黑暗像是爆出星光，而從那陣亮光裡，跳出了一匹馬。背上還載著一個人，是個女孩。

「晚安。」她有禮貌地打了招呼。「如果我出現得不是時候，那我先向你道個歉。我可以知道這是什麼地方嗎？現在是什麼年代？」

亞恆努斯．克蘭茲嚥了下口水，張開嘴，發出含糊的聲音。

「地點。」女孩耐著性子，清楚地重複了一次。「時間。」

「呃……那個……嗯……」

馬兒噴了口氣，女孩嘆了口氣。

「好吧，我一定又跑錯地方了。不對的地點，不對的時間！可是，你這人可不可以回答我啊！就算一個字也好，讓人聽得懂，因爲我不可能跑到一個人類忘記怎麼說話的世界吧！」

「呃……」

「一個字。」

「嗯……」

「你這個該死的白痴老頭！」女孩說。

然後她消失了，和那匹馬一起。

亞恆努斯．克蘭茲闔上了嘴。他在欄杆前站了一會兒，看著黑夜，看著湖泊及映在上頭的遠處維吉馬燈火。然後，他扣好褲子，回到了自己的望遠鏡前。

彗星快速劃過天空。他得時時刻刻觀察它，片刻都不能眨眼或離開鏡筒。在它從天幕消失前，他得一直追蹤。這是難得的機會，而學者從不錯過良機。

□

說不定可以從另一邊試試看，她看著石楠原上的兩顆月亮，心裡這麼想著。現在那些月亮看起來就像兩把鐮刀，一把小的，一把大的，但形狀沒那麼彎。或許我不要去想像地點或臉孔，她想，而是要很用力去渴望……用力去希望，非常用力，就像是從肚子……

試試看又不會怎樣。

傑洛特。我想去傑洛特那裡。我很想去傑洛特那裡。

□

「噢！不！」她大叫。「我又到了什麼好地方？眞是見鬼了！」

凱爾佩以嘶鳴附和，透過鼻子噴出的白霧與在積雪中掙扎的馬蹄，表示自己有相似的看法。

暴風雪不斷呼嘯，讓她無法目視，細碎的雪片不斷刮割她的臉頰與手掌。寒意刺骨，如惡狼般啃咬她的關節。奇莉渾身發抖，縮起雙肩，將頸子藏在立起的領子中，但那可悲的領子卻完全沒有辦法爲她提供遮蔽。

左右兩邊都矗立著萬分嚇人的赤楊，以及頂點被高空的濃霧與暴雪吞沒的灰色紀念石碑。谷底是波濤洶湧的河水，塡滿了屑冰與冰塊。四周盡是一片白茫，天寒地凍。

我的能力不過就這樣。奇莉在心裡這麼想著，覺得鼻子裡開始結冰。我的力量不過如此。我還眞是個稱職的世界之主！

「好了，凱爾佩，走吧，不然妳會被凍成冰塊的！」她用凍僵的手指拉起轡繩。「快、快，黑馬！我知道這裡不是我們本來要去的地方，我馬上就讓我們離開這裡，馬上就回去我們溫暖的石楠原。不過我得集中精神，而這可能要花點時間。所以，快走吧！來啊，快跑！」

凱爾佩從鼻子裡噴出一團白霧。

強風不斷颳來，雪片直往奇莉臉上黏，融在她的睫毛上。嚴寒的風雪不斷呼嘯。

□

「你們看！」安古蘭用壓過狂風的音量喊道。「你們看那邊！那邊有腳印！有人騎馬往那邊去了！」

「妳說什麼？」傑洛特解開包住頭好保護耳朵不被凍僵的圍巾。「安古蘭，妳說什麼？」

「腳印！馬的腳印！」

「這裡怎麼會有馬？」因爲風雪實在太大，而三斯雷托爾河的水流聲好像也越來越大聲、越來越吵，卡希只好也得用吼的：「這裡怎麼可能會有馬？」

「你們自己看！」

「的確。」吸血鬼說。他是隊伍成員中唯一沒有任何被凍壞跡象的人，他用同樣的方式，清楚展現了自己面對低溫，就像碰到高溫時，幾乎沒有任何感覺。「的確有腳印。不過，是馬的嗎？」

「這不可能是馬的。」卡希大力搓揉臉頰和鼻子。「不會是在這種沒有人煙的地方。這些一定是某些野生動物留下的，最有可能的就是摩弗倫羊。」

「你才是摩弗倫羊！」安古蘭吼道。「我說是馬，就是馬！」

米爾娃一如往常，認爲實踐大於理論，跳下馬鞍，把狐狸毛做的帽子往後移了些，彎身查看。過了一會兒，她宣布道：

「那丫頭說得對，這是馬的。甚至可能上了馬蹄鐵，不過很難講，暴風雪把印子吹糊了。牠往那邊走，去那邊的山溝了。」

「哈！」安古蘭大力拍了下手。「我就知道！這裡有人住！就在這附近！我們跟著這腳印去，說不定可以找到間溫暖的小屋？說不定他們會讓我們取暖？說不定會招待我們？」

「怎麼可能。」卡希酸酸地說。「最有可能的，就是拿上了弓的弩箭招待我們。」

「按計畫順河走比較理智。」雷吉思用他那無所不知的語調宣布道。「那樣我們就不會有迷路的風險，而三斯雷托爾河下游應該有個獵人市集，在那裡，我們會受到招待的可能性大多了。」

「傑洛特？你怎麼說？」

獵魔士不發一語地看著在狂風中迴旋的雪片。

「我們跟著腳印走。」他終於下了決定。

「眞的……」吸血鬼剛開了口，但傑洛特馬上打斷他：

「跟著馬蹄印走！出發，上路！」

他們趕著坐騎上路，卻沒有走得太遠。他們往山溝去，只走了不到四分之一頃地遠。

「沒了。」安古蘭看著平坦無比、未有任何蹄印的雪地，直接道出事實。「到這裡就突然沒了，就像精靈馬戲團一樣。」

「獵魔士，現在怎麼辦？」卡希在鞍上轉身。「蹄印沒了，被吹掉了。」

「不是被吹掉。」米爾娃反駁。「山溝這裡暴風雪吹不進來。」

「所以那匹馬怎麼了？」

弓箭手聳了聳肩，在鞍上蜷起身子，把頭縮了起來。

「那匹馬哪去了？」卡希並不放棄。「消失了？飛走了？說不定這一切只是我們的幻覺？傑洛特？你怎麼看？」

狂風在山溝上方呼嘯，席捲白雪。

「傑洛特，」吸血鬼仔細看著獵魔士說。「爲什麼你要我們跟著這個腳印走？」

「我不知道。」他在片刻後如是承認。「我有種……有種感覺，有種東西要我這麼做。不管那是什麼，都不重要。你是對的，雷吉思。我們回三雷斯托爾河去，順河走，不要再遊山玩水，偏離目標，最後收場的方式可能會不太好。就像列那說的，在馬赫烏隘口等著我們的，才是真正的冬天與惡劣的天氣。我們得保留體力到那裡。你們別這樣站著，我們回頭。」

「不先搞清楚那匹奇怪的馬發生什麼事嗎？」

「有什麼好搞清楚的？」獵魔士苦澀地說。「蹄印沒了，就這樣。話說回來，那說不定真的是摩弗倫羊？」

米爾娃奇怪地看了他一眼，但沒有說出自己的想法。

當他們回到河邊，那裡的神祕蹄印也已經消失，被濕潤的白雪掩蓋。在棕灰色的三雷托斯爾河水中，有著密密的屑冰飄流，一塊又一塊的浮冰也在那上頭不斷翻轉。

「我跟你們說一件事。」安古蘭出了聲。「不過你們要答應不會笑。」

眾人轉過頭。女孩那有顆毛球的毛帽拉到了耳朵上，臉頰和鼻子被凍得發紅，身上穿的羊皮外套不成形狀，看起來著實好笑，活脫脫就像個又矮又圓的小矮人。

「關於那些蹄印，我跟你們說件事。我在夜鶯那邊，就是還在幫派裡的時候，他們說冬天的時候，山大王，也就是所有冰魔鬼的主人，會騎一匹被詛咒的灰馬，在各地的隘口跑來跑去。要是和他面對面碰上了，就是死路一條。傑洛特，你說呢？有可能……」

「什麼都有可能。」他打斷她。「都有可能。夥伴們，上路了。我們前頭還有馬赫烏隘口要去呢。」

大雪紛飛，強風呼嘯，冰魔鬼們在暴風雪中尖聲嚎叫。

□

重點是，這座石楠原不是她所知道的石楠原，奇莉馬上就察覺了。她甚至不用等到晚上，去確定自己在這裡看不見兩顆月亮。

這座她沿著邊緣騎的森林，和那邊那座一樣原始、沒有人跡，但還是看得出差別。比方說，這裡的樺樹多了許多，櫸木則少了很多；她在那邊沒看見，也沒聽見鳥叫聲，這裡卻有成千上萬的鳥兒。那邊的樺樹之間只有沙子和青苔，而這裡則長了整片的綠色石松毯。就算是在凱爾佩蹄下活蹦亂跳的蚱蜢也不一樣，好像是她比較熟悉的那種。然後……

她的心跳開始加速。她看見一條小路，長滿雜草，無人照顧，一直通往森林深處。

奇莉更仔細地看了看四周，確定這條奇怪的路並沒有繼續通往前方，而是在這裡就結束了。她確定這條路並沒有穿進森林，而是從森林邊緣通往外面；又或者，這條路其實是穿過森林，只是她所在的這個路段已經是從森林出來的部分，所以一直走下去也進不了森林。她沒有考慮太久，用鞋跟朝馬兒身側一撞，往樹木與樹木之間的空隙騎了。*我就一直騎到中午*，她想。*如果到中午都沒有碰到任何東西，那我就回頭，往反方向走，去石楠原的另一邊。*

她駕著馬兒，在樹枝交織成的帳幕下慢步踱行，仔細觀看四周，努力不錯過任何重要的東西。

正因如此，她沒有錯過躲在橡樹後頭窺探的老人。

那老人的個子十分矮小，但沒有駝背。他身上穿著亞麻布上衣，以及同布料做的褲子，腳上則是穿了一雙十分巨大，看來非常好笑的樹皮鞋【註】。他一手拿著根有許多節瘤的木棍，另一手則拎了一個小柳籃。他的臉被一頂破舊的大草帽蓋住，奇莉沒能看個清楚，只見到帽子底下露出的曬黑鼻子，與糾結雜亂的灰色落腮鬍。

「不用怕。」她說。「我不會對你做什麼壞事。」

灰白色大鬍子穿樹皮鞋的腳澀澀地動了兩步，並摘掉了帽子。他的臉圓圓的，長滿了老人斑，但很紅潤，沒有太多皺紋。他的眉毛稀疏，下巴小小的，後縮得很厲害。灰白色的長髮在頸子後頭紮成辮子，但頭頂卻是一片光溜溜，像小玉西瓜一樣，閃亮亮又黃澄澄的。

她看見他在看她的劍，看著露出她肩頭的劍柄。

「不用怕。」她又說了一次。

「呵、呵！」他的聲音有些不清楚。「呵、呵，我的小姑娘啊，森林爺爺可沒有害怕。森林爺爺可不是那種怕東怕西的人，不是呢。」

他笑了笑。他的牙齒很大顆，非常往前突出，這是因爲咬合不正與下頷後縮的關係。正是因爲這樣，他才會說話不清楚。

「森林爺爺不怕旅人。」他重複道。「甚至不怕壞人。森林爺爺很窮，是個窮光蛋。森林爺爺很靜，不會挑釁任何人。呵！」

他再度笑了笑，而他笑的時候，看起來好像只有前區的牙齒。

「那妳呢，我的小姑娘，妳不怕森林爺爺嗎？」

奇莉不屑地哼了聲。

「你就猜我不怕吧。我也不是那種怕東怕西的人。」

「呵、呵、呵！眞是想不到啊！」

他拄著枴杖往她踏了一步。凱爾佩噴了口氣。奇莉抓起了轠繩，出聲警告：

「牠不喜歡陌生人，會咬人。」

「呵、呵！森林爺爺知道。小馬兒壞壞，不乖！我好奇問一下，小姑娘是從哪來的？又打算去哪呢？」

「這說來話長。這條路會通去哪？」

「呵、呵！這小姐不知道嗎？」

「要是你行行好，就不要用問題來回答問題。走這條路，會往哪裡去？這裡到底是什麼地方？還有現在是……什麼年代？」

老人再度露出一口牙齒，動了動，像隻海狸鼠一樣。

「呵、呵。」他含糊地說。「眞是想不到啊。小姐問，什麼年代？喔，看得出來，小姐是從很遠、很遠的地方，來到森林爺爺這裡！」

【註】：以樹木韌皮部所製成的便鞋，與草鞋類似。

「的確，是挺遠的。」她不在意地點點頭。「是從別的……」

「時間與空間。」他幫她把話說完。「爺爺知道，爺爺想得到。」

「什麼？你想得到什麼？你知道什麼？」她興奮地問。

「森林爺爺懂很多。」

「說！」

「小姐一定餓了吧？」他露出牙齒。「渴了？腿痠了？要是小姐想的話，森林爺爺就帶小姐回小屋去，讓小姐喝水、吃東西，款待小姐。」

奇莉有好長一段時間沒空，也沒精神去想休息和吃東西的事。現在這奇怪老人的話，卻讓她的胃縮成一團、腸子打結，舌頭也深深縮進某處。老人從帽緣底下觀察著她。

「森林爺爺在小屋裡有吃的。」他含糊地說。「有泉水。也有乾草給小馬兒，給這匹想咬和藹爺爺的壞馬兒吃。呵！森林爺爺的小屋裡什麼都有。也可以聊聊時間與空間的事……那一點都不遠，不遠呢。旅行的小姐會接受嗎？不會嫌棄窮光蛋的窮爺爺一番好意吧？」

奇莉嚥了下口水。

「帶路吧。」

森林爺爺轉過身，活力十足地拄著枴杖，在密林間幾不可見的小路上拖行。奇莉騎馬跟在他後頭，一邊壓低頭避開樹枝，一邊抓著凱爾佩的轡繩，因爲那馬兒眞的想朝老人咬上一口，不然至少也要吃掉他的帽子。

跟老人宣稱的相反，那小屋根本一點都不近。等他們抵達目的地，也就是一片林間空地時，太陽已幾乎到了頂點。

森林爺爺所謂的小屋，原來是一間像畫作裡會出現的破敗屋子，屋頂顯然經常修復，而且用的都是手邊剛好有的材料。屋子的牆面都釘了皮面，看來是用豬皮。屋前有個形狀像絞刑台的木建築，一張矮桌，以及一個嵌著把斧頭的木塊。小屋後頭，可以看見一個燒火的地方，用石頭與黏土圍成，上頭有個已被燻黑的大鍋。

「這就是森林爺爺的家。」老人用拐杖比著小屋，驕傲之情不言而喻。「森林爺爺就住在這裡，睡在這裡，在這裡煮東西吃。是說，要是有東西讓他煮的話。沒辦法，要在荒野裡找吃的，可是非常不容易啊。旅行的小姐喜歡珍珠麥嗎？」

「喜歡。」奇莉又嚥了下口水。「什麼都喜歡。」

「加了肉的？淋了豬油的？有豬油渣的？」

「嗯。」

「不過看不出來，」森林爺爺朝她打量了下。「小姐最近有常吃肉跟油渣，看不出來啊。瘦巴巴的小姐，瘦巴巴。只有皮包骨！呵、呵！那個是什麼啊？小姐背後的那個？」

奇莉讓這世界上最古老、最原始的把戲給騙了，回頭看了一下。

下一秒，那根滿是節瘤的拐杖直接戳在了她的太陽穴。反射神經只能讓她來得及舉起一隻手，用手掌緩衝了一部分足以把她的頭顱像蛋殼一樣撞碎的力道。即便如此，奇莉還是倒在了地上，整個人頭昏腦脹、天旋地轉，分不清東南西北。

爺爺露出滿口牙，跳到她身旁，用拐杖又補了一下。奇莉又一次成功地用手護住頭部，但結果便是兩隻手都癱了。左手肯定斷了，掌骨大概也碎了。

爺爺從另一邊跳過來攻擊她，把拐杖撞在她肚子上。她大叫一聲，縮成一團。就在那個時候，他像隻鷹隼撲向她，把她的臉轉向地面，並用雙膝壓得死緊。奇莉凝聚全身力量往後一踹，卻失了準頭，但她接著又使出一拐子，狠狠命中。爺爺暴喝一聲，老拳往她枕骨揮去，力道之大，讓她的臉都犁在了沙地上。他抓住她頸後的頭髮，把她的口鼻壓進土裡。她覺得自己無法呼吸。老人在她身旁蹲了下來，但依舊把她的頭壓在地上，扳開她的指頭，把她握在手裡的劍扔了出去。然後，他開始在她褲子附近探尋，找著了釦環後，便將它解開。奇莉高聲尖叫卻岔了氣，吐出一口沙。他把她的頭髮捲在自己的拳頭上，然後把她壓得更緊，讓她無法動彈。他一個使勁，扯掉了她的褲子。

「呵、呵。」他大力喘著氣說：「爺爺可是碰上了個漂亮的小屁股啊。嘿、嘿，爺爺好久沒碰過這種的了。」

奇莉感覺到他那枯瘦手掌的噁心觸碰，張開滿是沙土與松針的嘴大聲吼叫。

「小姐啊，乖乖躺著。」她聽見他一邊吞著口水，一邊揉捏她的臀部。「爺爺已經不年輕了，急不得，要慢慢來……不過妳不用怕，該做的，爺爺都會做。呵、呵！然後爺爺會再慢慢吃，呵，慢慢吃！把這頓豐盛的大餐……」

他突然打住，慘叫哀嚎。奇莉感覺他抓的力道放鬆了，便奮力扭動身子，掙脫出來，然後像條彈簧一樣跳起身。就在那時，她看見發生了什麼事。

凱爾佩悄悄靠近，一口咬住森林爺爺的辮子往上拉，幾乎拉成一直線。老人不斷慘叫掙扎，又踢又踹，才終於掙脫開來，還留了一綹灰髮在母馬嘴裡。他想抄起拐杖，奇莉卻一腳將之踢離他能搆得到的範圍。第二腳她本來想踢在他的要害，但被脫到大腿一半的褲子，卻限制了她的行動。爺爺好生利用她拉好褲子的空檔，幾個跨步跳到木塊前，拔起上頭的斧頭一揮，趕開一直對他死咬不放的凱爾佩。他大喝一聲，露出滿口可怕的牙，高舉斧頭往奇莉衝去。

「小姑娘，爺爺來給妳通一通！」他發出了動物般的嚎叫。「就算爺爺得先把妳大卸八塊也可以！不管是整個還是分塊，爺爺我都沒差！」

她以爲自己輕輕鬆鬆便能料理他，畢竟這不過是個老到發霉的老頭子，然而她卻錯得離譜。雖然他的兩條腿異常醜陋，跳起來卻像快速旋轉的陀螺到處彈，像兔子一樣靈活，而他使起曲刃斧頭來，就像老練的屠夫一樣。當漆黑而鋒利的斧刃幾次與她擦身而過，奇莉發現她唯一的活路，就是逃跑。

不過最後救了她的，卻是一個巧合。她在後退的時候，恰巧絆到了自己的劍，便迅速拾起它。

「把斧頭丟掉。」她喘著大氣說，並唰地一聲，將飛燕劍抽出鞘。「噁心的老頭子，把斧頭丟在地上，那我說不定會放你一馬，不把你大卸八塊。」

他停了下來，上氣不接下氣，鬍子上噴了一堆口水，看來很是噁心。不過，他並沒有丟掉武器。她看見他握著斧柄的指頭動了動，看見他的眼睛裡有著狂野的盛怒。

「不！」她霍霍轉起劍。「別毀了我的一天！」

有那麼一刻，他看她的樣子，就好像不懂她的意思。然後，他大齒一露，雙眼一瞠，大喝著往她衝去。奇莉已經受夠了這些玩笑，一個半迴身快速閃過他，然後從下而上，劃過他高舉的雙手，砍在他的手肘上。血柱從爺爺的雙手噴出，斧頭也應聲落地，但他隨即又跳向她，大大張開的手指直取她的眼睛。她跳開來，快速朝他頸子劈了一劍。她這樣做其實多餘，比較是基於一股憐憫，因為老人雙手的動脈皆斷，遲早也會因失血過多而死。

他躺在地上，雖然脊柱全被打散，他還是像條蟲一樣蠕動，與生命難分難捨。奇莉站在他身旁，嘴裡殘留的沙粒依舊在牙間喀喀作響。她把那些沙粒直接吐在他背上。她還沒吐完，他便已經死了。

□

小屋前那看起來像絞刑架的奇怪建築上，裝了一些鐵鉤與一個滑輪。桌面與木塊都有很明顯的滑行痕跡，因沾了油脂而黏黏的，發出十分難聞的氣味。

好像肉攤。

奇莉在廚房裡找到那鍋老人拿來說嘴的珍珠麥，裡頭加了很多配料，有滿滿的肉塊與香菇。她很餓，但有股力量阻止她吃那東西。她只喝了水壺裡的水，咬了一小顆發皺的蘋果。

她在小屋後頭找到一個砌了階梯的小地窖，裡頭很深、很冷。小地窖裡有罐油脂。天花板上掛著肉，那是剩餘的屠體。

她跌跌撞撞衝出地窖，好像有魔鬼追在後頭似地。她跌進蕁麻叢裡，手忙腳亂爬了出來，踉踉蹌蹌跑到小屋，兩手扶在其中一根支撐小屋的木柱上。儘管胃裡幾乎沒有東西，她卻吐得非常大力，也非常久。

掛在地窖裡的殘存屠體，是屬於一個小孩的。

□

她順著臭味，在林子裡找到一個積了濁水的坑洞。懂得集中穢物免生疾病的森林爺爺，把垃圾與沒辦法吃的東西都丟在裡頭。看著浮在污水上的頭骨、肋骨與髖骨，奇莉害怕地體認到自己之所以還能活著，只多虧了那可怕老人的獸慾，多虧了他想找樂子的念頭。要是飢餓強過噁心的情慾，那他偷襲她時，用的就會是斧頭，而不是枴杖。她就會被吊在絞刑架上，清內臟、扒皮，然後放在桌上切割、分塊，他會在木塊上剁……

雖然發昏的腦袋讓她站不住腳，而腫脹的左手掌也不斷傳來強烈的痛楚，她還是把屍首拖到林子裡的水坑，推進那發臭黏液中，推進受害者的骸骨之間。她回到地窖旁，將樹枝與落葉堆到入口處，把枯枝堆在小屋的支柱，與老人寥寥無幾的財物四周，然後仔細地把四邊都點著火。

當一切都準備就緒，火龍便展現了該有的猖狂肆虐與轟聲咆哮。她在確定這地方的所有痕跡都會被抹去，不會有任何一場雨能加以干擾後，便策馬離開。

□

至於她的手，還不至於太糟，腫是腫了，當然也依舊發疼，但應該沒有哪根骨頭斷了。當夜晚將近，天空裡的確只出現一顆月亮，可是奇莉卻奇怪地不想承認這是她的世界。甚至不想多逗留片刻。

□

「今晚，」妮穆耶口齒不清地說。「將會是個美好的夜。我可以感覺得出來。」

康薇拉慕絲嘆了口氣。

地平線上燃燒著金光與紅光，同樣色彩的色帶滾上湖面，從地平線一路延展至小島。她們坐在露台的扶椅上，背後是烏木鑲框鏡及掛毯，毯子上頭描勒著一小座擁抱岩壁、照看山湖的城堡。

這已經是第幾晚了？康薇拉慕絲想道。我們這樣坐著，一直坐到天色昏暗，然後又坐到黑幕低垂，這已經是第幾晚了？沒有任何結果？就只是坐著聊天？

天候轉冷，女巫與院生蓋上了毛皮。湖的那頭，傳來漁人王船上的槳架所發出的聲音，但是船隻躲在夕陽的餘暉之中，因此她們並沒有看見。

「我滿常夢見自己在一座冰原上，」康薇拉慕絲回到先前被打斷的談話中。「四周什麼都沒有，只有一片雪白，以及冰塊在陽光下碎裂的聲音。一直到地平線，什麼都沒有，只有雪與冰，還有籠罩大地的寂靜，在耳中迴響的寂靜。那是一股不自然的寂靜。死寂。」

妮穆耶點點頭，好似在表示自己知道康薇拉慕絲在說的是什麼。可是她沒有發表評論。

「突然間，」院生說。「突然間，我覺得自己好像聽到什麼，感覺到冰塊在我腳下震動。我蹲了下來，撥開白雪。底下的冰，就好像玻璃一樣透明，就好像某些澄淨的山湖，可以看見在一潯深的湖水底下悠遊的魚群，以及湖底的石子。我在夢裡還看見，雖然過那湖水有幾十潯，又或者是幾百潯深，但卻阻擋不了我的視線……還有我的聽覺……有許多人在呼求幫助。在那底下，在那冰層深處……是個凍結的世界。」

這一回，妮穆耶同樣沒有發表評論。

「當然，」院生說。「我知道這個夢的來源。伊特莉娜的預言，舉世聞名的白色之冬，狼之暴雪與冰凍的時代。按預言的說法，世界會在冰雪中死去，好在幾世紀後再度重生，成爲一個淨空、更加美好的世界。」

「有關世界將會重生這點，我深深相信。」妮穆耶輕聲說。「不過會變成一個淨空，而且更加美好的世界，我就不太信了。」

「什麼？」

「妳聽見我說的了。」

「而我沒有聽錯嗎？妮穆耶，白冬這件事已經有人預言過幾千次，只要是比較嚴寒的冬天，大家就說白冬要來了。現在就連小孩都不相信，會有哪個冬天能危害到這個世界。」

「喔，是啊。小孩都不信。不過，妳可以去想像一下，我相信。」

「在有合理的理由支持下？」康薇拉慕絲用微微嘲諷的口氣問。「還是只憑一種莫名的信念，相信精靈的預言絕對不會有錯？」

妮穆耶扯著蓋在身上的皮毛，沉默了許久。最後，她終於開口，語氣中帶了些指導的意味：

「地球的形狀是球體，並繞著太陽運行，這妳同意嗎？還是妳也屬於某個時髦的教派，有著完全相反的看法？」

「不，我不是。我接受地動說，也同意地球是圓球體的理論。」

「很好。所以，妳一定也同意地球的垂直軸心是傾斜的，還有地球繞行太陽的路徑不是正圓，而是橢圓？」

「這我學過，但我不是天文學家，所以……」

「妳不需要成為天文學家，只要以邏輯思考就夠了。地球繞行太陽的軌道是橢圓形，所以在運行的時候，有時會比較近，有時會比較遠。地球離太陽越遠，就會越冷，這說法大概很符合邏輯吧。而世界的軸心與垂直線的距離越小，照射到北半球的光線就越少。」

「這也很符合邏輯。」

「這兩個因素，也就是橢圓軌道與地軸傾斜的角度，都是會改變的。橢圓可能會更加橢圓，或是沒那麼橢圓，也就是會拉長或拉寬，而地軸傾斜的角度也會變大或減小。在極度的條件下，就氣候來說，這兩個現象同時出現會造成的是：橢圓極大化，以及地軸近乎垂直化。繞行太陽的地球會來到遠日點，日照會變得很少，溫度也會變得很低。此外，地軸傾斜的角度變小將不利極地地區，使其蒙受傷害。」

「當然。」

「北半球的日照減少，就表示融雪會延後。閃爍的白雪會反射陽光，讓氣溫降得更低，雪也就因此積得更久，如此循環下去，雪根本不會融化，又或者融雪的時間會變得非常短。雪越多，積雪的時間就越長，白色的閃爍面積就更大，反射……」

「我懂了。」

「雪不斷地下、再下、一直下，雪量也就越來越多。我之所以會注意到，是因爲大量的暖空氣順著洋流從南方來，在結冰的北方大陸上方凝結。暖空氣凝結後，變成雪下下來。溫差越大，降雪越豐。降雪越豐，久積不化的白雪就越多，也就變得更冷。溫差越大，凝結的空氣就越多……」

「我懂了。」

「積雪越來越重，就會壓縮成冰。冰河。而我們已經知道，冰河上依舊不斷降雪，將之壓得更爲密實。冰河越積越多，不僅是高度增加，覆蓋的範圍也越來越廣。白色區域……」

「會反射太陽輻射。」康薇拉慕絲點了點頭。「會變得更冷、更冷、再更冷。伊特莉娜所預言的白色之冬。不過，那指的有沒有可能是場大災難？一直都待在北方的冰河，真的會突然往南流動，沿途碾碎、抹平和剷除一切？極地的冰冠會用怎樣的速度增生？一年長個幾吋嗎？」

「妳一定知道，」妮穆耶看著湖面說。「唯一不會結冰的港口，是普拉克賽妲海灣的朋凡尼斯。」

「我知道。」

「那就再補充點知識吧。一百年前，海灣內沒有一個港口會結冰。很多訊息指出，一百年前的塔勒加爾有長小黃瓜與南瓜，凱因岡有種向日葵和魯冰花。現在已經不種了，因爲現在種植剛剛提到的這些蔬菜是不可能的，那邊的天氣已經變得太冷。那妳知道在喀艾德，以前有葡萄園嗎？那裡出產的葡萄酒大概不是最上等的，因爲根據留存下來的文件，當年那些酒的價格非常低廉。不過，當地的詩人還是提到了葡萄酒。如今的喀艾德根本就不產葡萄，因爲現在的冬天已不像從前，而是會帶來強烈的冰寒，而強烈的冰寒會凍壞葡萄藤。這不只是限制作物的生長，而是會把它們凍死，把它們毀了。」

「我明白了。」

「是啊，還有什麼要補充的呢？」妮穆耶思索了下。「或許可以說，雪在十一月中的時候，降在了塔勒加爾，並以每天超過五十哩的速度往南推移？說十二月底、一月初的時候，阿爾巴河畔也會降雪。從前降雪在當地可是轟動的大事，而這也不過才過了一百年？至於我們這裡要到號稱花開月的四月，積雪才會融化，湖水才會解凍，這可是每個小孩都知道的事！而每個小孩都覺得奇怪，爲什麼四月會叫花開月。妳不覺得奇怪嗎？」

「還好。」康薇拉慕絲坦言道。「話說回來，我們維可瓦洛那裡，不說花開月，而是叫愚花月，又或者用精靈的說法——比日刻，不過我明白妳想說的是什麼。這個月分的名稱由來，是因爲在遠古時代，百花確實都會在這個時候齊放……」

「這個遠古時代算起來，也不過就是一百或一百二十年，幾乎可以說是昨天的事啊，小姐。伊特莉娜絕對是有先見之明，她的預言將會成眞。世界會消逝在冰層之下。文明會因『毀滅者』的罪過而亡，而她原本有機會能打開一條救贖之路，但正如傳說所言，她並沒有這麼做。」

「而箇中緣由傳說並沒有說明，不然就是用模糊又天眞的道德角度來解釋。」

「的確是這樣。不過，事實終歸是事實，白色之冬會到來也是事實。北半球的文明被判了死刑，會在不斷擴張的冰河之下消失，會在永恆的冰凍與霜雪之下消失。不過我們也無需慌張，因爲離事情的發生還有點時間。」

夕陽已完全落下，刺眼的反光自湖面消失。現在滾上水面的，是條比較柔和的光帶。月亮走到伊尼斯維特瑞塔的上方，宛如被敲成了半塊的塔拉金幣般明亮。

「多久？」康薇拉慕絲問。「妳認爲多久以後會發生？我是指，我們還有多久時間？」

「滿多的。」

「妮穆耶，多久？」

「大概三千年。」

湖面船隻上的漁人王敲了下船槳，出言咒罵。康薇拉慕絲大聲嘆了口氣。

「妳讓我有點放心了，但只有一點點。」她在隔了一會兒後，如是說道。

□

接下來的地點是奇莉所到過，比較糟糕的地方之一，擠入前十，而且名次頗爲前面。

那是一座港口，一座運河港。她在碼頭與繫船樁旁看見許多小船與槳帆船，看見船桅林立，看見風帆在無風狀態下沉沉懸掛。四周煙霧瀰漫飄漲，聚成一個又一個惡臭煙團。

立在運河邊的歪斜廢棄建築物後方，也有煙霧升起。從那邊傳來小孩嚎啕大哭的聲音。

凱爾佩噴了口氣，大力甩頭，踏著地磚往後退。奇莉往下一瞧，看見一堆死老鼠。滿地都是。這些齧齒動物了無生氣，呈現痛苦扭曲的姿勢，四個腳掌都是蒼白的粉色。

這裡不太對勁，她想著，感覺有股恐懼席捲而來。*這裡不太對勁。逃離這裡。越快逃走越好！*

在一根掛滿網子與繩索的木樁下，坐著一個男人，他的襯衫沒有扣好，頭歪向一邊肩膀。再過去幾步，又躺著第二個人。他們看起來不像是睡著了。當凱爾佩的腳蹄踏在他們身旁的石子上時，他們甚至連動都沒動一下。奇莉低下頭，騎馬穿過一條條掛在繩索上，發出難聞酸味的髒抹布。

在其中一間廢屋的門上，可以看見用石灰或白漆畫出的十字。那孩子還在哭。遠處有人大叫。近一點的地方，也有人咳嗽、呼吸困難。狗兒發出哀嚎。

奇莉覺得掌心發癢，遂看了一看。

她的手就像孜然一樣，上頭有著許多卵圓形的黑色跳蚤。

她高聲尖叫，全身因恐懼與噁心而抖個不停，兩隻手開始在身上胡亂拍打起來。凱爾佩受了驚，撒蹄狂奔，奇莉差點落馬。她一邊用雙腿使勁夾住馬腹，一邊不斷用兩隻手在頭髮上梳耙、撥甩，拍抖外套與上衣。凱爾佩一股勁衝進煙霧中的一條小巷，奇莉發出驚恐的尖叫。

她經過的是座地獄，一座煉獄，是惡夢中的惡夢。四周都是門上畫了白色十字的屋子；四周都是悶燒的破布；四周都是躺在地上的屍體，有單一的，有一個接著一個成堆的。還有活生生的人——衣衫襤褸、近乎半裸的幽魂。他們痛到雙頰凹陷，在爛泥中拖爬，哭喊著她不明白的語言，朝她伸出布滿可怕血皰的削瘦手臂……

快逃！快離開這裡！

就連到了黑色的虛無之中，在縹緲的空間群島之中，奇莉還是有好一段時間都能感覺到那裡的濃煙與惡臭。

□

接下來的地點也是一座港口。那裡也有碼頭，有插滿繫船樁的運河，運河上有商船、輪船、撐船、小船等，後方還有整片的船桅森林。不過這裡，在這個地方，在船桅之上，海鷗開心地叫著，而那臭味是那麼熟悉而親切：潮濕的木頭、焦油、海水，甚至還有魚的氣味，三種基本形式都有了——新鮮的、不新鮮的和煎過的。

離她較近的一艘商船甲板上，有兩名男子正在爭吵，一個比一個還大聲。她聽明白了吵架內容。他們在吵鯡魚的價格。

不遠有座酒館，從敞開的大門裡，傳出濃濃的霉味與酒味，以及人聲、金屬聲與笑聲。某個人大聲唱起不入流的歌曲，不斷重複同一段歌詞。

盧內得，法爾得特拉以內阿爾歇！
阿恩阿沒阿斯愛阿恩絲趴爾歇！

她知道自己在哪了。在她還沒讀出其中一艘船艦的名字是「艾瓦穆瑞」，以及這座港口叫「巴卡拉」之前，她就已經知道了。

她在尼夫加爾德。

在還沒被人注意到前，她便已經逃走了。

然而，在上個地點爬滿她全身的跳蚤，經過時空之旅後，還有一隻存活下來，躲在她的外套縐褶中。在她潛入虛無之前，那跳蚤一個長跳，跳到了港口的碼頭上。

就在同一天晚上，那跳蚤住到了皮膚潰爛的老鼠身上。那是隻公老鼠，年紀已經很大，一邊耳朵從頭骨相連的地方整個被咬掉，看得出來經歷過許多鼠輩之鬥。就在同一天晚上，跳蚤與老鼠上了船。而隔天一大早，牠們便出航了。搭著一艘老舊、殘破，而且非常骯髒的大型商船。

那艘破船的船名是卡緹歐娜號，這個船名應該要被記在歷史上。不過這一點在當時，還沒有人知道。

□

接下來的地點——雖然真的令人難以置信——竟是真真正正的田園景象。平靜慵懶的河流在低垂水面的柳樹、赤楊與橡樹間徜徉，就在橫跨河岸的精巧石弓橋旁，有一間旅店座落在蜀葵之間。這間以蘆葦覆蓋屋頂的旅店，爬滿了野生葡萄藤。門廊的招牌不斷搖晃，上頭有著漆金的字母。那些字母對奇莉而言是全然的陌生。不過在招牌上也可以看見一頭清晰勾勒的貓兒，所以她猜這家旅店是「黑貓底下」。

從旅店裡傳出的食物香氣讓她完全投降。奇莉沒有考慮太久，調整一下背上的劍，便走了進去。

裡頭空蕩蕩的，只有一桌坐了三個看起來像鄉下人的男子。他們甚至沒有看她一眼。奇莉在一個角落坐下，背向牆面。

旅店老闆是個胖女人，穿著乾乾淨淨的圍裙，戴著牛角帽。她走過來詢問，聲音鏗鏘有力，但極富音韻。奇莉用手指比著自己的嘴巴，拍了拍肚子，然後割下一顆銀鈕釦，擺在桌上。她看見對方臉上出現奇怪的神情，便打算再割下一顆，可是女人比出手勢，並說了一個像是嘶聲卻很好聽的字，阻止了她。

結果，那顆鈕釦的價值等同於一碗濃濃的蔬菜湯，一陶鍋的豆子、煙燻肉品與麵包，還有一壺摻了水的葡萄酒。在吃第一匙的時候，奇莉以爲自己會號啕大哭，不過她穩住了情緒，慢慢進食，心情也跟著高興起來。

女老闆走過來說了什麼，清脆的聲音聽來像是提問，並合掌擱在臉頰上。*您要過夜嗎？*

「我不知道。或許吧。無論如何，謝謝您的提議。」奇莉說。

女人笑了笑，轉身走向廚房。

奇莉解開腰帶，把背靠到牆上。她在思索接下來該怎麼做。這個地點，尤其是和之前的那幾個比起來，挺不錯的，會讓人想待久一點。然而，她知道過度自信是件危險的事，而缺乏警覺會有致命的風險。

一隻不知打哪來的黑貓出現，長得和旅店招牌上畫的一模一樣。牠拉長背脊蹭過她的小腿肚。她摸了摸牠，貓兒輕輕用頭頂了頂她的掌心後，便坐了下來，舔起胸前的毛。奇莉就這麼看著牠。

她看見亞瑞坐在火堆前，和一群衣衫襤褸、看起不太友善的人一起。他們全都咬著某種看起來像木炭的東西。

「亞瑞？」

「就是必須這麼做。」男孩看著火堆說。「這是我在培力格藍元帥的《戰爭史》讀到的。當祖國有需要的時候，就必須這麼做。」

「什麼需要？啃炭嗎？」

「對，就是這樣。祖國之母在召喚我，也有一部分是我個人的原因。」

「奇莉，別在馬鞍上睡著了。」葉妮芙說。「我們要到了。」

在她們抵達的這座城裡，每間屋子的大門或入口上，都用白漆或石灰畫了十字。那裡凝聚了散發惡臭的濃煙，而那煙來自一堆堆正在燃燒的屍體。葉妮芙似乎沒注意到這點。

「我得打扮、打扮。」

一面鏡子飄在了她面前，就在馬兒耳朵上。扁梳翩翩起舞，梳理著黑色的鬈髮。葉妮芙只用魔法，完全沒用到手，因爲……

因爲她的兩隻手上，都是滿滿的血塊。

「媽媽！他們對妳做了什麼？」

「起來，丫頭。」可恩說。「克制痛覺，站起來，上木樁去！不然以後妳就會怕了。妳想這輩子都這樣怕到死嗎？」

他的金色眼睛裡閃著不祥光芒。他打了一個哈欠，尖銳的牙齒閃著白光。那根本就不是可恩。

那是隻貓。黑貓……

一支綿延好幾哩長的行軍隊伍，而軍隊頭上是飄揚舞動的矛森旗林。亞瑞也在行軍之中，頭上戴了圓盔，肩上抵著長槍。那把槍是如此長，讓他得縮著身子拿，兩手並用，不然會失了平衡。戰鼓隆隆低吼，戰士的歌聲鏗鏘有力。這支軍隊的上方有烏鴉盤旋，許多的烏鴉……

湖畔的沙灘上，積著一堆堆水沫，被丟棄的腐爛蘆葦。湖上有一座小島。一座塔。鋸齒狀城垛，有堞口包覆的厚實主樓。塔的上方，近晚天色逐漸轉爲藏青，月光皎潔，宛如被敲成了半塊的塔拉金幣般明亮。露台上，有兩名女子裹著毛皮坐在扶椅上。一名男子在船上……

一面大鏡子與掛毯。

奇莉猛然抬頭。在她的對面、桌子的另一頭，坐著厄瑞丁·北亞·葛拉斯。

「妳不會不知道，」他微微一笑，亮出一口整齊的牙齒。「妳只是在拖延無可避免的事。妳屬於我們，而我們會得到妳。」

「最好是！」

「妳會回到我們身邊。妳會在時空之中稍微晃一下，然後就會去螺旋地，而我會在那裡等妳。妳已經永遠不會回到妳的世界、妳的時代。話說回來，也已經太遲了。已經沒有人會等妳回去了，妳知道的那些人早就已經死了，他們的墓碑已是雜草叢生、塌陷崩落。他們的名字已被遺忘，妳的名字也是。」

「你說謊！我不相信！」

「妳信不信是妳的事。我再說一次，妳很快就會去螺旋地，而我會在那邊等著妳。妳的內心深處明明也是這麼渴望著，梅耶拉伊內盧內得。」

「你是亂說的吧？」

「我們，阿恩愛樂，可以感應到這種事。之前的妳，對我很著迷、渴望我，妳自己本身就是這股渴望。妳之前渴望過我，現在依舊，奇來亞。我。我的雙手。我的觸碰……」

她被碰了一下，猛然站了起來，還打翻了杯子，幸好裡頭已經空無一物。她一個伸手想要拿劍，但馬上便冷靜了下來。她是在「黑貓底下」旅店，她一定是睡著了，她一定是坐在桌前打瞌睡了。摸她頭髮的那隻手，是肥碩女店家的。奇莉不是很吃信任這一套，不過從這女人身上散發出來的，卻是仁慈與善良，而她不能用尖酸刻薄來回報。她讓她摸著自己的頭，帶著笑容聽她用極富音韻的清脆聲音說話。她已經累了。

「我得離開。」她在最後這麼說。

女人笑了笑，用清脆的聲音唱歌似地又說了什麼。怎麼會這樣呢？奇莉心想。為什麼在所有世界裡、所有時空裡、所有語言和方言裡，那一個字永遠都能讓人聽明白？而且永遠都是那麼像？

「對，我得去找媽媽。我媽媽在等我。」

店家送她到外面，在奇莉還沒上馬前，突然大力抱住她，把她壓向自己豐滿的胸脯上。

「再見，謝謝妳的招待。凱爾佩，出發！」

她筆直朝平靜河水上的那座拱橋而去。當母馬的腳蹄踏上石磚時，她回頭了。女人依舊站在旅店前。

專注。雙拳抵著太陽穴。耳中有著嘈雜，似是來自海螺內部。亮光。還有驟然出現的黑軟虛無。

「孩子，祝妳好運！」這家叫作「歐夏摩爾」【註】的旅店，位於朋蘇約訥，座落在從默倫往歐塞爾的商道旁。女店家泰瑞莎．拉平朝她喊道：「一路順風！」

□

專注。雙拳抵著太陽穴。耳中有著嘈雜，似是來自海螺內部。亮光。還有驟然出現的黑軟虛無。

地點。湖。小島。塔。月亮宛如被敲成了半塊的塔拉金幣，在水面投下一束光帶。光帶上有一艘船，上頭有名拿著釣竿的男子……

那座塔的露台上……有兩名女子？

□

康薇拉慕絲忍不住叫了出來，但馬上又用手蓋住嘴巴。漁人王被嚇了一跳，手裡的錨撲通掉進水裡，不悅地咒罵了聲，接著整個人突然定住，嘴巴張得老開。至於妮穆耶，根本連動都沒動。

被月亮的光帶劃破的湖面開始震動，產生皺摺，有如受到強風攻擊。夜晚的空氣像被打碎的彩繪玻璃一樣，在水面上裂開。一匹黑馬從裂縫中出現，背上坐著一名騎士。

妮穆耶平靜地伸出雙手，朗朗唸出咒語。掛在架子上的掛毯突然起火，發出更爲刺眼的各色光線。那些光線反射在大型橢圓鏡面上，像彩色的蜂群在玻璃中不斷旋轉舞動，接著驟然化爲一條持續擴大的七彩色帶傾瀉而出，讓四周變得更加明亮，宛如白晝。

黑色母馬高舉前蹄，放聲嘶鳴。妮穆耶猛然分開雙手，大聲唸出咒語。康薇拉慕絲見空中出現的景象不斷擴大，便努力集中起精神。那景象馬上變得清晰，成爲一個傳送門，一個入口，看得見裡頭……

一座滿是失事艦隊的高原。一座城堡沉潛在尖石林立的斷崖上，居高俯瞰山湖的黑鏡水面……

「那邊！」妮穆耶高聲吼道。「那就是妳要走的路！奇莉！芭維塔的女兒！進傳送門裡去，順著這條路去與命運相會！讓時間的輪迴關閉吧！讓銜尾蛇把牙齒埋進自己的尾巴裡吧！」

「別再拖了！動作快，快去幫助妳身邊的人吧！這是正確的道路啊，獵魔士女孩！」

母馬再度嘶鳴，再度在空中揮舞蹄足。馬鞍上的女孩轉過頭，看了看她們，又看了看用掛毯與大鏡召喚出來的景象。她將頭髮攏到一邊，而康薇拉慕絲看見了她臉頰上的醜陋疤痕。

【註】：歐夏摩爾（au chat noir），即法文中的「黑貓」。

「相信我，奇莉！」妮穆耶喊道。「我們兩個認識啊！妳以前見過我啊！」

「我記得。」她們聽見她說。「我相信妳，謝謝。」

她們看見受到催趕的母馬以輕快舞動的步伐，跑進了明亮的傳送門。在景象消散前，她們看見馬鞍上的灰髮女孩轉過身，朝她們揮了揮手。

在那之後，一切都消失了。湖面慢慢恢復平靜，那束月光又回到原本的平滑。

四周是如此寧靜，她們覺得自己好像聽見漁人王急促的呼吸。

康薇拉慕絲含住直逼眼眶的淚水，大大抱住妮穆耶。她感覺到小個子女巫在顫抖。她們就這樣相擁了一會兒，沒有說任何一句話。然後，兩人一同轉向異界之門消失的地方。

「加油，獵魔士女孩！」她們齊聲喊道。「一路順風！」

《獵魔士5　湖之主》上冊・完

Fever

伊洛娜・安德魯斯（Ilona Andrews）

魔法咬人
魔法烈焰
魔法衝擊
魔法傳承
魔法獵殺
魔法狂潮
魔法風暴（陸續出版）

彼得・布雷特（Peter V. Brett）

魔印人
魔印人2　沙漠之矛（上+下）
魔印人3　白晝戰爭（上+下）
魔印人4　頭骨王座（上+下）
信使的遺產：魔印人短篇集（陸續出版）

克莉絲汀・卡修（Kristin Cashore）

殺人恩典／火兒／碧塔藍

大衛・蓋梅爾（David Gemmell）

大衛・蓋梅爾之傳奇

賽門・葛林（Simon R. Green）

夜城系列（全12冊）
秘史系列
守護者之心（秘史1）
惡魔恆長久（秘史2）
作祟情報員（秘史3）
錯亂永生者（秘史4）
天堂眼（秘史5）
卓德不死（秘史6）
地獄夜總會（秘史7）
第十三號囚房（秘史8）（陸續出版）

凱文・赫恩（Kevin Hearne）

鋼鐵德魯伊1　追獵
鋼鐵德魯伊2　魔咒

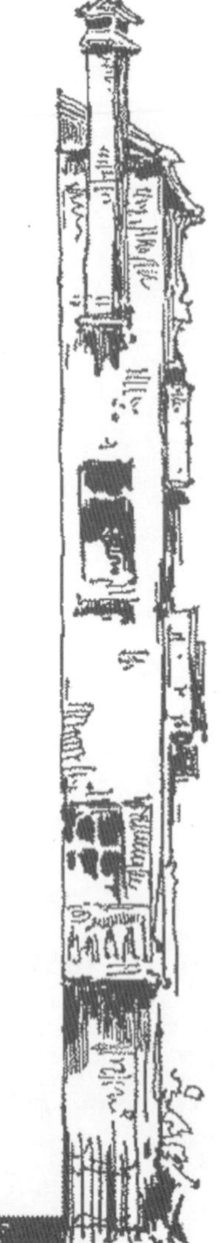

Fever

鋼鐵德魯伊3　神鎚
鋼鐵德魯伊4　圈套
鋼鐵德魯伊5　陷阱
鋼鐵德魯伊6　獵殺
鋼鐵德魯伊7　破滅
鋼鐵德魯伊8　穿刺
鋼鐵德魯伊短篇集　蓋亞之盾（陸續出版）

珍・簡森（Jane Jensen）
善惡方程式（上+下）
審判日

喬治・馬汀（George R. R. Martin）
熾熱之夢

布蘭登・山德森（Brandon Sanderson)
破戰者（上＋下）

安傑・薩普科夫斯基(Andrzej Sapkowski)
獵魔士　最後的願望
獵魔士　命運之劍
獵魔士長篇1 精靈血
獵魔士長篇2 蔑視時代
獵魔士長篇3 火之洗禮
獵魔士長篇4 燕之塔
獵魔士長篇5 湖之主（長篇完）（陸續出版）

強・史蒂爾（Jon Steele)
天使三部曲1 守望者（上+下）
天使三部曲2 天使城（上+下）
天使三部曲3 荊棘路（上+下）（完）

布蘭特・威克斯（Brent Weeks）
馭光者1 黑稜鏡（陸續出版）

國家圖書館出版品預行編目資料

獵魔士長篇 5 / 安傑・薩普科夫斯基（Andrzej Sapkowski）；
葉祉君譯——初版・——台北市：蓋亞文化，2018.2
冊；公分.——（Fever；FR062）
譯自：Pani Jeziora
ISBN 978-986-319-315-9（上冊：平裝）

882.157 106024293

Fever FR062

獵魔士 長篇 Vol. 5 湖之主 上（完結篇）

作者／安傑・薩普科夫斯基（Andrzej Sapkowski）
波蘭文譯者／葉祉君 審訂／陳音卉
封面插畫／Alejandro Colucci 地圖插畫／爆野家
封面設計／克里斯
出版／蓋亞文化有限公司
地址◎台北市103承德路二段75巷35號1樓
電話◎（02）25585438 傳真◎（02）25585439
網址◎http://gaeabooks.pixnet.net/blog
電子信箱◎gaea@gaeabooks.com.tw
投稿信箱◎editor@gaeabooks.com.tw
郵撥帳號◎19769541 戶名：蓋亞文化有限公司
法律顧問／宇達經貿法律事務所
總經銷／聯合發行股份有限公司
地址◎新北市新店區寶橋路二三五巷六弄六號二樓
電話◎（02）29178022 傳真◎（02）29156275
港澳地區／一代匯集
電話◎（852）27838102 傳真◎（852）23960050
地址◎九龍旺角塘尾道64號龍駒企業大廈10樓B&D室
初版五刷／2021年11月
定價／新台幣 680 元（上下冊不分售）
Printed in Taiwan

ISBN／978-986-319-315-9